LA SEMILLA DEL DIABLO

LA SEMILLA
DEL DIABLO

Ira Levin

EDICIONES **B**
GRUPO ZETA

Barcelona • Bogotá • Buenos Aires • Caracas • Madrid • México D.F. • Montevideo • Quito • Santiago de Chile

Título original: *Rosemary's Baby*
Traducción: E. de Obregón
1.ª edición: febrero 2011

Ante la imposibilidad de contactar con el autor de la traducción, la editorial pone a su disposición todos los derechos que le son legítimos e inalienables.

© 1967 by Ira Levin
© Ediciones B, S. A., 2011
    Consell de Cent 425-427 - 08009 Barcelona (España)
    www.edicionesb.com
    www.edicionesb.com.mx

ISBN: 978-84-666-4628-4
Depósito legal: B. 41.039-2010
Impreso por Programas Educativos, S.A. de C.V.

A Gabrielle

1

Rosemary y Guy Woodhouse habían firmado el contrato de un apartamento de cinco habitaciones, situado en una casa de líneas geométricas de la Primera Avenida, cuando recibieron recado de una tal señora Cortez de que en la casa Bramford había quedado libre un piso de cuatro habitaciones. Vieja, negra y elefantina, la casa Bramford parece una conejera, con pisos de techos muy altos, apreciada por sus chimeneas y sus detalles ornamentales victorianos. Rosemary y Guy habían figurado en la lista de solicitantes desde que se casaron, pero al final perdieron toda esperanza.

Guy comunicó la noticia a Rosemary, y se llevó el auricular a su pecho. Rosemary gimió: «¡Oh, no!», y pareció como si fuera a echarse a llorar.

—Es demasiado tarde —dijo Guy al teléfono—. Ayer firmamos un contrato.

Rosemary lo sujetó por el brazo.

—¿No podríamos anularlo? —preguntó a su marido—. Decirles algo...

—Por favor, espere un momento, señora Cortez. —Guy apartó el teléfono de nuevo—. ¿Decirles qué? —le preguntó.

Rosemary vaciló y alzó sus manos con gesto de impotencia.

—Pues no sé... La verdad. Que tenemos una oportunidad de mudarnos a la casa Bramford.

—Cariño —dijo Guy—, ¿crees que eso les importará algo?

—Pues piensa en algo, Guy. Vayamos por lo menos a echar un vistazo. ¿De acuerdo? Dile que iremos a verlo. Por favor, antes de que cuelgue.

—Hemos firmado un contrato, Ro; nos hemos comprometido.

—¡Por favor! ¡Que va a colgar!

Gimoteando a la vez por la ironía y la angustia, Rosemary arrebató el auricular del pecho de Guy y trató de acercarlo a su boca.

Guy se echó a reír y recuperó el teléfono.

—¿Señora Cortez? Tal vez podríamos rescindir ese contrato, porque aún no lo hemos firmado. Se les habían acabado los formularios, así que sólo firmamos una carta de aceptación. ¿Podemos echar un vistazo al piso?

La señora Cortez les dio instrucciones: tenían que ir a la casa Bramford entre once y once y media, preguntar por el señor Micklas o Jerome y decirle a cualquiera de los dos que encontraran que ellos eran los que había enviado la señora Cortez para que vieran el 7-E. Luego tendrían que telefonearle. Y dio a Guy su número de teléfono.

—¿Ves como has podido arreglarlo? —dijo Rosemary, dando de puntillas saltitos de alegría—. Eres un magnífico embustero.

Guy, ante el espejo, dijo:

—¡Vaya! Me ha salido un grano.

—No te lo revientes.

—Son sólo cuatro habitaciones, ya sabes. Y no hay cuarto para los niños.

—Prefiero tener cuatro habitaciones en la casa Bramford —dijo Rosemary— que todo un piso en aquella... en aquella colmena blanca.

—Ayer te gustaba.

—Me gustaba, pero nunca la quise. Apostaría que no la quiere ni el arquitecto que la construyó. Pondremos un comedorcito en el salón y tendremos un precioso cuarto para los niños. Si los tenemos...

—Pronto —repuso Guy, mientras se pasaba la máquina de afeitar eléctrica sobre el labio superior, mirándose a los ojos, que eran grandes y oscuros.

Rosemary se puso un vestido amarillo y logró subirse la cremallera de la espalda.

Estaban en una habitación que había sido el cuarto de soltero de Guy. En la pared había pegados carteles de París y Verona, y había un gran camastro y una cocinita portátil.

Era el jueves 3 de agosto.

El señor Micklas era pequeño y vivaracho, pero le faltaban dedos en ambas manos, por lo que resultaba desagradable estrechárselas, aunque él parecía no darse cuenta.

—¡Oh! Un actor —dijo llamando al ascensor con su dedo medio—. Esta casa es muy popular entre los actores.

—Y citó a cuatro que vivían en la Bramford, todos ellos muy conocidos—. ¿Le he visto a usted actuar en alguna parte?

—Veamos —contestó Guy—. Hace poco hice *Hamlet*, ¿verdad, Liz? Y luego representamos...

—Está bromeando —terció Rosemary—. Actuó en *Lutero*, en *Nadie quiere un albatros* y en un montón de comedias y series televisivas.

—Ahí es donde se gana dinero, ¿verdad? —comentó el señor Micklas—. En las series.

—Sí —convino Rosemary.

Y Guy añadió:

—Y se sienten también satisfacciones artísticas.

Rosemary le dirigió una mirada de súplica; y él se la devolvió, poniendo cara de inocente y dedicando luego una burlona mirada de reojo a la coronilla del señor Micklas.

El ascensor, chapado con madera de roble, con un brillante agarradero de metal a su alrededor, era manejado por un muchacho negro uniformado de sonrisa estereotipada.

—Al séptimo —le dijo el señor Micklas.

Y luego, dirigiéndose a Rosemary y Guy, explicó:

—Este apartamento tiene cuatro habitaciones, dos baños y cinco armarios empotrados. Al principio la casa consistía en pisos muy grandes (el más pequeño tenía nueve habitaciones), pero ahora casi todos han sido fraccionados en apartamentos de cuatro, cinco y seis habitaciones. El 7-E es uno de cuatro que originalmente era la parte trasera de uno de diez. Tiene la cocina del antiguo y el baño principal, que es enorme, como ustedes verán. También tiene el dormitorio principal del piso originario, que ahora es la sala, otro dormitorio que sigue siendo dormitorio y dos habitaciones para el servicio que han sido unidas para hacer un comedor o un segundo dormitorio. ¿Tienen ustedes niños?

—Pensamos tenerlos —contestó Rosemary.

—Hay una habitación ideal para los niños, con un gran cuarto de baño y un amplio armario empotrado. El plano fue hecho pensando en una pareja joven como ustedes.

El ascensor se detuvo y el muchacho negro, sonriendo, lo maniobró haciéndolo subir, bajar y subir de nuevo hasta ponerlo al nivel del piso; y, sin dejar de sonreír, abrió la puerta interior de metal y luego la portezuela exterior. El señor Micklas se apartó a un lado y Rosemary y Guy salieron de la cabina, para encontrarse en un pasillo mal iluminado, empapelado y alfombrado de verde oscuro. Un obrero que se hallaba ante una puerta verde esculpida, con la indicación 7-B, se les quedó mirando y luego volvió a su tarea de encajar una mirilla en el agujero que había hecho.

El señor Micklas les indicó el camino hacia la derecha, y luego hacia la izquierda, a través de cortos ramales del pasillo verdioscuro. Rosemary y Guy, al seguirlo, vieron desconchados en la pared empapelada, y una grieta donde el papel se había levantado y se estaba enrollando hacia arriba; una lámpara de pared de cristal tenía una bombilla apagada, y sobre la alfombra verdioscura, había un remiendo largo como una cinta, que se veía verdiclaro. Guy se quedó mirando a Rosemary: «¿Una alfombra remendada?» Ella desvió el rostro y sonrió satisfecha: «Me encanta; ¡aquí todo es encantador!»

—La inquilina anterior, la señora Gardenia —siguió diciendo el señor Micklas, sin mirarlos siquiera—, murió hace pocos días y aún no se ha tocado nada en el apartamento. Su hijo me pidió que dijera a los que vayan a mudarse al apartamento que las alfombras, los acondicionadores de aire y parte del mobiliario se los puede quedar quien lo desee.

Dobló por otro ramal del pasillo, cuyo empapelado verde con bandas doradas parecía nuevo.

—¿Murió en este apartamento? —preguntó Rosemary—. No es que a mí...

—¡Oh, no! En el hospital —contestó el señor Micklas—. Estuvo en coma durante varias semanas. Era muy anciana y falleció sin recobrar el conocimiento. Ojalá a mí me pase lo mismo cuando me llegue la hora. Fue muy alegre hasta el final; guisaba sus comidas, compraba en los grandes almacenes... Fue una de las primeras mujeres dedicadas a la abogacía en el estado de Nueva York.

Habían llegado ahora a un hueco de escalera en donde terminaba el pasillo. Al lado del mismo, a la izquierda, estaba la puerta del apartamento 7-E, una puerta sin guirnaldas esculpidas, más estrecha que las puertas que habían pasado. El señor Micklas apretó el perlado botón del timbre (sobre la puerta había unas letras blancas sobre plástico negro que decían «L. Gardenia») y metió una llave en la cerradura. A pesar de los dedos que le faltaban, se las arregló para girar el pomo y abrió la puerta suavemente.

—Pasen ustedes primero —dijo poniéndose de puntillas y manteniendo la puerta abierta con su brazo alargado.

Las cuatro habitaciones del apartamento estaban situadas de dos en dos a ambos lados de un estrecho pasillo central que iba en línea recta desde la puerta. La primera habitación a la derecha era la cocina, y al verla Rosemary no pudo contener una risita, porque era tan grande (si no mayor) como todo el apartamento en el cual estaban ellos viviendo ahora. Tenía una cocina de gas con seis quemadores y dos hornos, una enorme nevera y un monumental fregadero; tenía docenas de alacenas, una ventana que daba a la Séptima Avenida, un techo alto, muy alto, e incluso tenía (imaginándolo sin la mesa cromada, las sillas y los paquetes de números antiguos de *Fortune* y *Musical América*, atados con cuerdas, de la señora Gardenia) el lugar ideal para algo como el rinconcito para el desayuno, azul y marfil, que ella había recortado el mes pasado de *House Beautiful*.

Frente a la cocina estaba el comedor o segundo dormitorio, el cual, al parecer, había sido utilizado por la señora Gardenia para una combinación de estudio e invernáculo. Centenares de plantas pequeñas, moribundas o muertas, se hallaban en anaqueles mal construidos y bajo espirales de tubos fluorescentes apagados; en medio se hallaba un escritorio de cantos redondos sobre el que había una pila de libros y papeles. Era un mueble precioso, grande y reluciente por la edad. Rosemary dejó a Guy y al señor Micklas hablando en la puerta y entró, evitando un anaquel de plantas marchitas. Escritorios como ése podían verse en los escaparates de las tiendas de antigüedades; Rosemary se preguntó, tocándolo, si sería una de las cosas que serían para el primero que las pidiera. Una graciosa caligrafía azul sobre papel malva decía: «Meramente el pasatiempo intrigante que yo creí sería. Yo no puedo asociarme más tiempo», y se dio cuenta de que sin querer estaba curioseando. Alzó la mirada cuando el señor Micklas entraba con Guy y le preguntó:

—¿Sabe usted si este escritorio es una de las cosas que quiere vender el hijo de la señora Gardenia?

—No lo sé —contestó el señor Micklas—. Claro que lo puedo averiguar.

—Es precioso —dijo Guy.

—¿Verdad que sí? —agregó Rosemary, quien, sonriendo, miró a su alrededor paredes y puertas.

En esa habitación cabría casi perfectamente el cuarto de los niños que ella había imaginado. Era un poco oscuro (las ventanas daban a un estrecho patio); pero el empapelado blanco y amarillo lo abrillantaría bastante. El cuarto de baño era pequeño, pero ya bastaría, y el excusado lleno de plantas sembradas en macetas, que parecían crecer bastante bien, era apropiado.

Se volvieron hacia la puerta, y Guy preguntó:

—¿Qué es todo eso?

—La mayoría plantas aromáticas —explicó Rosemary—. Veo menta y albahaca... Éstas no sé qué son.

Más allá, en el pasillo, había otro armario empotrado, a la izquierda, y luego, a la derecha, una amplia arcada que daba a la sala. Enfrente había grandes ventanas saledizas, dos de ellas con cristales en forma de rombo y asientos de ventana de tres lados. Había una pequeña chimenea, con una repisa en forma de voluta, de mármol blanco. A la izquierda se veían altos estantes de roble para libros.

—¡Oh, Guy! —dijo Rosemary, buscando su mano y apretándosela.

Guy dijo: «¡Humm!», como no queriendo comprometerse; pero le devolvió el apretón. El señor Micklas estaba a su lado.

—La chimenea funciona, por supuesto —dijo el señor Micklas.

El dormitorio, detrás de ellos, era adecuado, de unos tres metros y medio por cinco metros y medio, con sus ventanas dando al mismo estrecho patio del comedor-segundo dormitorio-cuarto de los niños. El baño, que estaba más allá de la sala, era grande y lleno de adornos bulbosos y protuberantes de metal blanco.

—¡Es un piso maravilloso! —exclamó Rosemary, cuando estuvo de vuelta en la sala; giró sobre sí misma con los brazos abiertos, como si quisiera tomarlo y abrazarlo—. ¡Lo quiero!

—Lo que ella está tratando de conseguir —dijo Guy— es que usted baje el alquiler.

El señor Micklas sonrió.

—Lo subiríamos si nos lo permitieran —dijo—. Más del aumento del quince por ciento, quiero decir. Hoy en día pisos de esta clase, con su encanto y su personalidad, son tan raros como los dientes de gallina. El siguiente...
—Se detuvo en seco, mirando al escritorio de caoba que había al principio del pasillo—. Es extraño —dijo—. Hay un armario empotrado detrás de ese escritorio. Estoy seguro de que lo hay. Hay cinco: dos en el dormitorio, uno

en el segundo dormitorio, y dos en el pasillo, aquí y allí.
—Se acercó al escritorio.

Guy se puso de puntillas y dijo:

—Tiene usted razón, puedo ver las rendijas de la puerta.

—Se ve que ella cambió de sitio el escritorio —comentó Rosemary—. Antes estaba allí.

Y señaló a la fina silueta que había quedado de modo fantasmal sobre la pared, cerca de la puerta del dormitorio, y las profundas marcas de cuatro patas redondas en la alfombra color rojo borgoña... Débiles rascaduras y rayas se curvaban y cruzaban desde las cuatro marcas hasta donde estaban ahora las patas del escritorio, colocadas junto a la delgada pared adyacente.

—Écheme una mano, ¿quiere? —dijo el señor Micklas a Guy.

Entre ambos lograron llevar poco a poco el escritorio hasta su antiguo lugar.

—Ya veo por qué entró ella en coma —dijo Guy, empujando.

—Ella no pudo haberlo movido sola —respondió el señor Micklas—. Tenía ochenta y nueve años.

Rosemary se quedó mirando con gesto dubitativo la puerta del armario empotrado que habían dejado al descubierto.

—¿La abrimos? —preguntó—. Quizá debiera abrirla su hijo.

El escritorio encajó exacto en las cuatro marcas de sus patas. El señor Micklas se masajeó sus manos faltas de dedos.

—Estoy autorizado a enseñar el piso —dijo, y se dirigió a la puerta, abriéndola.

El armario estaba casi vacío; a un lado había un aspirador de polvo y en el otro tres o cuatro estantes de madera. El estante de encima estaba atestado de toallas de baño azules y verdes.

—Quienquiera que encerrara, se escapó —dijo Guy.

El señor Micklas opinó:

—Probablemente ella no necesitaba cinco armarios.

—Pero ¿por qué encerró su aspirador y sus toallas? —preguntó Rosemary.

El señor Micklas se encogió de hombros.

—No creo que nunca lo sepamos. Puede que ya estuviera chocheando —sonrió—. ¿Quieren que les enseñe o que les explique algo más?

—Sí —dijo Rosemary—. ¿Hay instalación para el lavado de la ropa? ¿Hay máquinas lavadoras abajo?

Dieron las gracias al señor Micklas, que fue a despedirlos hasta la puerta de la calle, y luego, por la acera, se alejaron paseando lentamente por la Séptima Avenida arriba.

—Es más barato que el otro —dijo Rosemary, tratando de aparentar que ella tenía en cuenta, sobre todo, las consideraciones prácticas.

—Pero tiene una habitación menos, cariño —replicó Guy.

Rosemary caminó en silencio por un momento, y luego replicó a su vez:

—Está mejor situado.

—¡Oh, claro! —exclamó Guy—. Podré ir andando a todos los teatros.

Animada, Rosemary dejó de lado las consideraciones prácticas.

—¡Oh, Guy! ¡Alquilemos este piso! ¡Por favor! ¡Por favor! ¡Es tan maravilloso! Esa anciana señora Gardenia no le supo sacar partido. Esa sala podría ser preciosa, cálida... ¡Oh, por favor, Guy, alquilémoslo! ¿De acuerdo?

—Pues claro —contestó Guy sonriendo—. Si podemos librarnos del otro compromiso...

Rosemary lo agarró por el codo, contenta.

—¡Nos libraremos! —exclamó—. Piensa en algún medio. ¡Sé que lo lograrás!

Guy telefoneó a la señora Cortez desde una cabina telefónica callejera, mientras Rosemary, desde fuera, trataba de leer en sus labios. La señora Cortez dijo que les daba de plazo hasta las tres; si no tenía noticias de ellos para entonces, llamaría a los que siguieran en la lista de solicitantes.

Fueron a la Sala de Té Rusa y pidieron dos Bloody Mary y bocadillos de pollo con ensalada, hechos con rebanadas de pan negro.

—Puedes decirles que me he puesto enferma y que tengo que ir al hospital —sugirió Rosemary.

Pero eso no era un argumento convincente. En vez de ello, Guy se inventó una historia acerca de una proposición para unirse a una compañía que representaría *Venga a soplar su corneta*, que iba a hacer una gira de cuatro meses por bases norteamericanas en Vietnam y el Extremo Oriente. El actor que hacía el papel de Alan se había roto la cadera y a menos que él, Guy, quien se sabía el papel, se ofreciera a ir en su lugar, la gira tendría que retrasarse lo menos dos semanas. Lo cual sería una vergüenza, ya que aquellos muchachos estaban allí luchando heroicamente contra los comunistas. Su esposa tendría que quedarse con su familia en Omaha...

Se lo pensó dos veces y luego fue en busca del teléfono.

Rosemary aguardó tomando su bebida a sorbitos, manteniendo los dedos de su mano izquierda cruzados bajo la mesa. Recordó el apartamento de la Primera Avenida que ella no quería, y repasó mentalmente sus buenas cualidades: la cocina nueva y reluciente, el lavavajillas, la vista sobre el East River, el aire acondicionado...

La camarera trajo los bocadillos.

Pasó una mujer embarazada, con un traje azul marino. Rosemary se puso a observarla. Debía de estar en su sexto o séptimo mes, y hablaba satisfecha, por encima del hombro, a una mujer mayor que llevaba paquetes, probablemente su madre.

Alguien saludó con la mano desde la pared opuesta, la chica pelirroja que había entrado en la CBS unas semanas antes de que Rosemary se despidiera. Rosemary le devolvió el saludo. La chica dijo algo, y como Rosemary no alcanzara a entenderla, lo volvió a repetir. Un hombre que estaba frente a la joven se volvió para mirar a Rosemary. Era un hombre de rostro pálido y demacrado.

Y entonces vino Guy, alto y guapo, tratando de reprimir una sonrisa bonachona; pero con los ojos brillándole de felicidad.

—¿Lo conseguiste? —le preguntó Rosemary mientras se sentaba frente a ella.

—Lo conseguí —contestó él—. Han anulado el contrato, y nos devolverán el depósito; tendré que estar al tanto con el teniente Hartman, del Cuerpo de Señales. La señora Cortez nos espera a las dos.

—¿La has llamado?

—La llamé.

La chica pelirroja apareció de repente al lado de ellos, ruborizada y con ojos brillantes.

—Se ve que os va bien de casados. Tenéis muy buen aspecto —les dijo.

Rosemary, tratando de recordar el nombre de la chica, se echó a reír y contestó:

—¡Gracias! Estábamos celebrándolo. ¡Acabamos de conseguir un apartamento en la casa Bramford!

—¿La Bram? —dijo la chica—. ¡A mí me enloquece! Si alguna vez queréis subarrendar, yo soy la primera, ¡no lo olvidéis! ¡Aquellas gárgolas tan extrañas, y esos monstruos trepando por las ventanas!

2

Hutch, cosa sorprendente, trató de disuadirlos, basándose en que la casa Bramford era «zona de peligro».

Cuando Rosemary llegó a Nueva York en junio de 1962, se fue a vivir con otra muchacha de Omaha y dos chicas de Atlanta a un apartamento de la parte baja de la avenida Lexington. Hutch vivía en el piso de al lado, y aunque se negó a ser el sustituto del padre de las chicas (ya había criado dos hijas suyas, y con eso tenía bastante, gracias a Dios), estuvo, sin embargo, siempre a mano para casos de emergencia, como «la noche en que había alguien en la escalera de incendios», y «la vez en que Jeanne por poco muere estrangulada». Se llamaba Edward Hutchins, era inglés y tenía cincuenta y cuatro años. Bajo tres seudónimos escribía tres series diferentes de libros de aventuras para muchachos.

A Rosemary le prestó otra clase de ayuda de emergencia. Ella era la menor de seis hermanos; los otros cinco se habían casado muy jóvenes y se habían instalado en apartamentos cerca del de sus padres. Tras ella, en Omaha, había dejado a un padre malhumorado y suspicaz, una madre poco habladora y cuatro hermanos y hermanas resentidos. (Sólo el siguiente al mayor, Brian, que era aficionado a la bebida, le dijo: «Vete, Rosie, y haz lo que quieres hacer», y le alargó un bolso de mano de plástico que contenía ochenta y cinco dólares.) En Nueva York, Rosemary se sintió culpable y egoísta, y Hutch tuvo que animarla con tazas de té cargado y charlas sobre los padres y los hijos, y el deber que uno tiene para consigo mismo. Ella le hacía preguntas que no habría podido hacer en la Escuela Superior Católica, y él la envió a que hiciera un curso nocturno de filosofía en la Universidad de Nueva York.

—Todavía haré una duquesa de esta florista arrabalera —decía.

Rosemary aún tenía humor para contestarle:

—¡Cuentista!

Y ahora, una vez al mes, más o menos, Rosemary y Guy cenaban con Hutch, bien en su apartamento, o, cuando les tocaba invitar a Hutch, en un restaurante. Guy encontraba a Hutch un poco aburrido; pero siempre lo trataba con cordialidad. Su esposa había sido prima de Terence Rattigan, el dramaturgo, y Rattigan y Hutch se escribían. En la vida teatral era importantísimo tener relaciones, como bien sabía Guy, aunque fueran relaciones de segunda mano.

El jueves, después de que ellos vieran el piso, Rosemary y Guy cenaron con Hutch en Kuble's, un pequeño restaurante alemán de la calle Treinta y tres. Habían dado su nombre a la señora Cortez el martes por la tarde como una de las tres referencias que ella había pedido, y él ya había recibido y contestado su carta de demanda de informes.

—Estuve tentado de decirle que erais adictos a las drogas o sabandijas de catre —dijo—. O cualquier otra cosa capaz de repeler a los caseros.

Ellos le preguntaron por qué.

—No sé si ya lo sabéis —dijo untando mantequilla a un panecillo—, pero la casa Bramford tiene muy mala fama desde principios de siglo.

Alzó la mirada, vio que no lo sabían y prosiguió (tenía una cara ancha y reluciente, ojos azules que miraban entusiasmados, y algunos mechones de cabello negro humedecido peinados a través de su cuero cabelludo).

—Además de Isadora Duncan y Theodore Dreiser —explicó—, la casa Bramford ha albergado a gran número de personajes mucho menos atractivos. Ahí es donde las hermanas Trench realizaron sus pequeños experimentos sobre dieta, y donde Keith Kennedy celebraba sus reuniones. Adrian Marcato vivió también allí, lo mismo que Pearl Ames.

—¿Quiénes eran las hermanas Trench? —preguntó Guy.

—¿Quién fue Adrian Marcato? —inquirió Rosemary.

—Las hermanas Trench —explicó Hutch— fueron dos señoras muy decentes de la época victoriana que, en ocasiones, cometieron actos de canibalismo. Guisaron y se comieron a varios niños, incluyendo a una sobrina.

—¡Qué encanto! —exclamó Guy.

Hutch se volvió hacia Rosemary:

—Adrian Marcato practicó la brujería. Armó una buena hacia 1890 anunciando que había logrado conjurar a Satanás vivo. Mostró un puñado de cabellos y algunas raspaduras de garras, y, por lo visto, hubo gente que le creyó; por lo menos la suficiente para formar una muchedumbre que lo atacó y lo dejó casi muerto en el vestíbulo de la casa Bramford.

—Bromeas —dijo Rosemary.

—Hablo en serio. Pocos años después comenzó el asunto de Keith Kennedy, y hacia los años veinte la casa estaba medio vacía.

Guy manifestó:

—Yo ya estaba enterado de lo de Keith Kennedy y del caso de Pearl Ames; pero no sabía que Adrian Marcato hubiera vivido allí.

—Y esas hermanas —añadió Rosemary estremeciéndose.

—Pero luego vino la Segunda Guerra Mundial y la escasez de viviendas —continuó Hutch—, y la casa se vio llena de nuevo, y ahora hasta ha adquirido un poco de prestigio como casa antigua de pisos grandes; pero en los años veinte la llamaban la Negra Bramford y la gente sensible se mantenía apartada de ella. El melón es para ti, ¿verdad, Rosemary?

El camarero depositó en la mesa los aperitivos. Rosemary se quedó mirando interrogativamente a Guy; éste enarcó las cejas y meneó la cabeza como diciendo: «No hagas caso, no dejes que te asuste.»

El camarero se marchó.

—A lo largo de los años —siguió diciendo Hutch—, en la casa Bramford han pasado demasiadas cosas feas y desagradables. Y no todas ellas en un pasado lejano. En 1959 encontraron en el sótano el cadáver de un niño envuelto en un periódico.

Rosemary replicó:

—Pero esas cosas horribles ocurren en todas las casas de pisos de vez en cuando.

—De vez en cuando —repitió Hutch—. El caso es que en la casa Bramford ocurren con mucha mayor frecuencia. También hay irregularidades de menor espectacularidad. Por ejemplo, ocurren allí más suicidios que en casas de tamaño y antigüedad comparables.

—Y ¿cuál es la respuesta, Hutch? —preguntó Guy, haciéndose el serio y preocupado—. Debe de haber alguna explicación.

Hutch se lo quedó mirando por un instante.

—No lo sé —dijo—. Quizá se deba a que la notoriedad de las hermanas Trench atrajo a Adrian Marcato, y la notoriedad de éste atrajo a Keith Kennedy, y finalmente la casa se convirtió en... una especie de centro de reunión de gente propensa a observar una conducta rara. O quizás haya cosas que nosotros ignoramos todavía, sobre campos magnéticos o de electrones, o lo que sea, cosas que hacen que un lugar se convierta en maligno. Sé algo de esto porque la casa Bramford no es un caso único. Había una casa en Londres, en Praed Street, en la cual ocurrieron cinco asesinatos brutales en sesenta años. Ninguno de los cinco tuvo la menor relación entre sí; ni tampoco estaban relacionados los asesinos o las víctimas; ni siquiera fueron cometidos con la misma Piedra de la Luna o con el mismo Halcón Maltés. Y, sin embargo, cinco brutales asesinatos ocurrieron separadamente. En una casita con una tienda en la planta baja y un piso arriba. La demolieron en 1954, sin ningún propósito especial, ya que, por lo visto, el solar sigue sin edificar.

Rosemary hundió su cucharita en la tajada de melón.

—Puede que también haya casas afortunadas —dijo—. Casas en donde la gente se enamora, se casa y tiene niños.

—Y se convierte en estrellas —añadió Guy.

—Probablemente las hay —replicó Hutch—. Lo que pasa es que uno no oye hablar de ellas nunca. Sólo se da publicidad a las que tienen mala fama. —Sonrió a Rosemary y Guy—. Me gustaría que buscaseis una casa buena en vez de mudaros a la Bramford —dijo.

La cucharadita llena de melón que Rosemary se llevaba a la boca se detuvo a mitad de camino.

—¿En serio estás tratando de disuadirnos de que nos mudemos? —preguntó.

—Hija mía —dijo Hutch—. Ten presente que esta noche estaba citado con una mujer encantadora y he cancelado el encuentro sólo por venir a veros y deciros lo que tengo que decir. Honradamente, estoy tratando de quitaros esa idea de la cabeza.

—¡Santo Dios, Hutch...! —empezó a decir Guy.

—No es que yo quiera asegurar —prosiguió Hutch— que al entrar en la casa Bramford os va a caer en la cabeza un piano, que os van a comer unas solteronas o que os vayáis a convertir en estatuas de piedra. Sólo trato de deciros que la casa tiene mala fama y que habría que considerar eso, y no sólo el alquiler razonable o la chimenea que funciona; la casa tiene un historial muy cargado de sucesos desagradables. ¿Por qué penetrar deliberadamente en zona de peligro? ¿Por qué no vais al edificio Dakota o al Osborne, si se os ha metido en la cabeza vivir en medio del esplendor del siglo XIX?

—La casa Dakota está toda alquilada —replicó Rosemary— y la Osborne la van a derribar.

—¿No estás exagerando un poco, Hutch? —preguntó Guy—. ¿Han ocurrido más «sucesos desagradables» en los últimos años, además de lo del niño en el sótano?

—Un ascensorista se mató el pasado invierno —dijo Hutch—. En un accidente que no tenía nada de normal. He estado esta tarde en la biblioteca con el *Times Index* y tres horas de microfilmes; ¿tenéis ganas de oír algo más?

Rosemary se quedó mirando a Guy, quien soltó su tenedor y se limpió la boca.

—¡Qué tontería! —dijo—. Está bien, allí han ocurrido muchas cosas desagradables; pero eso no significa que vayan a ocurrir más. No veo por qué la Bramford ha de ser más «zona de peligro» que cualquier otra casa de la ciudad. Puedes arrojar una moneda al aire y te saldrá cara cinco veces seguidas; pero eso no quiere decir que las próximas cinco veces haya de salir cara también, y tampoco significa que esa moneda sea diferente de las demás. Es puro azar; eso es todo.

—Si esa casa tiene algo malo de veras —dijo Rosemary—, ¿por qué no la han demolido como aquella casa de Londres?

—La casa de Londres —replicó Hutch— era propiedad de la familia del último individuo allí asesinado. La Bramford es propiedad de la iglesia vecina.

—Ahí tienes —dijo Guy, encendiendo un cigarrillo—. Entonces contamos con la protección divina.

—Que hasta ahora no ha servido —respondió Hutch.

El camarero retiró los platos.

Rosemary dijo:

—No sabía que fuera propiedad de una iglesia.

Guy se volvió hacia ella.

—Toda la ciudad lo es, cariño.

—¿Habéis probado en la Wyoming? —preguntó Hutch—. Creo que está en la misma manzana.

—Hutch —respondió Rosemary—, hemos probado en todas partes. No hay nada, absolutamente nada, excepto en las casas nuevas, con pulcras habitaciones cuadradas, todas exactamente iguales, y televisores en los ascensores.

—¿Tan terrible es eso? —preguntó Hutch, sonriendo abiertamente.

—Sí —contestó Rosemary.

—Ya nos habíamos comprometido para mudarnos a una de ellas —dijo Guy—; pero anulamos el compromiso para tomar este apartamento.

Hutch se los quedó mirando un momento, luego se retrepó y golpeó la mesa con las palmas de las manos.

—¡Basta! —exclamó—. Me ocuparé de lo mío, como he debido hacer desde el principio. ¡Encended fuego en vuestra chimenea, que funciona! Os daré un cerrojo para la puerta y mantendré cerrada la boca a partir de hoy. Soy un idiota; perdonadme.

Rosemary sonrió.

—La puerta ya tiene cerrojo —dijo—. Y una cadena, y una mirilla.

—Bueno, pues preocupaos de emplearlos —repuso Hutch—. Y no vayáis por los pasillos, presentándoos a todo quisque. No estáis en Iowa.

—Omaha.

El camarero les trajo los platos fuertes.

El lunes siguiente, por la mañana, Rosemary y Guy firmaron un contrato de alquiler por dos años del apartamento 7-E en el edificio Bramford. Entregaron a la señora Cortez un cheque de quinientos ochenta y tres dólares (la renta de un mes por adelantado, y la renta de otro mes, como garantía) y les dijeron que, si querían, podían ocupar el apartamento antes del día uno de septiembre, pues sería desalojado a finales de semana y los pintores podrían ir el miércoles dieciocho.

El lunes por la tarde les telefoneó Martin Gardenia, hijo de la anterior inquilina del piso. Convinieron en verse con él en el apartamento el martes por la noche, a las ocho. Resultó ser un hombre alto, que ya había cumplido los sesenta, de carácter animoso. Les indicó las cosas que quería vender y fijó los precios, que fueron atractivamente bajos. Rosemary y Guy hablaron entre sí, examinaron y compraron dos acondicionadores de aire, un tocador de palo de rosa con una banqueta *petit-point*, la alfombra persa de la sala y los morillos, pantalla de la chimenea y herramientas. El escritorio, lamentablemente, no estaba en venta. Mientras Guy rellenaba el cheque y ayudaba a poner etiquetas a las cosas que se iban a quedar en el piso, Rosemary midió la sala y el dormitorio con una regla plegable de dos metros que había comprado aquella mañana.

En el mes de marzo anterior, Guy había desempeñado un papel en *Otro mundo*, una serie televisada. El personaje tenía que actuar ahora de nuevo durante tres días, así que durante todo el resto de la semana Guy estuvo ocupado. Rosemary sacó un cuaderno de proyectos de decoración que había ido reuniendo desde la escuela superior; halló dos que parecían apropiados para el apartamento, y con ellos de guía fue por las tiendas de muebles con Joan Jellico, una de las chicas de Atlanta con las que compartió su apartamento cuando se estableció en Nueva York. Joan tenía la tarjeta de un decorador, lo que les permitió entrar en casas de venta al por mayor y en salas de exhibiciones de toda clase. Rosemary miró y tomó notas taquigráficas, haciendo bocetos para que los viera Guy, corriendo a casa con montones de muestras de telas y papel de empapelar, a tiempo de alcanzar a verlo en *Otro mundo*; y, luego, echando a correr de nuevo y comprando lo necesario para la cena. Hizo novillos en su clase de escultura y canceló, satisfecha, una cita con el dentista.

En la noche del viernes el apartamento ya era suyo; un vacío de altos techos y penumbra poco familiar cuando llegaron con una linterna y una bolsa de compras, llenando de ecos las habitaciones más apartadas. Pusieron en marcha sus acondicionadores de aire y admiraron la alfombra persa, la chimenea y el tocador de Rosemary; admiraron también su bañera, los pomos de las puertas, las bisagras, las molduras, los suelos, la estufa, el refrigerador, las ventanas saledizas y la vista. Comieron sobre la alfombra, al estilo campestre, con bocadillos de atún y cerveza, e hicieron planos del suelo de las cuatro habitaciones; Guy, midiendo, y Rosemary, dibujando. De nuevo en la alfombra, apagaron la linterna, se desnudaron y se hicieron el amor bajo el resplandor nocturno de ventanas sin persianas.

—¡Chisss! —siseó luego Guy, con los ojos abiertos por el temor—. ¡Oigo masticar a las hermanas Trench!

Rosemary le dio un fuerte coscorrón.

Compraron un sofá y una cama de matrimonio, una

mesa para la cocina y dos sillas de respaldo redondeado. Llamaron a la compañía telefónica, y a los almacenes; e hicieron venir operarios y el camión de la mudanza.

Los pintores vinieron el miércoles 18; picaron, remendaron, dieron la primera mano, pintaron, y se fueron el viernes 20, dejando colores muy parecidos a las muestras de Rosemary. Vino un empapelador solitario y refunfuñó y empapeló el dormitorio.

Llamaron a los almacenes y a la madre de Guy, en Montreal. Compraron un aparador y una mesa de comedor, así como nueva cubertería y vajilla. Estaban contentísimos. En 1964 Guy había hecho una serie de anuncios televisivos para Anacin, ganó con ellos dieciocho mil dólares y todavía le producían ingresos.

Pusieron cortinas y colgaron estantes empapelados, contemplaron la alfombra en el dormitorio, y la de vinilo blanco en el pasillo. Consiguieron un teléfono desconectable con tres enchufes, pagaron facturas y enviaron una nota a Correos, avisando que habían cambiado de domicilio.

El viernes 27 de agosto se mudaron. Joan y Dick Jellico les enviaron una gran maceta con una planta, y el agente de Guy otra pequeña. Hutch les mandó un telegrama:

La Bramford cambiará de mala casa a buena casa cuando una de sus puertas tenga el letrero «R. y G. Woodhouse».

3

Rosemary estuvo muy ocupada y se sintió feliz. Compró y colgó cortinas, halló una lámpara de cristal victoriana para la sala, colgó potes y cacerolas de la pared de la cocina. Un día se dio cuenta de que las cuatro tablas del armario empotrado del recibidor eran estantes, que encajaban en abrazaderas de madera en las paredes laterales. Los cubrió con papel engomado y cuando Guy vino a casa le pudo enseñar un armario lleno de ropa blanca. Luego ella descubrió un supermercado en la Sexta Avenida y una lavandería china en la calle Cincuenta y cinco para las sábanas y las camisas de Guy.

Guy estaba también muy ocupado, y fuera todo el día, como los esposos de otras mujeres. Cuando pasó la Fiesta del Trabajo, su profesor de declamación regresó a la ciudad; Guy trabajaba con él cada mañana y actuaba en comedias y series casi todas las tardes. A la hora del desayuno él leía conmovedoramente la página teatral (¡casi todo el mundo estaba fuera de la ciudad!, mientras se escenificaba *El Gato*, *Los años imposibles* o *Cálido septiem-*

bre; sólo él estaba en Nueva York, con los anuncios de Anacin); pero Rosemary sabía que pronto conseguiría algo bueno, y, en silencio, le ponía delante el café y tomaba la otra parte del periódico.

El cuarto de los niños no era de momento más que un estudio, con paredes de un blanco deslucido y el mobiliario del anterior apartamento. El empapelado blanco y amarillo vendría más tarde, limpio y fragante. Rosemary ya tenía una muestra de él entre las páginas del libro *Los Picassos de Picasso*, junto con un recorte mostrando una camita de niño y un escritorio.

Escribió a su hermano Brian para hacerle partícipe de su felicidad. A ningún otro miembro de la familia le habría causado eso alegría en aquellos momentos; todos se mostraban hostiles: padres, hermanos y hermanas, que no le perdonaban: a) que se hubiera casado con un protestante; b) que se hubiera casado sólo por lo civil, y c) que tuviera una suegra dos veces divorciada y ahora casada con un judío en Canadá.

Ella le preparó a Guy pollo a la Marengo y *vitello tonnato*, coció un pastel con una capa de moka y llenó un tarro con galletas de mantequilla.

Oyeron a Minnie Castevet antes de conocerla; la oían a través de la pared de su dormitorio, gritando con su áspero acento del Medio Oeste:

—¡Roman! ¡Ven a la cama! ¡Son las once y veinte! —Y cinco minutos más tarde—: ¿Roman? ¡Tráeme un poco de cerveza de raíz cuando vengas!

—Yo creí que ya no se hacían películas cómicas de esas

de Mamá Cafetera —comentó Guy, y Rosemary se echó a reír, insegura (él tenía nueve años más que ella, y a veces no alcanzaba a comprender bien el significado de las citas de su esposo).

Conocieron a los Gould, del 7-F, una pareja anciana muy agradable, y a los Bruhn, de acento alemán, y a su hijo Walter, del 7-C. Sonrieron y saludaron con un movimiento de cabeza a los Kellogg, del 7-G, al señor Stein, del 7-H, y a los señores Dubin y DeVore del 7-B. (Rosemary se aprendió los nombres de todos inmediatamente, gracias a los letreros que había sobre los timbres y a las cartas que dejaban boca arriba sobre las alfombrillas, cuyos sobres ella no sentía escrúpulos en leer.) A los Kapp, del 7-D, no los había visto todavía, ni recibían correo, así que por lo visto se ausentaban durante el verano, y tampoco había manera de ver a los Castevet del 7-A, los del «¡Roman! ¿Dónde está Terry?» (o bien eran reclusos, o regresaban y salían a horas intempestivas). Su puerta estaba frente al ascensor y su alfombrilla era bastante legible. Recibían cartas de correo aéreo de una variedad sorprendente de sitios: Hawick (Escocia), Langeac (Francia), Vitoria (Brasil), Cessnock (Australia). Estaban suscritos a *Life* y a *Look*.

Rosemary y Guy no vieron ni la menor señal de las hermanas Trench, Adrian Marcato, Keith Kennedy, Pearl Ames o sus posteriores equivalentes. Dubin y DeVore eran homosexuales; todos los demás parecían gente corriente.

Casi todas las noches podían oírse los berridos con acento del Medio Oeste procedentes del apartamento que —Rosemary y Guy llegaron a comprenderlo— había sido en su origen esa parte delantera mayor que la que ahora ellos tenían.

—¡Pero es imposible estar cien por ciento seguros! —argüía aquella mujer—. ¡Si quieres saber mi opinión, a ella no debemos decirle nada! ¡Ésa es mi opinión!

Un sábado por la noche, los Castevet celebraron una fiesta, con una docena de personas que hablaban y cantaban. Guy se durmió fácilmente, pero Rosemary estuvo despierta hasta las dos, oyendo cánticos desafinados y poco musicales, y una flauta o clarinete que daba la lata.

La única vez que Rosemary recordaba los recelos de Hutch y se inquietaba por ellos era cuando bajaba al sótano para ir a lavar la ropa, cada cuatro días más o menos. El montacargas parecía descompuesto (pequeño, sin ascensorista y dado a repentinos crujidos y temblores), y el sótano era un lugar espectral, con pasillos de ladrillo, que una vez estuvieron blanqueados, donde las pisadas susurraban distantes, puertas invisibles se cerraban de golpe y neveras desechadas estaban de cara a la pared, bajo brillantes bombillas en sus jaulas de alambre.

Rosemary recordaba que era ahí donde habían encontrado un bebé muerto envuelto en periódicos, no hacía mucho tiempo. ¿De quién sería el niño? ¿Cómo murió? ¿Quién lo había encontrado? ¿Quienquiera que lo abandonase, fue descubierto y castigado? Pensó en ir a la biblioteca y leer la historia en periódicos viejos, como Hutch había hecho; pero eso haría todo más real y más horrible de lo que ya era. Saber el sitio donde el niño había yacido, tener quizá que pasar por su lado camino de la lavandería y de nuevo al regresar al montacargas, habría sido insoportable. Pero decidió que la ignorancia parcial era ceguera parcial. ¡Maldito Hutch y sus buenas intenciones!

El cuarto de las lavadoras habría parecido apropiado en una prisión: paredes de ladrillo humeantes, más bombillas en sus jaulas, y filas de profundos fregaderos dobles en cubículos de hierro. Había lavadoras y secadoras que funcionaban arrojando una moneda, y, en la mayoría de los cubículos con candado, lavadoras de propiedad particular. Rosemary bajaba los finales de semana o después de las cinco. Los primeros días de la semana, un grupo de lavanderas negras planchaba y chismorreaba, y, de repente, se quedaban calladas cuando ella entraba, intrusa sin querer. Les había sonreído y tratado de ser invisible; pero las negras no volvían a decir palabra y ella se sentía torpe y opresora de negros.

Una tarde, cuando ella y Guy llevaban en la Bramford poco más de dos semanas, Rosemary estaba sentada en el cuarto de las lavadoras a las cinco y media, leyendo el *New Yorker* y esperando añadir suavizante al agua para enjuagar, cuando entró una joven de su edad, una chica morena con rostro de camafeo, que era, como Rosemary creyó comprender con un sobresalto, la actriz Ana María Alberghetti. Llevaba unas sandalias blancas, pantalones cortos negros y una blusa de seda color albaricoque, y traía la ropa en una cesta de plástico amarillo. Saludó con un gesto a Rosemary y luego, sin mirarla, se dirigió a una de las lavadoras, la abrió y comenzó a arrojar dentro ropa sucia.

Ana María Alberghetti no vivía en la Bramford, que

Rosemary supiera; pero podía muy bien estar de visita en casa de alguien y estar ayudando en los quehaceres domésticos. Sin embargo, al mirarla más de cerca, Rosemary se dio cuenta de que se había equivocado: la nariz de aquella joven era demasiado larga y afilada, y había otras diferencias de expresión y porte menos definibles. Sin embargo, el parecido era bastante notable, y Rosemary se dio cuenta, de repente, de que la chica la estaba mirando con una sonrisa embarazosa e interrogativa, al lado de la lavadora cerrada y llena.

—Lo siento —se excusó Rosemary—. Pensé que usted era Ana María Alberghetti. Si no, no me habría quedado mirándola. Perdone.

La joven se sonrojó y sonrió, mirando al suelo.

—Me sucede muchas veces —dijo—. No tiene por qué excusarse. La gente se ha estado creyendo que yo soy Ana María desde que yo era, bueno, una niña, cuando ella comenzó su carrera con *Aquí viene el novio.* —Se quedó mirando a Rosemary, aún sonrojada, pero ya sin sonreír—. Yo no creo tener ningún parecido con ella. Soy hija de padres italianos, como ella, pero no hay parecido físico.

—Pues yo creo que lo hay, y bastante —contestó Rosemary.

—Debe de haberlo —dijo la chica—. Cuando todo el mundo me lo dice... Pero yo no lo veo. Me gustaría que lo hubiera, créame.

—¿La conoce usted? —inquirió Rosemary.

—No.

—Como ha dicho «Ana María», pensé...

—¡Oh, no! Es que yo la llamo de esa manera. Creo que es de hablar tanto de ella con todo el mundo —se secó la mano en su pantalón corto y se adelantó, alargándosela con una sonrisa—. Me llamo Terry Gionoffrio —dijo—. Si quiere se lo deletreo.

Rosemary sonrió a su vez y le estrechó la mano.

—Soy Rosemary Woodhouse. Somos inquilinos recientes —explicó—. ¿Lleva mucho tiempo aquí?

—No soy inquilina de esta casa —contestó la chica—. Estoy con los señores Castevet, en el séptimo piso. Soy su huésped, bueno, una especie de huésped, desde junio. ¿Los conoce usted?

—No —contestó Rosemary, todavía sonriendo—; pero nuestro apartamento es justamente el de al lado. Antes era su parte trasera.

—¡Dios mío! —exclamó la joven—. Ustedes son la pareja que se ha mudado al apartamento de la vieja. La señora... La anciana que se murió.

—Gardenia.

—Eso es. Era muy amiga de los Castevet. Le gustaba cultivar hierbas y cosas por el estilo y se las llevaba a la señora Castevet para sus guisos.

Rosemary asintió.

—Cuando vimos por primera vez el apartamento —dijo—, había una habitación llena de plantas.

—Y ahora está muerta —dijo Terry—. La señora Castevet tiene un invernáculo miniatura en la cocina y también cultiva plantas.

—Perdone, tengo que echar suavizante —explicó Rosemary. Se levantó y sacó la botella de la bolsa que estaba sobre la lavadora.

—¿Sabe usted a quién se parece? —le preguntó Terry.

Y Rosemary, destapando el bote, inquirió:

—No, ¿a quién?

—A Piper Laurie.

Rosemary se rio.

—¡Oh, no! —dijo—. Tiene gracia que diga eso, porque mi esposo solía salir con Piper Laurie antes de que nos casáramos.

—¿No bromea? ¿En Hollywood?

—No, aquí.

Rosemary vertió un poco de suavizante. Terry abrió la lavadora y Rosemary le dio las gracias y arrojó dentro el suavizante.

—Su esposo, ¿es actor? —preguntó Terry.

Rosemary asintió, complacida, tapando la botella.

—¿No bromea? ¿Cómo se llama?

—Guy Woodhouse —contestó Rosemary—. Actuó en *Lutero* y *Nadie quiere un albatros*, y trabaja mucho para la televisión.

—¡Vaya! Yo me paso el día viendo la televisión —confesó Terry—. ¡Apostaría a que lo he visto!

En alguna parte del sótano se rompió un cristal; un frasco o un cristal de ventana.

—¿Qué ha sido eso? —exclamó Terry.

Rosemary se encogió de hombros y miró inquieta hacia el pasillo de entrada a la lavandería.

—Odio este sótano —confesó.

—Yo también —declaró Terry—. Me alegro de que usted esté aquí. Si estuviera sola estaría muy asustada.

—Probablemente algún chico de reparto que ha dejado caer una botella.

Terry dijo:

—Escuche, nosotras dos bajamos aquí regularmente.

Su puerta está cerca del montacargas, ¿verdad? Si yo llamo al timbre de su puerta, podríamos bajar juntas. Podríamos llamarnos primero por teléfono.

—Eso sería estupendo —dijo Rosemary—. Detesto venir aquí abajo sola.

Terry se echó a reír alegremente, pareció buscar palabras, y luego, aún riendo, dijo:

—Tengo un amuleto de la buena suerte que a lo mejor nos sirve para las dos. —Se abrió el cuello de su blusa y sacó una cadenita de plata, mostrando a Rosemary al final de ella una bolita de filigrana de plata, de un poco menos de una pulgada de diámetro.

—¡Qué preciosa! —exclamó Rosemary.

—¿Verdad que sí? —preguntó Terry—. La señora Castevet me la regaló anteayer. Tiene una antigüedad de tres siglos. La rellenó con una cosa que ella cría en su pequeño invernáculo. Es buena suerte, o al menos se supone que la da.

Rosemary miró más atentamente el amuleto que Terry sostenía entre el pulgar y el índice. Estaba relleno con una sustancia esponjosa, de un color pardo verdoso, que pugnaba por salirse por entre el calado. Un olor amargo hizo que Rosemary retrocediera.

Terry volvió a reír.

—El olor, desde luego, no me gusta —dijo—; pero espero que sirva para algo.

—Es un amuleto muy bonito —declaró Rosemary—. Jamás he visto otro igual.

—Es europeo —explicó Terry. Apoyó una cadera contra una lavadora y admiró la bola, girándola a un lado y otro—. Los Castevet son la gente más maravillosa del mundo, sin excepción —dijo—. Me recogieron en la acera; así, tal como suena. Yo andaba por la Octava Avenida y ellos me trajeron aquí y me adoptaron como si fueran mis padres. O mis abuelos, mejor dicho.

—¿Estaba usted enferma? —preguntó Rosemary.

—Eso es decirlo con palabras suaves —dijo Terry—. Yo estaba medio muerta de hambre y drogada, y hacía cosas de las que ahora me avergüenzo sólo de pensarlas. Los señores Castevet me rehabilitaron por completo, me sacaron del vicio, me alimentaron y vistieron de limpio. Ahora no hay nada en el mundo que me parezca bastante bueno para ellos. Me han proporcionado toda clase de alimentos sanos y vitaminas, ¡incluso hacen que un médico me haga reconocimientos regulares! Todo eso porque ellos no tienen hijos. Soy como la hija que nunca tuvieron, ¿comprende?

Rosemary asintió.

—Al principio pensé que ellos quizá tuvieran un motivo oculto —dijo Terry—. Que me querían tal vez para algo de tipo sexual, para él o para ella. Pero en realidad han sido conmigo como abuelos. Nada de *lo otro*. Dentro de poco me van a matricular en una escuela de secretarias y cuando pueda les pagaré. Sólo tengo tres años de escuela superior; pero creo que lo podremos arreglar. —Volvió a meter la bola de filigrana en su blusa.

—Es agradable saber que hay gente así —dijo Rosemary—. Se oye hablar tanto de apatía y de personas que temen complicarse la vida...

—No hay muchos como los señores Castevet —dijo Terry—. Si no fuera por ellos, ahora estaría muerta. La pura verdad. Muerta o en la cárcel.

—¿No tiene ningún familiar que le pudiera ayudar?

—Un hermano en la Marina. Cuanto menos hable de él, mejor.

Rosemary pasó la ropa lavada a una secadora y aguardó con Terry a que la de ésta estuviera lista. Hablaron del papel ocasional de Guy en *Otro mundo* («¡Seguro que lo recuerdo! ¿Estás casada con *él*?»), del pasado de la Bramford (del cual Terry no sabía nada) y de la próxima visita a Nueva York del papa Pablo VI. Terry era católica, como Rosemary, aunque ya no era practicante; sin embargo, estaba ansiosa por obtener una entrada para la misa papal que habría de celebrarse en el Yankee Stadium. Cuando su ropa estuvo lavada y secándose, ambas jóvenes se dirigieron juntas al montacargas y luego subieron hasta el séptimo piso. Rosemary invitó a Terry a ver su apartamento; pero Terry preguntó si podría ir luego, ya que los Castevet cenaban a las seis y ella no quería llegar tarde. Dijo que llamaría a Rosemary por teléfono a última hora de la tarde, para que pudieran bajar juntas a recoger su ropa seca.

Guy estaba en casa, comiéndose el contenido de una bolsa y viendo una película de Grace Kelly.

—Esas ropas deben de estar bien limpias —fue su único comentario.

Rosemary le contó lo de Terry y los Castevet, y que Terry le recordaba por su actuación en *Otro mundo*. Él fingió no dar importancia a la cosa, pero en el fondo le complació. Se sentía deprimido por la posibilidad de que un actor llamado Donald Baumgart le arrebatara un papel en una nueva comedia que ambos habían leído por segunda vez aquella tarde.

—¡Dios mío! —exclamó—. ¿Mira que llamarse Donald Baumgart? Su verdadero nombre es Sherman Peden, pero se lo cambió.

Rosemary y Terry recogieron sus respectivas ropas a las ocho, y Terry entró con Rosemary para conocer a Guy y ver el piso. Se sonrojó ante Guy, quien la abrumó con floridos cumplidos, y trayéndole bandejas y encendiéndole cerillas. Terry jamás había visto antes el apartamento; la señora Gardenia y los Castevet habían reñido poco antes de su llegada, y, después, la señora Gardenia sufrió el coma del que nunca salió.

—Es un apartamento precioso —dijo Terry.

—Lo será —declaró Rosemary—. Aún no lo tenemos ni la mitad de amueblado.

—¡Ya lo tengo! —gritó Guy dando una palmada. Y señaló triunfalmente a Terry—: ¡Ana María Alberghetti!

4

Trajeron un paquete de la casa Bonniers, regalo de Hutch: un alto cubilete de madera de teca, con una franja anaranjada brillante, de los que se usan para los cubitos de hielo. Rosemary le telefoneó enseguida para darle las gracias. Él había visto el apartamento después de que se fueran los pintores; pero no desde que ella y Guy se hubieran mudado. Ella le contó lo de las sillas que debían haber traído ya hacía una semana y lo del sofá, que no lo traerían hasta dentro de un mes.

—Por amor de Dios, no penséis ahora en agasajar a nadie —dijo Hutch—. Cuéntame qué tal va todo.

Rosemary se lo contó, contenta de poder darle detalles.

—Pues los vecinos no parecen anormales —explicó—. Bueno, hay un par de homosexuales; pero eso son anormales normales. Al otro lado del pasillo, frente a nosotros, hay una pareja muy simpática, los Gould, que tienen una finca en Pensilvania donde crían gatos persas. Podremos tener uno en cuanto queramos.

—Hacen pipí.

—Y hay otro matrimonio al que aún no conocemos, pero que recogió a una chica que se había dado al vicio de las drogas, y con la que hemos hecho amistad. Ellos la curaron completamente y la van a matricular en una escuela de secretarias.

—Parece como si os hubierais mudado al País de las Delicias —dijo Hutch—. Estoy encantado.

—El sótano te pone la carne de gallina —prosiguió Rosemary—. Yo te maldigo cada vez que tengo que bajar a él.

—Y ¿por qué? ¿Se puede saber?

—Por tus historias.

—Si te refieres a las que escribo, yo me maldigo también; si aludes a las que te conté, con el mismo motivo podrías maldecir a la alarma de incendios por el fuego y al servicio meteorológico por los ciclones.

Rosemary, intimidada, contestó:

—Eso ya no será tan malo para mí a partir de ahora. La joven de que te he hablado bajará siempre conmigo.

—Es evidente que has ejercido la saludable influencia que predije —repuso Hutch—. Esa casa ha dejado de ser una cámara de horrores. Que te diviertas con el cubilete para hielo y saluda de mi parte a Guy.

Aparecieron los Kapp, del apartamento 7-D; una pareja rolliza, por la mitad de sus treinta, con una niña de dos años, muy inquisitiva, llamada Lisa.

—¿Cómo te llamas? —le preguntó Lisa, sentándose en su cochecito—. ¿Te comiste tu huevo? ¿Te comiste tu capitán Crunch?

—Me llamo Rosemary. Sí, me comí mi huevo; pero jamás he oído hablar del capitán Crunch. ¿Quién es?

En la noche del viernes 17 de septiembre, Rosemary y Guy fueron con otras dos parejas a la presentación de una obra teatral llamada *La señora Dally* y luego a una fiesta dada por el fotógrafo Dee Bertillon en su estudio de la calle Cuarenta y ocho Oeste. Entre Guy y Bertillon hubo una discusión acerca de la política oficial sobre los actores, que impedía contratar actores extranjeros. Guy pensaba que era justa y a Bertillon le parecía equivocada, y aunque los otros invitados acabaron pronto con la discusión bajo un rápido aluvión de chistes y chismes, Guy se llevó a Rosemary poco después, cuando sólo hacía unos minutos que habían dado las doce y media.

La noche era tibia y fragante y fueron dando un paseo; al acercarse a la ennegrecida mole de la Bramford vieron en la acera a un grupo de unas veinte personas, en semicírculo alrededor de un automóvil. Dos coches de la policía aguardaban uno al lado del otro, con las luces rojas de sus techos girando.

Rosemary y Guy apresuraron el paso, con las manos entrelazadas, sintiendo agudizarse sus sentidos. Los autos aminoraban su marcha como si sus ocupantes quisieran enterarse; en la Bramford se habían abierto algunas ventanas y asomaban cabezas humanas junto a las cabezas de las gárgolas. Toby, el portero de noche, salió de la casa con una manta de color tostado, y un policía se volvió hacia él para tomarla de sus manos.

El coche, un Volkswagen, estaba abollado de un lado; el parabrisas estaba hecho añicos.

—Muerta —dijo alguien.

Y alguien más añadió:

—Alcé la mirada y creí que bajaba zumbando un ave grande, como un águila o algo así.

Rosemary y Guy se pusieron de puntillas para mirar por encima de los hombros de la gente.

—Retírense, por favor —dijo un policía que estaba en el centro.

Los hombros se separaron y una espalda con una camisa deportiva se retiró. En la acera yacía Terry, contemplando el cielo con un ojo, la mitad de su cara convertida en pulpa roja. La manta color tostado cayó sobre ella. Al asentarse, se enrojeció en un sitio y luego en otro.

Rosemary dio media vuelta, cerró los ojos, y con la mano derecha se santiguó maquinalmente. Cerró su boca apretadamente, temerosa de vomitar.

Guy tuvo un sobresalto y aspiró aire con los dientes apretados.

—¡Jesús! —exclamó; luego gimió, y dijo—: ¡Oh, Dios mío!

Un policía insistió:

—¿Quieren hacer el favor de retirarse?

—Es conocida nuestra —explicó Guy.

Otro policía se volvió para preguntar:

—¿Cómo se llamaba?

—Terry.

—¿Terry qué? —Tenía unos cuarenta años y estaba sudoroso. Sus ojos eran azules y atractivos, con espesas pestañas negras.

—¿Ro...? —inquirió Guy—. ¿Cómo se llamaba? ¿Terry qué?

Rosemary abrió los ojos y tragó.

—No recuerdo —dijo—. Era un apellido italiano que empezaba con G. Un apellido largo. Ella bromeó y quiso deletreármelo. Ya no puede...

Guy dijo al policía de los ojos azules:

—Residía en casa de un matrimonio llamado Castevet, en el apartamento 7-A.

—Ya hemos estado allí —explicó el policía.

Otro policía se acercó, trayendo una hoja de papel amarillento. El señor Micklas venía tras él, con la boca apretada, llevando un impermeable sobre su pijama a rayas.

—Breve y cariñosa —dijo el policía al de los ojos azules, alargándole el papel amarillento—. La pegó al antepecho de la ventana con cinta adhesiva, para que no se la llevara el viento.

—¿Había alguien allí?

El otro negó con la cabeza.

El policía de los ojos azules leyó lo que había sido escrito sobre la hoja de papel, sorbiendo pensativo a través de los dientes.

—Teresa Gionoffrio —dijo, pronunciando lo mismo que un italiano.

Rosemary asintió.

Guy intervino para decir:

—El miércoles por la noche nadie habría dicho que ella tenía ese pensamiento tan triste en su mente.

—Pues sólo tenía pensamientos tristes —contestó el policía, abriendo su cartera de documentos. Puso el papel dentro de ella y cerró la cartera con una ancha tira de goma amarilla.

—¿La conocía usted? —preguntó el señor Micklas a Rosemary.

—Ligeramente —contestó ella.

—¡Oh, claro! —exclamó el señor Micklas—. Usted vive también en el séptimo piso.

Guy dijo a Rosemary:

—Vamos, cariño. Subamos.

El policía preguntó:

—¿Por casualidad saben ustedes dónde podría encontrar a esos señores Castevet?

—No —respondió Guy—. Ni siquiera los conocemos.

—Suelen estar en casa a estas horas —explicó Rosemary—. Los oímos a través de la pared. Nuestro dormitorio está pegado al suyo.

Guy puso su mano en la espalda de Rosemary.

—Vamos, cariño —insistió.

Saludaron con un gesto de cabeza al policía y al señor Micklas, y se dispusieron a encaminarse presurosos hacia la casa.

—Aquí vienen —dijo el señor Micklas.

Rosemary y Guy se detuvieron y se volvieron. Viniendo del centro de la ciudad, igual que ellos habían venido, se acercaban una mujer alta, robusta, de cabellos blancos, y un hombre alto, delgado, que arrastraba los pies.

—¿Son los Castevet? —preguntó Rosemary.

El señor Micklas asintió.

La señora Castevet iba vestida de azul claro, con toques blancos en guantes, bolso, zapatos y sombrero. Como si fuera una enfermera, sostenía el brazo de su esposo. Él iba deslumbrante, con una chaqueta de todos los colores, pantalones rojos, una corbata de nudo color rosa y sombrero de fieltro suave con ala vuelta, que tenía una cinta rosa. Tendría setenta y cinco años o quizá más; ella habría cumplido los sesenta y ocho o sesenta y nueve. Se acercaron con expresión de alerta juvenil, con sonrisas amistosas y burlonas. El policía se adelantó para saludarlos y sus sonrisas se debilitaron y desaparecieron. La señora Castevet dijo algo expresando su inquietud. Su amplia boca de labios finos era rosado rojiza, como pintada con rojo de labios; sus mejillas eran extraordinariamente pálidas, sus ojos pequeños y brillantes en cuencas profundas. Tenía una nariz grande y bajo sus labios había una masa carnosa hosca. Llevaba gafas con bordes rosados, sujetas con una cadenita que colgaba detrás de unos feos aretes de perlas.

El policía les preguntó:

—¿Son ustedes los señores Castevet, del séptimo piso?

—Lo somos —contestó el señor Castevet con una voz seca que había que escuchar con atención.

—¿Tienen a una joven llamada Teresa Gionoffrio viviendo con ustedes?

—La tenemos —dijo el señor Castevet—. ¿Qué le ha ocurrido? ¿Ha sufrido algún accidente?

—Será mejor que se preparen a recibir malas noticias —dijo el policía.

Aguardó, mirando a cada uno de ellos por turno, y luego añadió:

—Ha muerto. Se suicidó. —Alzó una mano con el pulgar señalando por encima de su hombro—. Saltó por la ventana.

Se lo quedaron mirando sin cambiar de expresión, como si él no hubiera dicho nada; entonces la señora Castevet se inclinó a un lado, miró más allá de él a la manta manchada de sangre, y luego se irguió y se lo quedó mirando a los ojos.

—Eso no es posible —dijo con su alto y ronco acento del Medio Oeste, del «Roman-tráeme-un-poco-de-cerveza»—. Debe de tratarse de un error. Ahí tiene que haber otra persona.

El policía, sin volverse, dijo:

—Artie, ¿quieres dejar que estos señores echen un vistazo, por favor?

La señora Castevet se adelantó, pasando por su lado, con la mandíbula apretada.

El señor Castevet no se movió.

—Sabía que esto sucedería —dijo—. Se sentía profundamente deprimida cada tres semanas, más o menos. Me di cuenta de ello y se lo dije a mi esposa; pero se mofó de mí. Es tan optimista que se niega a admitir que las cosas a veces no son como ella quisiera.

La señora Castevet replicó:

—Eso no significa que fuera a matarse. Era una chica muy feliz, que no tenía ninguna razón para desear quitarse la vida. Debe de haber sido un accidente. Estaría limpiando las ventanas y perdió pie. Siempre nos sorprendía limpiándonos algo.

—No iba a ponerse a limpiar las ventanas a medianoche —dijo el señor Castevet.

—¿Por qué no? —preguntó enfadada la señora Castevet—. ¡Puede que lo hiciera!

El policía sacó de su cartera la hoja de papel amarillento y se la entregó.

La señora Castevet vaciló, luego la tomó, volvió y la leyó. El señor Castevet asomó la cabeza sobre su brazo y leyó también, moviendo sus labios finos y vívidos.

—¿Es ésa su letra? —preguntó el policía.

La señora Castevet asintió, y el señor Castevet afirmó:

—Sin duda alguna.

El policía alargó su mano y la señora Castevet le devolvió el papel. Él le dijo:

—Gracias. Se lo devolveré cuando hayamos acabado con esto.

Ella se quitó las gafas, dejó que colgaran de su cadena del cuello y se cubrió los ojos con sus manos enguantadas de blanco.

—No lo creo —dijo—. No puedo creerlo. Era tan feliz. Sus penas eran cosa del pasado.

El señor Castevet le puso una mano en el hombro y miró al suelo, meneando la cabeza.

—¿Sabe usted el nombre de su más próximo pariente? —preguntó el policía.

—No tenía familia —repuso la señora Castevet—. Estaba sola. No tenía a nadie, fuera de nosotros.

—¿No tenía un hermano? —preguntó Rosemary.

La señora Castevet se puso las gafas y se la quedó mirando. El señor Castevet alzó la mirada del suelo, mientras sus ojos, profundamente hundidos, relucían bajo el ala de su sombrero.

—¿Tenía un hermano? —preguntó el policía.

—Ella dijo que lo tenía —afirmó Rosemary—. En la Marina.

El policía se quedó mirando a los Castevet.

—Ahora me entero —dijo la señora Castevet.

—Yo también me entero ahora —aseguró el señor Castevet.

El policía preguntó a Rosemary:

—¿Sabe usted su rango o dónde está destinado?

—No —contestó—. Ella me lo contó el otro día —agregó volviéndose a los Castevet—, cuando estaba en la lavandería del sótano. Yo soy Rosemary Woodhouse.

Guy explicó:

—Vivimos en el 7-E.

—Siento lo mismo que usted, señora Castevet —dijo Rosemary—. Parecía tan feliz y... tan confiada en el futuro. Hablaba muy bien de usted y de su esposo; estaba muy agradecida por todo lo que hacían por ella.

—Gracias —dijo la señora Castevet.

—Es muy amable diciéndonos eso —añadió el señor Castevet—. Nos alivia un poco.

El policía inquirió:

—¿No sabe usted nada más de ese hermano, excepto que está en la Marina?

—Nada más —contestó Rosemary—. Me parece que no le tenía mucho cariño.

—Será fácil dar con él —opinó el señor Castevet—. El apellido Gionoffrio no es corriente.

Guy puso de nuevo su mano sobre la espalda de Rosemary y ambos se dirigieron hacia la casa.

—Estoy tan asombrada y lo he sentido tanto —dijo Rosemary a los Castevet.

Guy declaró:

—Ha sido una pena. Es algo...

La señora Castevet le interrumpió para decirle:

—Gracias.

El señor Castevet dijo algo largo y sibilante de lo cual sólo pudieron comprender «sus últimos días».

Subieron en el ascensor.

—¡Pobrecilla! ¡Pobrecilla! —iba diciendo Diego, el ascensorista.

Se quedaron mirando, muy tristes, a la puerta del 7-A, que ahora parecía fantasmal, y recorrieron lentamente el ramal del pasillo hasta su propio apartamento. El señor Kellogg, del 7-G, atisbó detrás de su puerta encadenada y preguntó qué había ocurrido allá abajo. Se lo dijeron.

Se sentaron en el borde de su cama durante unos minutos, especulando sobre las razones que habría podido tener Terry para suicidarse. Sólo si los Castevet dijeran algún día lo que había escrito en la nota —convinieron—, podrían saber de seguro lo que la había empujado a esa muerte violenta, de la que casi fueron testigos. Pero aun sabiendo lo que decía la nota, observó Guy, puede que no se enteraran de toda la verdad, porque parte de ella quizás estuviera más allá de la comprensión de Terry. Algo la había empujado a las drogas y algo la había empujado al suicidio. Lo que fuera, tal vez ya era demasiado tarde para saberlo.

—¿Recuerdas lo que dijo Hutch? —preguntó Rosemary—. ¿Sobre que aquí había más suicidios que en otros edificios?

—¡Vamos, Ro! —exclamó Guy—. Eso de la «zona de peligro» son tonterías, cariño.

—Pero Hutch lo cree.

—Bueno, pero siguen siendo tonterías.

—No quiero imaginar lo que va a decir cuando se entere de esto.

—No se lo digas —sugirió Guy—. Segurísimo que no lo va a leer en los periódicos.

Aquella mañana había comenzado una huelga en los periódicos de Nueva York y corrían rumores de que podía durar un mes o más.

Se desnudaron, se ducharon, continuaron una partida interrumpida del juego de las letras, se cansaron de ello, hicieron el amor, y hallaron leche y un plato de macarrones fríos en la nevera. Poco antes de que apagaran las luces, a las dos y media, Guy se acordó de llamar al servicio de mensajes telefónicos y se enteró de que le habían concedido un papel en un número comercial de la radio, para los vinos Cresta Blanca.

Él estuvo pronto dormido, pero Rosemary quedó despierta a su lado, viendo el rostro de Terry convertido en pulpa y su único ojo contemplando el cielo. Sin embargo, al cabo de un rato, se imaginó en el colegio de Nuestra Señora. La hermana Agnes estaba gesticulando con el puño ante ella, destituyéndola de la jefatura del segundo piso: «¡A veces me pregunto cómo has llegado a ser jefa de algo!», le decía. Un golpe al otro lado de la pared despertó por un momento a Rosemary, y la señora Castevet dijo:

—¡Y, por favor, no me cuentes lo que dijo Laura-Louise, porque no me interesa!

Rosemary se volvió y se hundió en su almohadón.

... La hermana Agnes estaba furiosa. Sus ojos saltones habían encogido hasta no ser más que dos rajitas y le temblaban las ventanillas de la nariz como le solían temblar cuando se ponía así. Gracias a Rosemary, había sido necesario tabicar todas las ventanas, y, ahora, el colegio de Nuestra Señora había sido eliminado del campeonato escolar organizado por el *World-Herald*. «¡Si me hubieses escuchado no tendríamos que haber hecho eso!», gritaba la hermana Agnes con su áspero acento del Medio Oeste. «¡Ahora lo tendríamos todo dispuesto en vez de tener que empezar desde el principio!» El tío Mike trataba de apaciguarla. Él era el director de Nuestra Señora, que se comunicaba a través de largos pasadizos con su tienda central en South Omaha. «Te dije que no le contaras nada por anticipado.» La hermana Agnes continuó con voz más baja, con sus ojos saltones mirando despectivamente a Rosemary. «Te dije que ella no sería de mentalidad abierta. Teníamos bastante tiempo por delante para meterla en esto.» (Rosemary había contado a la hermana Verónica lo de las ventanas tabicadas y la hermana Verónica retiró al colegio de la competición; de otro modo nadie se habría dado cuenta y habrían ganado. Sin embargo, había hecho bien en decirlo, a pesar de la hermana Agnes. Un colegio católico no podía ganar con artimañas.) «¡Cualquiera, cualquiera! —dijo la hermana Agnes—. Sólo tiene que ser joven, sana y que ya no sea virgen. No tenía por qué ser una puta adicta a las drogas, sacada del arroyo. ¿No te lo dije yo desde el principio? Cualquiera. Con tal de que sea joven, sana y que ya no sea virgen.» Lo cual no tenía sentido, ni siquiera para el tío Mike; así que Rosemary se volvió, y ya era sábado por la tarde, y ella y Brian, Eddie y Jean estaban en el vestíbulo del Orpheum, adonde habían ido a ver a Gary Cooper y a Patricia Neal en *El manantial*, sólo que era de veras, no una película.

5

En la mañana del lunes siguiente, Rosemary estaba colocando en la cocina los últimos paquetes de la compra doble de alimentos que había hecho, cuando sonó el timbre de la puerta; por la mirilla vio a la señora Castevet, con su cabello blanco rizado bajo un pañuelo azul y blanco, mirando de modo solemne, fijamente, frente a ella, como si esperara el clic de una cámara de las que sacan fotografías para pasaporte.

Rosemary abrió la puerta y le dijo:

—¡Hola! ¿Cómo está usted?

La señora Castevet sonrió de modo triste.

—Bien —contestó—. ¿Puedo entrar un instante?

—No faltaba más; entre, por favor.

Rosemary abrió de par en par y se apartó, apoyándose en la pared. Percibió un ligero olor acre cuando la señora Castevet entró, el mismo olor del amuleto de la buena suerte de plata que había pertenecido a Terry, relleno con una cosa esponjosa y de color pardo verdusco. La señora Castevet llevaba puestos pantalones *toreador*, que le quedaban mal, ya que sus muslos y caderas eran macizos, fofos por la grasa. Los pantalones eran de un verde lima bajo una blusa azul. Del bolsillo de su cadera sobresalía un destornillador. Deteniéndose entre las puertas del estudio y la cocina, se volvió, se puso sus gafas de cadenita y sonrió a Rosemary. Sin saber por qué, Rosemary recordó el sueño que tuvo un par de noches antes, algo sobre la hermana Agnes riñéndola por haber tapado con ladrillos las ventanas; pero lo desechó y sonrió atenta, dispuesta a oír lo que la señora Castevet tenía que decirle.

—Sólo he venido a darle las gracias —dijo la señora Castevet— por hablar tan bien de nosotros la otra noche; por decir que la pobre Terry nos estaba agradecida por lo que habíamos hecho. Jamás sabrá lo mucho que nos consoló oír algo semejante en un momento tan terrible, ya que ambos pensamos que quizás habríamos fallado en algo, y que la empujamos a ello, aunque su nota deja claro como el cristal, por supuesto, que ella lo hizo por su propia voluntad; pero de todos modos fue una bendición oír eso en voz alta, dicho por alguien en quien Terry había confiado hasta el último momento.

—Por favor, no tiene por qué darme las gracias —dijo Rosemary—. Sólo repetí lo que ella me dijo.

—La mayoría de la gente no se habría molestado —dijo la señora Castevet—. Se habrían marchado, no queriendo ni siquiera esforzarse en gastar saliva y mover los labios. Cuando usted sea mayor se dará cuenta de que hay muy poca bondad en este mundo. Por eso se lo agradezco y Roman también. Roman es mi marido.

Rosemary inclinó la cabeza, sonrió y repuso:

—Sea usted bienvenida. Me alegro de haber podido serle útil.

—Su cadáver fue incinerado ayer por la mañana, sin ceremonia alguna —dijo la señora Castevet—. Ella lo quería así. Y ahora tenemos que olvidar y seguir viviendo. No será fácil; nos gustaba mucho tenerla a nuestro lado, ya que como no tenemos hijos... ¿Y ustedes? ¿Tienen alguno?

—No, no tenemos —dijo Rosemary.

La señora Castevet se quedó mirando a la cocina.

—¡Oh, qué bonita! —exclamó—. Con las cacerolas colgando de la pared de ese modo. ¡Y miren cómo ha puesto la mesa! ¡Qué interesante!

—Lo copié de una revista —explicó Rosemary.

—Han pintado esto muy bien —comentó la señora Castevet, pasando el dedo por la jamba de la puerta con gesto de apreciación—. ¿Fue por cuenta del dueño de la casa? Debe de haber sido muy espléndida con los pintores; a nosotros no nos hicieron tan buen trabajo.

—Sólo dimos cinco dólares a cada uno —declaró Rosemary.

—¿Nada más? —La señora Castevet dio media vuelta y contempló el estudio—. ¡Oh! ¡Qué bonito! —exclamó—. Un cuarto para la televisión.

—Es provisional —dijo Rosemary—. Al menos, eso espero. Será el cuarto de los niños.

—¿Está usted embarazada? —le preguntó la señora Castevet, mirándola.

—Aún no —contestó Rosemary—; pero espero estarlo tan pronto como estemos definitivamente establecidos.

—¡Qué maravilloso! —dijo la señora Castevet—. Usted es joven y sana; tendrá muchos chiquillos.

—Pensamos tener tres —dijo Rosemary—. ¿Quiere ver el resto del apartamento?

—Me gustaría —confesó la señora Castevet—. Me muero de ganas de ver lo que usted ha hecho. Antes solía venir aquí casi cada día. La señora que vivía aquí era muy amiga mía.

—Lo sé —dijo Rosemary, adelantándose a la señora Castevet para indicarle el camino—; Terry me lo dijo.

—¡Ah! ¿Sí? —repuso la señora Castevet—. Parece como si ustedes tuvieran largas charlas allá abajo en la lavandería.

—Sólo una —declaró Rosemary.

La sala asombró a la señora Castevet.

—¡Caramba! —exclamó—. ¡Ha sido enorme el cambio! ¡Todo parece más reluciente! ¡Oh, y miren esa silla! ¿No es preciosa?

—La trajeron el viernes —explicó Rosemary.

—¿Qué pagó por una silla así?

Rosemary, desconcertada, contestó:

—No me acuerdo. Creo que fueron unos doscientos dólares.

—No le importará que le haga tantas preguntas, ¿verdad? —dijo la señora Castevet dándose golpecitos en la nariz—. Por eso tengo esta narizota, por ser entrometida.

Rosemary se echó a reír y replicó:

—Está bien. A mí no me importa.

La señora Castevet inspeccionó la sala, el dormitorio y el cuarto de baño, preguntándole cuánto les había cobrado el hijo de la señora Gardenia por la alfombra y el tocador; dónde habían conseguido las lámparas de las mesitas de noche; qué edad tenía Rosemary, y si un cepillo de dientes eléctrico era de veras mejor que los antiguos. A Rosemary le divertía esa anciana tan franca, con su vozarrón y sus preguntas bruscas. La invitó a café y un trozo de pastel.

—¿A qué se dedica su marido? —preguntó la señora Castevet, sentándose despreocupadamente sobre la mesa de la cocina, y comprobando los precios marcados sobre las latas de sopa y ostras.

Mientras plegaba el papel de envolver, Rosemary se lo dijo.

—¡Me lo imaginaba! —exclamó—. Se lo dije a Roman ayer: «¡Es tan guapo que apostaría a que es un actor de cine!» Las tres cuartas partes de los inquilinos de la casa lo son, ¿sabe? ¿En qué películas ha actuado su marido?

—En ninguna —explicó Rosemary—. Ha actuado en dos obras teatrales llamadas *Lutero* y *Nadie quiere un albatros*, y trabaja mucho para la radio y la televisión.

Tomaron el café y el pastel en la cocina, ya que la señora Castevet se negó a permitir que Rosemary revolviera la sala por culpa suya.

—Escuche, Rosemary —le dijo tragando pastel y café a la vez—. Tenemos un filete de solomillo de dos pulgadas de grueso, que en este mismo instante se está descongelando, y vamos a tener que tirar la mitad, porque sólo estamos Roman y yo para comer. ¿Por qué no vienen usted y Guy a cenar con nosotros esta noche? ¿Qué me dice?

—¡Oh! No podemos —contestó Rosemary.

—Claro que pueden, ¿por qué no?

—Bueno, es que no quisiera...

—Podría sernos muy útil —aseguró la señora Castevet.

Se quedó mirando a su regazo, y luego alzó la mirada hacia Rosemary con una sonrisa forzada.

—Tuvimos visita de amigos la pasada noche y el sábado —dijo—; pero ésta será la primera noche que pasemos solos desde... aquello.

Rosemary se inclinó hacia ella, conmovida:

—Si está tan segura de que no vamos a ser una molestia... —dijo.

—Cariño, si fuera una molestia ya no se lo habría pedido —afirmó la señora Castevet—. Créame, soy tan egoísta como largo es el día.

Rosemary sonrió.

—No era eso lo que me decía Terry.

—Bueno —declaró la señora Castevet con una sonrisa de satisfacción—. Terry no sabía lo que decía.

—Tendré que consultarlo con Guy —dijo Rosemary—; pero usted siga adelante y cuente con nosotros.

La señora Castevet exclamó muy contenta:

—¡Escuche! ¡Dígale que no aceptaré un no como respuesta! ¡Quiero decir a la gente que lo conozco!

Acabaron su pastel y su café, hablando de los grandes momentos y los azares de la carrera de un actor, de los nuevos programas de televisión y lo malos que eran, y de la huelga de los periódicos, que seguía.

—¿Será las seis y media muy temprano para ustedes? —preguntó la señora Castevet, ya en la puerta.

—Será perfecto —contestó Rosemary.

—A Roman no le gusta cenar más tarde —explicó la señora Castevet—. Padece del estómago, y si cena demasiado tarde luego no puede dormir. Sabe dónde estamos, ¿verdad? El 7-A, a las seis y media. Les estaremos esperando. ¡Ah! Aquí está su correo, querida; se lo he traído. Propaganda. Bueno, mejor es eso que nada, ¿verdad?

Guy regresó a casa a las dos y media, de muy malhumor; su agente le había dicho que, como él temía, el grotescamente llamado Donald Baumgart había obtenido el papel que él estuvo a punto de conseguir. Rosemary le dio un beso y le hizo sentarse en la nueva y cómoda silla con un bocadillo de queso y una cerveza. Ella había leído el guión de la obra y no le gustó; probablemente acabarían fuera de la ciudad, dejando de representarla, y no volverían a oír hablar de Donald Baumgart.

—Aunque fuera así —se lamentó Guy—, es de esos papeles que llaman la atención. Ya verás cómo consigue algo después.

Destapó el bocadillo, miró su contenido con desagrado, lo tapó y empezó a comer.

—La señora Castevet ha venido esta mañana —le informó Rosemary— para darme las gracias por decir lo contenta que Terry estaba con ellos. Creo que lo que quería era ver el apartamento. Es la persona más entrometida que he visto en mi vida. Hasta me preguntó los precios de las cosas.

—No bromees —dijo Guy.

—Menos mal que ella reconoce que es entrometida; pero como es graciosa y no es fastidiosa, se le puede perdonar. Miró hasta en el botiquín.

—¿Hasta eso?

—Hasta eso. Y adivina lo que llevaba puesto.

—Un saco con tres equis marcadas, ¿no?

—No, pantalones tipo torero.

—¿Pantalones de torero?

—De color verde lima.

—¡Cielos!

Arrodillándose en el suelo, entre las ventanas saledizas, Rosemary trazó una raya sobre un papel marrón con un lápiz y una regla, y luego midió la profundidad de los asientos de ventana.

—Nos invitó a cenar con ellos esta noche —dijo, y se quedó mirando a Guy—. Le contesté que lo consultaría contigo, pero seguro que lo pasaríamos bien.

—¡Por Dios, Ro! —exclamó Guy—. Pero si no queremos ir, ¿verdad?

—Creo que se sienten muy solos —dijo Rosemary—. Por lo de Terry.

—Cariño —respondió Guy—, si nos hacemos amigos de un matrimonio mayor como ése, no nos los podremos quitar nunca de encima. Viven en la misma planta que nosotros, y vendrán a visitarnos seis veces al día. Empezamos con que ella es entrometida.

—Le dije que podía contar con nosotros, Guy.

—¿No le dijiste también que primero lo ibas a consultar conmigo?

—Sí; pero también le dije que podía contar con nosotros. —Rosemary se quedó mirando a Guy con cara de desamparo—. Estaba tan deseosa de que fuéramos...

—Esta noche no estoy de humor para ser amable con Mamá y Papá Cafetera —replicó Guy—. Lo siento, cariño, telefonéales y diles que no podemos ir.

—Como quieras —dijo Rosemary, y trazó otra raya con el lápiz y la regla.

Guy acabó el bocadillo.

—No tienes por qué enfurruñarte —le dijo.

—No estoy enfurruñada —contestó Rosemary—. Comprendo lo que quieres decir con eso de que viviendo en la misma planta... Es un punto de vista razonable y tienes toda la razón. No estoy enfurruñada en absoluto.

—¡Demonios! —exclamó Guy—. ¡Iremos!

—No, no, ¿por qué? No tenemos por qué ir. Yo ya había comprado cosas para la cena antes de que ella viniera; así que no hay problema.

—Iremos —repitió Guy.

—No tenemos por qué ir, si no quieres. Suena a falso, pero lo digo de veras.

—Iremos. Será mi obra buena del día.

—De acuerdo, pero sólo si tú quieres. Y les diremos claramente que es sólo por esta vez y que no queremos que eso sea el principio de nada. ¿De acuerdo?

—De acuerdo.

6

Unos minutos después de las seis y media, Rosemary y Guy salieron de su apartamento y se dirigieron por el pasillo verdioscuro al piso de los Castevet. Cuando Guy llamaba al timbre, la puerta del ascensor, al lado de ellos, sonó con un fuerte ruido metálico al abrirse, y el señor Dubin o el señor DeVore (no sabían cuál de los dos era) apareció llevando un traje metido en una bolsa de plástico de tintorería. Les sonrió, mientras los cruzaba y abría la puerta del 7-B, y bromeó:

—Dispensen, pero están en medio, como los jueves.

Rosemary y Guy se echaron a reír y le dejaron pasar. Él entró a su apartamento gritando «¡Soy yo!», y permitiéndoles atisbar un aparador y el empapelado rojo y oro.

Se abrió la puerta de los Castevet, apareciendo la señora, empolvada, pintada y sonriendo ampliamente, vestida de seda verde claro, con un delantalín rosa.

—Son muy puntuales —dijo—. ¡Entren! Roman está preparando cócteles de vodka. Me alegro de que haya venido, Guy. ¡Le diré a todo el mundo que le conozco! Pues Guy Woodhouse ha comido en este plato... Luego no me atreveré a lavarlo; lo dejaré tal cual.

Guy y Rosemary se rieron y se miraron el uno al otro. Él como diciendo: «Es tu amiga», y ella como diciendo: «Qué quieres que haga».

Había una gran sala-comedor con chimenea, en medio de la cual se hallaba preparada una mesa para cuatro, con un mantel blanco bordado, platos que eran desiguales y filas brillantes de plata repujada. A la izquierda, la sala propiamente dicha tenía casi el doble de tamaño de la de Rosemary y Guy, pero era muy parecida. Tenía una gran ventana salediza en vez de las dos pequeñas, y una enorme repisa de mármol rosa esculpida con abundantes volutas. La habitación tenía un mobiliario muy extraño; en el extremo de la chimenea había un sofá, una mesita con una lámpara y algunas sillas, y, en el extremo opuesto, una barahúnda oficinesca de cajas archivo, mesitas de bridge con montones de diarios encima, estantes atestados de libros y una máquina de escribir sobre una mesita metálica. Entre ambos extremos de la habitación había un espacio de unos seis metros de alfombra marrón que iba de pared a pared, gruesa y con aspecto de nueva, marcada con el rastro de un aspirador. En el centro de ella, totalmente sola, una mesita redonda sobre la que estaban las revistas *Life* y *Scientific American*.

La señora Castevet los hizo cruzar la alfombra y los invitó a sentarse en el sofá; cuando estaban sentándose entró el señor Castevet, sujetando con ambas manos una pequeña bandeja en la que venían cuatro vasos llenos de un líquido rosa claro. Mirando fijamente a los bordes de los vasos, fue arrastrando los pies por la alfombra, dando la impresión de que al próximo paso iba a caer, produciendo un desastre.

—Parece que he llenado demasiado los vasos —comentó—. ¡No, no se levanten, por favor! Generalmente los lleno tan bien como un *barman*, ¿verdad, Minnie?

La señora Castevet contestó:

—Fíjate bien en la alfombra.

—Pero esta tarde —prosiguió el señor Castevet, acercándose— he hecho un poco de más, y antes que dejarlo en la coctelera, creo que pensé... Aquí están. Por favor, siéntense. ¿Señora Woodhouse?

Rosemary tomó un vaso, le dio las gracias, y se sentó. La señora Castevet se apresuró a ponerse una servilleta de papel en el regazo.

—¿Señor Woodhouse? Un *blush* de vodka. ¿No ha probado nunca uno?

—No —contestó Guy tomando uno y sentándose.

—Minnie —prosiguió el señor Castevet.

—Parece delicioso —dijo Rosemary, sonriendo con viveza mientras secaba el exterior de su vaso.

—Son muy populares en Australia —explicó el señor Castevet.

Tomó finalmente su vaso y lo elevó hacia Rosemary y Guy.

—Por nuestros huéspedes —dijo—. Bienvenidos a nuestra casa.

Bebió e inclinó su cabeza con gesto de crítico, con un ojo semicerrado, la bandeja a su lado goteando sobre la alfombra.

La señora Castevet tosió a mitad de un trago.

—¡La alfombra! —exclamó señalando con el dedo y medio ahogándose.

El señor Castevet bajó la mirada.

—¡Oh, cariño! —dijo, y sostuvo la bandeja, inseguro.

La señora Castevet dejó a un lado su vaso, se puso rápidamente de rodillas y colocó cuidadosamente una servilleta de papel sobre la parte mojada.

—¡Una alfombra nueva! —exclamó—. ¡Una alfombra nueva! ¡Este hombre es tan torpe!

Los cócteles de vodka eran ásperos y bastante buenos.

—¿Son ustedes de Australia? —preguntó Rosemary, una vez que la alfombra hubo sido secada, la bandeja devuelta y a salvo en la cocina, y los Castevet estuvieron sentados en sillas de respaldo recto.

—¡Oh, no! —dijo el señor Castevet—. Yo soy de aquí, de Nueva York, aunque he estado allí. He estado en todas partes. Como lo oyen.

Tomó un sorbo, sentándose con las piernas cruzadas y una mano sobre su rodilla. Tenía puestas unas zapatillas con borla, pantalones grises, una camisa blanca, y una corbata a rayas azules y doradas.

—En todos los continentes, todos los países —insistió—. En todas las ciudades importantes. Cite cualquier lugar y yo he estado allí. Venga. Cite un lugar, Guy, por favor.

Guy dijo:

—Fairbanks, Alaska.

—He estado allí —contestó el señor Castevet—. He estado en toda Alaska: Fairbanks, Juneau, Anchorage, Nome, Seward; pasé allí cuatro meses en 1928 e hice numerosas escalas de un día en Fairbanks y Anchorage, camino de lugares del Extremo Oriente. También he estado en pequeñas ciudades de Alaska, como Dillingham y Akulurak.

—¿De dónde son ustedes? —preguntó la señora Castevet, arreglándose los pliegues de su vestido.

—Yo soy de Omaha —contestó Rosemary— y Guy es de Baltimore.

—Omaha es una bonita ciudad —declaró el señor Castevet—, y también Baltimore.

—¿Viajaba usted por razones de negocios? —le preguntó Rosemary.

—Por negocios y por placer a la vez —repuso—. Tengo setenta y nueve años y he estado yendo de un sitio a otro desde que tenía diez años. Nombre cualquier sitio y he estado allí.

—¿A qué negocios se dedicaba usted? —preguntó Guy.

—A todos —repuso el señor Castevet—. Lana, azúcar, juguetes, piezas de recambio, seguros marítimos, petróleo...

Se oyó un silbido en la cocina.

—El solomillo está listo —dijo la señora Castevet, poniéndose de pie con el vaso en la mano—. No se apresuren a acabar sus bebidas; llévenlas a la mesa. Roman, tómate tu píldora.

—Terminará el tres de octubre —iba diciendo el señor Castevet—; el día antes de que llegue el Papa. Ningún Papa visitó jamás una ciudad donde hubiera huelga de periódicos.

—Oí por televisión que va a retrasar su visita y esperará a que la huelga acabe —dijo la señora Castevet.

Guy sonrió.

—Bueno, eso es exhibicionismo —dijo.

El señor y la señora Castevet se echaron a reír y Guy se rio con ellos. Rosemary sonrió y cortó su parte de solomillo. Estaba demasiado hecho y reseco, flanqueado por guisantes y patatas aplastadas bajo una salsa recargada de harina.

Riéndose todavía, la señora Castevet dijo:

—¡Lo es! ¡Eso es lo que es! Pompa...

—Una buena obra sobre el tema es *Lutero*, según creo —dijo el señor Castevet—. ¿Hizo usted alguna vez el primer papel, Guy?

—¿Yo? No —respondió Guy.

—¿No era usted el actor suplente de Albert Finney? —preguntó el señor Castevet.

—No. Era el que hacía el papel de Weinand. Yo sólo hice dos pequeños papeles.

—¡Qué extraño! —opinó el señor Castevet—. Estaba seguro de que usted era el suplente. Recuerdo que me llamó la atención un gesto y miré en el programa a ver quién era usted; y puedo jurar que usted figuraba como suplente de Finney.

—¿A qué gesto se refiere? —preguntó Guy.

—No estoy seguro ahora; un movimiento de su...

—Solía hacer algo con mis brazos cuando Lutero da el puñetazo; como si los alargara involuntariamente...

—Exacto —corroboró el señor Castevet—. A eso es a lo que me refería. Era de una maravillosa autenticidad. Y puedo decir que contrastaba con todo lo que hacía el señor Finney.

—¡Oh, vamos! —exclamó Guy.

—Creo que su actuación es considerablemente subestimada —opinó el señor Castevet—. Me hubiera gustado ver cómo hacía usted ese papel.

Riéndose, Guy contestó:

—Ya somos dos los que opinamos así. —Y, brillándole los ojos, miró a Rosemary.

Ella le devolvió la sonrisa, satisfecha de que Guy estuviera contento; ahora no le haría reproches por haber perdido una tarde hablando con Mamá y Papá Cafetera.

—Mi padre era productor teatral —declaró el señor Castevet—, y mis primeros años los pasé en compañía de personas como la señora Fiske y Forbes-Robertson, Otis Skinner y Modjeska. Por lo tanto, me interesa algo más que la mera competencia entre actores. Usted tiene cualidades interiores de lo más interesantes, Guy. Eso se ve también en sus actuaciones por televisión, y deberían llevarle a usted muy lejos; con tal, claro, de que consiga esas primeras oportunidades de las que dependen en cierto grado incluso los mejores actores. ¿Se está preparando ahora para algún espectáculo?

—Para un par de papeles —respondió Guy.

—No puedo creer que no los consiga —declaró el señor Castevet.

—*Puedo* conseguirlos —aseguró Guy.

El señor Castevet se lo quedó mirando fijamente.

—¿Lo dice en serio?

El postre era un pastel de crema casero, que, aunque mejor que el solomillo y las verduras, le supo a Rosemary dulzón de un modo peculiar y desagradable. Guy, sin embargo, lo alabó sinceramente y comió un segundo trozo. Quizás estaba haciendo comedia, pensó Rosemary; pagando cumplidos con cumplidos.

Después de la cena, Rosemary se ofreció a ayudar a retirar y lavar los platos. La señora Castevet aceptó la oferta, instantáneamente, y ambas mujeres despejaron la mesa, mientras que Guy y el señor Castevet se iban a la sala.

La cocina, que daba a la sala-comedor, era pequeña, y estaba empequeñecida aún más por el invernáculo en miniatura que Terry había mencionado. De un metro de largo, se alzaba sobre una gran mesa blanca cerca de la ventana del aposento. Lámparas con cuello de ganso se inclinaban cerca, en torno de él, reflejando sus brillantes bombillas en el cristal y haciéndolo de un blanco cegador más que transparente. En el sitio que quedaba se apiñaban el fregadero, la cocina de gas y la nevera junto con alacenas que se elevaban por todos lados. Rosemary secó platos junto a la señora Castevet, trabajando a conciencia, sintiendo la satisfacción de que su cocina fuera mayor y estuviera equipada con más gusto.

—Terry me contó lo del invernáculo —dijo.

—¡Ah, sí! —repuso la señora Castevet—. Es una afición muy bonita. Usted debería tener uno.

—Me gustaría tener algún día un huerto con plantas aromáticas y para condimento —confesó Rosemary—. Lejos de la ciudad, claro. Si a Guy le hacen alguna vez una oferta para una película, la aceptaremos y nos iremos a vivir a Los Ángeles. Yo soy campesina de corazón.

—¿Procede usted de una familia numerosa? —preguntó la señora Castevet.

—Sí —contestó Rosemary—. Tengo tres hermanos y dos hermanas. Yo soy la menor.

—¿Están casadas sus hermanas?

—Sí.

La señora Castevet metió una esponja enjabonada en un vaso.

—¿Tienen hijos? —preguntó.

—Una tiene dos y la otra cuatro —dijo Rosemary—. Por lo menos ésas son las últimas noticias que tengo. Pudiera ser que ahora tuvieran tres y cinco.

—Eso es buena señal para usted —declaró la señora Castevet, todavía enjabonando el vaso (era una lavandera lenta y concienzuda)—. Si sus hermanas tienen muchos hijos, lo más probable es que usted también los tenga. Eso son cosas de familia.

—¡Oh, sí! Somos fértiles —dijo Rosemary, aguardando, trapo en mano, a que le diera el vaso—. Mi hermano Eddie tiene ya ocho y sólo tiene veintinueve años.

—¡Caramba! —La señora Castevet enjuagó el vaso y se lo alargó a Rosemary.

—Entre sobrinos y sobrinas tengo veinte. Y no conozco a la mitad de ellos.

—¿Va usted a ver a sus familiares de vez en cuando? —inquirió la señora Castevet.

—No —contestó Rosemary—. No me llevo muy bien con mi familia, excepto con un hermano. Me consideran la oveja negra.

—¡Oh! ¿Y por qué?

—Porque Guy no es católico, y no nos casamos por la Iglesia.

—¡Bah! —exclamó la señora Castevet—. ¡Hay que

ver lo fastidiosa que se pone la gente por cosas de religión! Bueno, ellos se lo pierden, no usted; no les permita que la incomoden.

—Eso es más fácil de decir que de hacer —respondió Rosemary, dejando el vaso en un estante—. ¿Quiere que friegue yo un rato y usted seca?

—No, así está bien, querida —dijo la señora Castevet.

Rosemary miró hacia la puerta. Podía ver tan sólo un extremo de la sala, donde estaban las mesitas de bridge y las cajas con archivadores; Guy y el señor Castevet se hallaban en el otro extremo. Una nubecilla de humo azulado de cigarrillo flotaba inmóvil en el aire.

—¿Rosemary?

Ella se volvió. La señora Castevet, sonriendo, le alargó un plato mojado con su mano enguantada en una manopla de goma verde.

Necesitaron casi una hora para lavar y secar los platos, cacerolas y cubiertos de plata, y Rosemary pensó que ella sola habría hecho el mismo trabajo en menos de la mitad de tiempo. Cuando ella y la señora Castevet salieron de la cocina y se dirigieron a la sala, vieron a Guy y al señor Castevet sentados uno frente a otro, recalcando sus argumentos con repetidos golpecitos de su dedo índice contra la palma de la mano.

—Y ahora, Roman, deja de dar la lata a Guy con tus historias sobre Modjeska —dijo la señora Castevet—. Te está escuchando sólo por cortesía.

—¡Qué va! Son muy interesantes, señora Castevet —respondió Guy.

—¿Usted cree? —preguntó el señor Castevet.

—Puede llamarme Minnie —dijo la señora Castevet a Guy—. A mí Minnie y a él Roman, ¿de acuerdo? —Se quedó mirando mitad burlona, mitad desafiante a Rosemary—. ¿De acuerdo?

Guy se echó a reír.

—De acuerdo, Minnie.

Hablaron de los Gould, los Bruhn y de Dubin-DeVore; del hermano marino de Terry, quien por lo visto se hallaba en un hospital civil de Saigón; y, debido a que el señor Castevet estaba leyendo un libro que criticaba el Informe Warren, del asesinato de Kennedy. Rosemary, en una de las sillas de respaldo recto, se sentía un poco extraña, como si los Castevet fueran viejos amigos de Guy, a quienes ella acababa de ser presentada.

—¿Cree usted que hubo alguna conjura? —le preguntó el señor Castevet.

Ella contestó torpemente, dándose cuenta de que el anfitrión considerado quería interesar en la conversación a la invitada dejada de lado. Ella se excusó y siguió la dirección que le indicó la señora Castevet para ir al cuarto de baño, donde había floridas toallas de papel con la inscripción «Para nuestro huésped» y un libro llamado *Chistes para Juan*, que no tenía nada de divertido.

Se marcharon a las diez y media, diciendo: «Adiós, Roman» y «Gracias, Minnie», y estrechándose las manos con entusiasmo, con la promesa implícita de que pasarían juntos muchas más noches como ésa, cosa que, por parte de Rosemary, era totalmente falsa. Al dar la vuelta en el primer recodo del pasillo y al oír cerrarse la puerta, ella dejó escapar un suspiro de alivio e hizo una mueca traviesa a Guy, cuando vio que él hacía lo mismo.

—Y ahora, Roman, deja de dar la lata a Guy con tus historias sobre Modjeska —dijo Guy imitando el acento de la señora Castevet y enarcando las cejas cómicamente.

Riéndose, Rosemary le dio manotazos, obligándole a callar, y corrieron unidos de la mano, yendo muy silenciosamente de puntillas hasta llegar a su puerta, la cual abrieron, cerraron de un portazo, aseguraron con llave y cerrojo, y le echaron la cadena, y Guy la claveteó con tablones imaginarios, alzó un imaginario puente levadizo, y se frotó la frente, haciendo como que jadeaba, mientras Rosemary se partía de risa y tenía que taparse la cara con las manos.

—¿Y el solomillo? —dijo Guy.

—¡Santo Dios! —exclamó Rosemary—. ¿Y el pastel? ¿Cómo te comiste dos pedazos? ¡Con el gusto tan raro que tenía!

—Cariño —respondió Guy—, fue un acto de valor sobrehumano y de autosacrificio. Me dije a mí mismo: «¡Dioses! ¡Apostaría a que nadie le pidió nada a esta vieja mochuela en toda su vida!» Por eso se lo pedí yo —gesticuló con una mano—. De vez en cuando me siento generoso.

Fueron al dormitorio.

—Ella cría hierbas y especias —explicó Rosemary—, y cuando han crecido las arroja por la ventana a la calle sin mirar.

—¡Chiiss! Las paredes oyen —dijo Guy—. ¿Y qué te parecieron los cubiertos de plata?

—¿No tiene gracia? —dijo Rosemary, apretando los pies contra el suelo para descalzárselos—. Sólo había tres platos que hicieran juego, y luego tienen esa preciosidad de cubiertos.

—Seamos amables; a lo mejor nos los legan en su testamento.

—Seamos antipáticos y comprémonos los nuestros. ¿Fuiste al baño?

—¿Allí? No.

—Adivina lo que tienen en él.

—Un bidé.

—No, *Chistes para Juan*.

—¡Vaya!

Rosemary se quitó el vestido.

—Un libro colgado de un gancho. Junto al retrete.

Guy sonrió y meneó la cabeza. Empezó a desabotonarse los puños, de pie al lado del armario.

—Sin embargo —dijo—, esas historias de Roman eran muy interesantes; pero que muy interesantes, de veras. Jamás había oído hablar antes de Forbes-Robertson, pero fue un gran actor en su tiempo. —Trató de desabotonarse el segundo puño, pero le costó trabajo—. Iré por allí de nuevo mañana por la noche y oiré algunas más.

Rosemary se lo quedó mirando, estupefacta.

—¿Que vas a ir? —le preguntó.

—Sí. Me lo pidió. —Alargó su mano hacia ella—. ¿Puedes quitarme esto?

Ella se acercó a él y se esforzó con el puño, sintiéndose de repente perdida e insegura.

—Creí que íbamos a hacer algo con Jimmy y Tiger —le dijo.

—¿Era definitivo? —preguntó. Se quedó mirándola—. Creí que sólo íbamos a llamarlos, a ver.

—No era nada definitivo —contestó ella.

Él se encogió de hombros.

—Los veremos el miércoles o el jueves.

Consiguió desabotonarle el puño.

—Gracias —dijo él—. Claro que no has de venir conmigo si no quieres; puedes quedarte aquí.

—Creo que me quedaré en casa —dijo ella, yendo hacia la cama y sentándose en el borde.

—Conoció también a Henry Irving —explicó Guy—. Es algo tremendamente interesante.

Rosemary se quitó las medias.

—¿Por qué pondrán boca abajo los cuadros?

—¿Qué dices?

—Sus cuadros; los tienen todos boca abajo. En la sala y en el pasillo que lleva al cuarto de baño. Hay ganchos en la pared y sitios vacíos. Y un cuadro que hay sobre la chimenea, no encaja. Hay dos pulgadas de pared limpia a ambos lados de él.

Guy se la quedó mirando.

—No me fijé.

—¿Y por qué tienen todos esos archivadores y cosas en la sala? —preguntó ella.

—Me explicó eso. —Guy se quitó la camisa—. Pone anuncios pidiendo intercambio de sellos de correos. Por todo el mundo. Por eso recibe tanta correspondencia del extranjero.

—Sí, pero tener todo eso en la sala —insistió Rosemary—. Tienen tres o cuatro habitaciones más, todas con las puertas cerradas. ¿Por qué no utilizan una de ellas?

Guy se acercó a ella, camisa en mano, y le apretó la nariz con su dedo índice.

—Te estás volviendo más entrometida que Minnie —le dijo dándole un beso, y luego se fue hacia el cuarto de baño.

Diez o quince minutos más tarde, mientras preparaba agua para el café, Rosemary sintió el agudo dolor en su seno que siempre le daba la noche antes de que comenzara el período. Se relajó apoyándose con una mano contra una esquina de la cocina de gas dejando que el dolor se le pasara, y luego sacó una servilleta de papel y la lata del café, sintiéndose desilusionada y desamparada.

Ella ya tenía veinticuatro años y ellos querían tener tres hijos separados dos años uno de otro; pero Guy «no estaba todavía preparado», ni lo estaría jamás, temía ella, hasta que fuera tan importante como Marlon Brando y Richard Burton juntos. ¿No sabía que era guapo y tenía talento y estaba tan seguro de triunfar? Así que ella planeaba quedar embarazada por «accidente»; las píldoras le producían dolores de cabeza, y los preservativos de goma le eran repulsivos. Guy le decía que subconscientemente seguía siendo una buena católica, y ella protestaba con tanta energía que daba motivos a esa explicación. Él examinaba con indulgencia el calendario y evitaba los «días peligrosos», y ella decía: «No, si hoy es seguro, cariño. Estoy segura de que sí.»

Y él se había salido con la suya de nuevo este mes y ella había perdido, en esta pugna tan indigna, en la cual él ni siquiera sabía que estaban metidos.

—¡Maldita sea! —exclamó ella, golpeando con la cafetera en la cocina.

Guy, desde el estudio, preguntó:

—¿Qué ha pasado?

—¡Me he dado un golpe en el codo! —contestó ella.

Por lo menos, ella sabía ahora por qué se había sentido tan deprimida esta noche.

¡Maldición! ¡Si estuvieran viviendo juntos sin estar casados, seguro que ya se habría quedado embarazada lo menos cincuenta veces!

7

A la noche siguiente, después de cenar, Guy fue a casa de los Castevet. Rosemary arregló la cocina y estaba pensando si ponerse a trabajar con los cojines para los asientos de la ventana o irse a la cama con *Mangino en la Tierra Prometida*, cuando sonó el timbre de la puerta. Era la señora Castevet, y con ella venía otra mujer, bajita, rolliza y sonriente, con una escarapela de «Buckley para alcalde» en el hombro de su vestido verde.

—¡Hola, querida! ¿Verdad que no la molestamos? —dijo la señora Castevet cuando Rosemary abrió la puerta—. Ésta es mi querida amiga Laura-Louise McBurney, que vive arriba en el 12. Laura-Louise, ésta es Rosemary, la esposa de Guy.

—¡Hola, Rosemary! ¡Bienvenida al edificio Bramford!

—Laura-Louise acaba de conocer a Guy en nuestra casa, y ha querido conocer también a la esposa; así que hemos venido. Guy nos dijo que se había quedado en casa sin tener nada que hacer. ¿Podemos entrar?

Con un gesto de resignada buena voluntad, Rosemary les indicó el camino hacia la sala.

—¡Oh! ¡Ha comprado sillas nuevas! —exclamó la señora Castevet—. ¿Verdad que son preciosas?

—Las han traído esta misma mañana —explicó Rosemary.

—¿Se encuentra usted bien, querida? Parece fatigada.

—Me encuentro bien —dijo Rosemary sonriendo—. Es mi primer día de período.

—¿Y está levantada y atareada? —le preguntó Laura-Louise, sentándose—. En mis primeros días sentía yo tanto dolor, que no podía moverme, ni comer, ni hacer nada. Dan tenía que darme ginebra para que la sorbiera con una pajita y se me pasara así el dolor, y eso que entonces nosotros éramos cien por ciento abstemios, con esa sola excepción.

—Las chicas de hoy se toman las cosas con más desenvoltura —dijo la señora Castevet, sentándose también—. Son más sanas, gracias a las vitaminas y a los mejores cuidados médicos.

Ambas mujeres habían traído idénticas bolsas verdes de costura, y, para sorpresa de Rosemary, las estaban abriendo ahora y sacando su labor de ganchillo (Laura-Louise) y sus prendas por zurcir (la señora Castevet), disponiéndose a pasar una larga velada de labor de aguja y de conversación.

—¿Qué tiene ahí? —preguntó la señora Castevet—. ¿Cojines para los asientos?

—Son para los asientos de la ventana —contestó Rosemary, pensando: «Bueno, está bien, haré eso.» Fue a por ello, lo sacó y regresó para unirse a ellas.

Laura-Louise dijo:

—Ha hecho usted un cambio tremendo en el apartamento, Rosemary.

—¡Ah! Antes de que se me olvide —dijo la señora Castevet—. Esto es para usted. De parte de Roman y mía.

Puso un paquetito envuelto en papel rosa sobre la mano de Rosemary. Tenía algo duro dentro.

—¿Para mí? —preguntó Rosemary—. No acabo de comprender.

—Es sólo un regalito —repuso la señora Castevet, desechando la perplejidad de Rosemary con rápidos movimientos de sus manos—. Por mudarse.

—Pero no hay ninguna razón para que ustedes...

Rosemary desenvolvió los pedazos de papel tela, que ya habían sido utilizados antes. Dentro del envoltorio rosa estaba el amuleto de la buena suerte de Terry en forma de filigrana de plata, con su cadenita. El olor del contenido de la bolita hizo que Rosemary volviera la cabeza.

—Es muy antigua —dijo la señora Castevet—. Tiene por lo menos trescientos años.

—Es preciosa —dijo Rosemary, examinando la bolita y preguntándose si debería decirle que Terry se la había enseñado. Pero se le pasó el instante para decírselo.

—Eso verde que tiene dentro se llama raíz de tanis —explicó la señora Castevet—, y da buena suerte.

A Terry no se la dio, pensó Rosemary; pero dijo:

—Es muy bonita, pero no puedo aceptar tal...

—Ya lo ha aceptado —repuso la señora Castevet, zurciendo un calcetín marrón y sin mirar a Rosemary—. Póngasela.

Laura-Louise dijo:

—Tendrá que acostumbrarse al olor antes de que lo conozca.

—¡Vamos! —insistió la señora Castevet.

—Bueno, gracias —dijo Rosemary, y con inseguridad se pasó la cadena sobre la cabeza y se metió la bolita en el cuello de su vestido. La dejó caer entre sus senos, fría e intrusa por un instante. Me la quitaré en cuanto se vayan, pensó.

Laura-Louise siguió hablando:

—Un amigo nuestro hizo la cadena totalmente a mano. Es un dentista retirado y muy aficionado a hacer joyas de oro y plata. Ya lo conocerá usted alguna de estas noches en casa de Minnie y Roman. Estoy segura, porque son gente muy entretenida. Probablemente conocerá a todos sus amigos; a todos nuestros amigos.

Rosemary alzó la mirada de su labor y vio a Laura-Louise ruborizada por un azoramiento que había apresurado y confundido sus últimas palabras. Minnie seguía ocupada zurciendo, como si no se diera cuenta de nada. Laura-Louise sonrió y Rosemary le devolvió la sonrisa.

—¿Se hace usted sus propios vestidos? —le preguntó Laura-Louise.

—No —contestó Rosemary, dejando que cambiara de tema—. He tratado de hacérmelos de vez en cuando, pero luego no me van bien.

Resultó una velada agradable. Minnie contó algunas historias divertidas acerca de su niñez en Oklahoma, y Laura-Louise enseñó a Rosemary dos trucos de costura, explicando con calor por qué Buckley, el candidato conservador a alcalde, podría ganar las próximas elecciones, a pesar de las muchas probabilidades que tenía en contra.

Guy regresó a las once, silencioso y extrañamente reservado. Dijo «hola» a las mujeres y, acercándose a la silla de Rosemary, se inclinó para besarle la mejilla. Minnie preguntó:

—¿Ya son las once? ¡Caray! Vámonos, LauraLouise.

Y Laura-Louise dijo:

—Venga a visitarme cuando quiera, Rosemary; estoy en el 12-F.

Las dos mujeres cerraron sus bolsas de costura y se fueron rápidamente.

—¿Fueron interesantes las historias esta noche? —preguntó Rosemary.

—Sí —contestó Guy—. ¿Y tú? ¿Lo has pasado bien?

—Muy bien. He hecho algo de labor.

—Ya veo.

—También me han hecho un regalo.

Le mostró el amuleto.

—Es el de Terry —dijo—. Se lo dieron a ella. Me lo enseñó. La policía debe de habérselo... devuelto.

—Probablemente no lo llevaba puesto —opinó Guy.

—Apuesto a que sí. Estaba muy orgullosa de él, como si fuera... el primer regalo que alguien le había hecho.

Rosemary se levantó la cadena por encima de su cabeza y luego sostuvo la cadena y el amuleto en la palma de su mano, removiéndolos y mirándolos.

—¿No lo vas a llevar puesto? —le preguntó Guy.

—Huele —contestó ella—. Tiene dentro una cosa que se llama raíz de tanis. —Alargó la mano—. Del famoso invernáculo.

Guy lo olió y se encogió de hombros:

—No es tan malo —dijo.

Rosemary fue a su dormitorio y abrió un cajón del tocador, donde tenía una cajita llena de chucherías.

«Conque tanis, ¿no es así?», se preguntó a sí misma, mirándose en el espejo, y soltó el amuleto en la cajita, la cerró, y luego cerró el cajón.

Guy, desde el umbral, le dijo:

—Si la has aceptado, debes llevarla puesta.

Aquella noche, Rosemary se despertó y halló a Guy sentado al lado de ella fumando en la oscuridad. Le preguntó qué le pasaba.

—Nada —contestó—. Un poco de insomnio, eso es todo.

«Las historias de Roman sobre actores de otros tiempos», pensó Rosemary, «pueden haberle deprimido, al recordarle que su propia carrera va muy por detrás de la de Henry Irving o la de Forbes-Whosit. El que volviera a que le contaran más historias ha sido una forma de masoquismo».

Le tocó en el brazo y le dijo que no se preocupara.

—¿De qué?

—De nada.

—Muy bien, no me preocuparé.

—Tú eres el más grande —le dijo ella—. ¿Sabes? Lo eres. Y todo te saldrá bien. Tendrás que aprender karate para librarte de los fotógrafos.

Él sonrió al resplandor de su cigarrillo.

—El día menos pensado —prosiguió ella—. Algo grande. Algo digno de ti.

—Lo sé —contestó él—. Duérmete, cariño.

—Muy bien. Ten cuidado con el cigarrillo.

—Lo tendré.

—Despiértame si no puedes dormir.

—Lo haré.

—Te quiero.

—Te quiero, Ro.

Un par de días después, Guy trajo un par de entradas para la función del sábado por la noche de *The Fantasticks*, que, según dijo, le había dado Dominick, su profesor de dicción. Guy había visto la obra años atrás, antes de su primera representación; Rosemary había querido siempre verla.

—Ve con Hutch —le dijo Guy—. Así yo podré estar libre para ensayar una escena de *Espera hasta que anochezca*.

Hutch la había visto también, así que Rosemary fue con Joan Jellico, quien le confió mientras cenaban en el Bijou que ella y Dick se iban a separar, pues ya no tenían nada en común, excepto el domicilio. La noticia impresionó a Rosemary. Hacía días que Guy se mostraba distante y preocupado, como envuelto en algo que ella no podía apartar ni compartir. ¿Habría comenzado de la misma manera la frialdad entre Joan y Dick? Se sintió molesta con Joan porque llevaba tanto maquillaje y aplaudía tan ruidosamente en aquel pequeño teatro. No era extraño que ella y Dick no sintieran nada en común; ella era ruidosa y vulgar, y él reservado y sensible; debían haber empezado por no casarse.

Cuando Rosemary volvió a casa, Guy estaba saliendo

de la ducha, más vivaz y comunicativo de lo que había sido durante toda la semana. A Rosemary se le mejoró el ánimo. La función había sido mejor de lo que ella esperaba, según le dijo. Luego le comunicó la mala noticia de que Joan y Dick se iban a separar. En realidad, eran pájaros de plumajes muy diferentes, aunque ¿era así de veras? ¿Qué tal le había ido el ensayo de la escena de *Espera hasta que anochezca*?

—Estupendo. —Ya la dominaba.

—¡Maldita raíz! —exclamó Rosemary.

Su olor se percibía en todo el dormitorio. Un olor acre y punzante, que se había abierto camino hasta el cuarto de baño. Fue a la cocina, y tomando un pedazo de papel de aluminio metió dentro el amuleto, haciendo un envoltorio triple y retorciendo los extremos, para asegurarlo más.

—Probablemente perderá su fuerza dentro de unos días —dijo Guy.

—Ojalá —dijo Rosemary, arrojando al aire con un pulverizador un producto desodorante—, pues en caso contrario lo tiraré y diré a Minnie que lo he perdido.

Hicieron el amor (Guy se mostró frenético e impulsivo) y luego, a través de la pared, Rosemary oyó una reunión cada vez más ruidosa en el apartamento de Minnie y Roman; el mismo cántico desafinado y poco musical que había oído la otra vez, casi como un cántico religioso, y la misma flauta o clarinete yendo de un lado para otro como música de fondo.

Guy estuvo muy animado y activo durante el domingo, construyendo anaqueles y estantes para los zapatos en los armarios empotrados del dormitorio, e invitando a un grupo de compañeros de los que actuaron con él en *Lutero* a una fiesta en el nuevo piso de los Woodhouse; y el lunes pintó los anaqueles y los estantes para los zapatos, y manchó una banqueta que Rosemary había encontrado en un baratillo. Canceló su clase con Dominick, y parecía muy interesado por las llamadas telefónicas, descolgando el aparato antes de que hubiera terminado el primer timbrazo. A las tres de la tarde, el teléfono sonó de nuevo, y Rosemary, que estaba tratando de colocar de otro modo las sillas de la sala, le oyó decir:

—¡Dios mío! ¡Pobre muchacho!

Ella fue a la puerta del dormitorio.

—¡Dios mío! —repitió Guy.

Se había sentado en la cama, con el teléfono en una mano y una lata de disolvente de la marca «Diablo Rojo», en la otra. No se volvió para mirarla.

—¿Y no tienen la menor idea de qué le ha producido eso? —preguntó—. ¡Dios mío! ¡Es horrible, horrible!

Escuchó y luego se irguió.

—Sí, soy yo —dijo, e hizo una pausa—. Sí que podría, odio conseguirlo de esta forma, pero yo... Bueno, tendrá que hablar con Allan para finalizar lo otro. Allan Stone, su agente. Estoy seguro de que no habrá ningún problema, señor Weiss; por lo menos no con respecto a nosotros.

Lo había conseguido. Lo «algo grande». Rosemary contuvo el aliento, aguardando.

—Gracias, señor Weiss —dijo Guy—. Si hay algo de nuevo, ¿querrá comunicármelo? Gracias.

Colgó y cerró los ojos. Se quedó sentado, inmóvil,

con la mano aún en el teléfono. Estaba pálido y parecía un maniquí, como si fuera una estatua de cera de Pop Art, con vestidos y accesorios y un teléfono y una lata de disolvente de pintura.

—¿Guy? —inquirió Rosemary.

Abrió los ojos y se la quedó mirando.

—¿Qué? —preguntó.

Parpadeó y pareció volver a la vida.

—Donald Baumgart se ha quedado ciego. Se despertó ayer y... no podía ver.

—¡Oh, no! —exclamó Rosemary.

—Ha tratado de ahorcarse esta mañana. Ahora está en Bellevue, tratado con sedantes.

Se miraron penosamente el uno al otro.

—Me han dado el papel —dijo Guy—. Es una manera horrible de conseguirlo. —Se quedó mirando a la lata de disolvente de pintura que tenía en la mano y la dejó sobre la mesilla de noche—. Escucha, tengo que salir a dar un paseo. —Se levantó—. Lo siento. Tengo que salir y hacerme a la idea.

—Lo comprendo. Vete —le dijo Rosemary, apartándose de la puerta.

Se fue tal como estaba, cerrando la puerta con un suave portazo.

Ella se dirigió a la sala, pensando en el pobre Donald Baumgart y en el afortunado Guy; en el afortunado Guy y la afortunada Rosemary, con aquel buen papel que llamaría la atención aunque la obra fracasara, que les conduciría a otras partes; quizás al cine, a una casa en Los Ángeles, a un huerto con plantas aromáticas y tres niños separados uno de otro por dos años. ¡Pobre Donald Baumgart, con su nombre feo que él no se quiso cambiar! Debe de haber sido muy bueno, para que lo prefirieran a Guy. Y ahora estaba en Bellevue, ciego y queriendo suicidarse; y en ese momento bajo el efecto de los sedantes.

Arrodillándose sobre un asiento de ventana, Rosemary miró afuera y observó la puerta de la casa, allá abajo, esperando ver salir a Guy. ¿Cuándo comenzarían los ensayos?, se preguntó. Ella tendría que salir de la ciudad con él, por supuesto. ¡Qué divertido sería! ¿Boston? ¿Filadelfia? ¿Washington? Sería emocionante. Jamás había estado en esas ciudades. Mientras Guy estuviera ensayando por las tardes, ella podría salir a pasear, y, por las noches, después de la función, todos se reunirían en un restaurante o en un club para chismorrear e intercambiar rumores...

Aguardó y observó, pero no lo vio salir. Debía de haber utilizado la puerta de la calle Cincuenta y cinco.

Ahora, cuando él debería haber sido feliz, estaba melancólico e inquieto, sentándose sin mover más que la mano con que sostenía el cigarrillo, y los ojos. Con sus ojos la seguía por el apartamento, como si ella fuera peligrosa.

—¿Qué te pasa? —le preguntó ella una docena de veces.

—Nada. ¿No has ido hoy a tu clase de escultura?

—Hace dos meses que no voy.

—¿Por qué no vas?

Fue; arrancó plasta vieja, volvió a alzar la armadura y comenzó de nuevo, haciendo un modelo nuevo entre estudiantes nuevos.

—¿Dónde ha estado? —le preguntó el profesor.

Llevaba gafas y le abultaba la nuez en la garganta. Le hacía miniaturas de su torso sin ni siquiera mirar sus manos.

—En Zanzíbar —contestó ella.

—Ya no existe Zanzíbar —le replicó él, sonriendo nerviosamente—. Ahora se llama Tanzania.

Una tarde, ella fue a los almacenes Macy's y a Gimbels, y cuando regresó a casa se encontró con rosas en la cocina y rosas en la sala, y con Guy saliendo del dormitorio con una rosa en la mano y una sonrisa de «perdóname», como una vez que en honor de ella le hizo una recitación de Chance Wayne en *Dulce pájaro*.

—¡He sido un tipo de mierda! —dijo—. Sentado, esperando que Baumgart no recupere la vista. Eso es lo que he estado haciendo. Soy un canalla.

—Es natural que sientas escrúpulos de conciencia —le contestó ella.

—Escucha —le dijo él, acercándole la rosa a la nariz—, aunque esto falle, aunque tenga que ser el Charley de los vinos Cresta Blanca el resto de mi vida, no voy a consentir que tú sigas llevándote la peor parte.

—Pero si no...

—Sí, me he llevado la mejor parte. He estado siempre tan ocupado mesándome los cabellos, pensando en mi carrera, que no te he dedicado ni un solo pensamiento. Tengamos un hijo, ¿de acuerdo? Tengamos tres a la vez.

Ella se lo quedó mirando.

—Un bebé —dijo él—. Ya sabes. Caca, pañales, ¡buaaa!, ¡buaaa!

—¿Lo dices en serio? —preguntó ella.

—¡Pues claro que lo digo en serio! —repuso él—. Hasta he averiguado el momento oportuno para empezar. El lunes y el martes próximos. Pon círculos rojos en el almanaque, por favor.

—¿Lo dices en serio, Guy? —repitió ella, con lágrimas en los ojos.

—No, bromeo. ¡Pues claro que lo digo en serio! Mira, Rosemary, por amor de Dios, no llores. Por favor. Me vas a poner muy nervioso si lloras, así que deja de llorar, ¿de acuerdo?

—De acuerdo —convino ella—. No lloraré.

—Me he vuelto loco trayendo rosas —dijo él mirando a su alrededor, entusiasmado—. Hay otro ramillete en el dormitorio.

8

Rosemary fue a la parte alta de Broadway a comprar tajadas de pez espada, y luego a la avenida Lexington, en el otro extremo de la ciudad, a por quesos. No es que ella no pudiera comprar esas cosas en su barrio, sino que en aquella hermosa mañana quería andar por la ciudad, caminando con paso vivo mientras su abrigo revoloteaba, atrayendo miradas de reojo por lo bonita; impresionando a los dependientes por la precisión y exactitud de sus pedidos. Era el lunes 4 de octubre, el día de la visita del papa Pablo VI a la ciudad, y, ante el acontecimiento, la gente se había vuelto más franca y comunicativa de lo habitual. «¡Qué agradable es», pensó Rosemary, «que toda la ciudad sea feliz cuando yo soy feliz!»

Siguió a la comitiva papal a través de la televisión, trasladando el televisor desde la pared del estudio (que pronto sería cuarto de los niños) y colocándolo de manera que pudiera verlo desde la cocina mientras preparaba el pescado, las verduras y la ensalada. El discurso ante las Naciones Unidas la conmovió, y estuvo segura de que serviría para mejorar la situación en Vietnam. «No más guerra», decía. ¿No impresionarían estas palabras incluso al estadista más duro de mollera?

A las cuatro y media, mientras ella estaba disponiendo la mesa frente a la chimenea, el teléfono sonó.

—¿Rosemary? ¿Cómo estás?

—Bien —contestó—. ¿Y tú?

Era Margaret, la mayor de sus dos hermanas.

—Bien —aseguró la hermana.

—¿Dónde estás?

—En Omaha.

Jamás se habían llevado bien. Margaret había sido una chica sombría y resentida, que su madre había utilizado demasiadas veces como cuidadora de los hijos menores. Era extraño que la llamara; extraño y de mal agüero.

—¿Estáis todos bien? —preguntó Rosemary. «Alguien ha muerto», pensó. «¿Quién? ¿Mamá? ¿Papá? ¿Brian?»

—Todos estamos bien.

—¿De veras?

—Sí, ¿y tú?

—Ya te he dicho que estoy bien.

—He tenido todo el día un tonto presentimiento, Rosemary. Que te había ocurrido algo. Un accidente o algo así. Que estabas herida. Quizás en un hospital, moribunda...

—Pues no me ha pasado nada —contestó Rosemary riéndose—. Me encuentro bien, de veras.

—Fue una sensación tan fuerte... —dijo Margaret—. Estaba segura de que te había ocurrido algo. Finalmente, Gene me dijo: «¿Por qué no la llamas y te enteras?»

—¿Y él? ¿Cómo se encuentra?

—Bien.

—¿Y los niños?

—¡Oh! Los chichones y arañazos de siempre; pero también están buenos. Estoy esperando otro, ¿lo sabías?

—No, no lo sabía. ¡Qué estupendo! ¿Para cuándo lo esperas? Nosotros tendremos también pronto uno de camino.

—Para finales de marzo. ¿Cómo está tu marido, Rosemary?

—Muy bien. Ha conseguido un papel muy importante en una obra nueva, que empezarán a ensayar pronto.

—Dime, ¿has visto al Papa? —preguntó Margaret—. Ahí debe de haber mucha animación.

—Sí que la hay —contestó Rosemary—. Lo he estado viendo por televisión. ¿Lo están dando ahí también en Omaha?

—¿Y no has salido para verlo en persona?

—No, no he salido.

—¿De veras?

—De veras.

—¡Es el colmo, Rosemary! —dijo Margaret—. ¿Sabes que papá y mamá iban a ir en avión para verlo, pero que no han podido debido a una votación sobre una huelga en la que papá secunda la moción? Muchísima gente ha ido en avión: los Donovan, y Dot y Sandy Wallingford. Y tú, que vives ahí, te quedas tan tranquila en tu casa y no vas a verlo.

—La religión ya no significa tanto para mí como significaba cuando vivía en casa —replicó Rosemary.

—Bien —dijo Margaret—. Imagino que eso era inevitable. —Y Rosemary oyó, aunque no pronunciada, la frase «Cuando te casaste con un protestante».

—Has sido muy amable llamándome, Margaret. No tienes por qué preocuparte. Jamás he estado más sana ni me he sentido más feliz.

—Fue una sensación tan fuerte... —repitió Margaret—. Desde el instante en que me desperté. Estoy tan acostumbrada a cuidar de vosotros, pequeños mocosos...

—Da cariñosos recuerdos de mi parte a todos, ¿quieres? Y dile a Brian que conteste a mi carta.

—Lo haré, Rosemary...

—¿Sí?

—Sigo teniendo el presentimiento. Quédate en casa esta noche, ¿lo harás?

—Precisamente eso es lo que pensábamos hacer —contestó Rosemary, mirando por encima del hombro a la mesa a medio poner.

—Bien, cuídate —insistió Margaret.

—Me cuidaré. Y cuídate también tú, Margaret.

—Lo haré, adiós.

—Adiós.

Volvió a la mesa y siguió ordenándola, sintiéndose complacidamente triste y nostálgica por Margaret, Brian y los demás; por Omaha y por un pasado irrecuperable.

Cuando dejó la mesa ya puesta, fue a bañarse; luego se empolvó y se perfumó, se pintó los ojos y los labios y se peinó, poniéndose el pijama de seda roja que Guy le había regalado la Navidad anterior.

Él volvió a casa tarde, después de las seis.

—¡Huum! —exclamó, besándola—. Estás para comerte. Y, a propósito, ¿comemos? ¡Maldición!

—¿Qué?

—Olvidé el pastel.

Él le había dicho a ella que no hiciera postre, que traería su favorito de siempre, un pastel de calabaza Horn and Hardart.

—¡Yo mismo me pegaría! —exclamó—. He pasado por delante de dos confiterías.

—Es igual —dijo Rosemary—, tenemos fruta y queso. Al fin y al cabo, ése es el mejor postre.

—No, es el pastel de calabaza.

Fue a lavarse las manos y ella metió una bandeja de setas rellenas en el horno y aliñó la ensalada.

Al cabo de unos minutos, Guy apareció en la puerta de la cocina, abotonándose el cuello de una camisa azul de pana. Le brillaban los ojos y estaba un poco nervioso, lo mismo que había estado la primera vez que durmieron juntos, cuando él sabía que esto iba a suceder. A Rosemary le complació verlo de aquel modo.

—Tu Papa ha armado un buen jaleo con el tráfico hoy —le dijo.

—¿Lo has visto por la televisión? —le preguntó—. Ha sido fantástico; lo han dado todo.

—Eché un vistazo en casa de Allan —contestó él—. ¿Vasos en el congelador?

—Sí. Pronunció un discurso magnífico en las Naciones Unidas. «No más guerra», les dijo.

—¡Oye! La comida tiene hoy muy buen aspecto.

Se tomaron unos cócteles Gibson y las setas en la sala. Guy metió periódicos arrugados bajo la parrilla de la chimenea y encima puso palitos de leña, así como dos grandes trozos de carbón mate.

—Ahí va —dijo encendiendo una cerilla.

La llama se elevó y prendió en la leña. Un humo negro comenzó a salir por debajo de la repisa, en dirección al techo.

—¡Lo que faltaba! —exclamó Guy, metiéndose dentro de la chimenea.

—¡La pintura! ¡La pintura! —exclamó Rosemary.

Consiguió abrir el tiro de la chimenea, y el acondicionador de aire, puesto en marcha enseguida, extrajo el humo.

—Nadie, pero nadie, tiene un fuego esta noche —dijo Guy.

Rosemary, arrodillándose con su vaso en la mano, se quedó mirando fijamente a los crepitantes carbones envueltos por las llamas, y dijo:

—¿Verdad que es maravilloso? Espero que tengamos el invierno más frío en ochenta años.

Guy puso un disco de Ella Fitzgerald cantando algo de Cole Porter.

Se habían comido a medias el pez espada, cuando sonó el timbre de la puerta.

—¡Vaya! —exclamó Guy.

Se levantó, soltó a un lado la servilleta y fue a abrir la puerta. Rosemary alargó el cuello y aguzó el oído.

La puerta se abrió y Minnie dijo:

—¡Hola, Guy!

Dijo algo más, que fue ininteligible.

¡Oh, no!, pensó Rosemary. No la dejes, Guy. Esta noche no.

Guy contestó algo y luego Minnie dijo:

—... De más. No los necesitamos.

Guy volvió a contestarle y Minnie volvió a hablar. Rosemary se acomodó, conteniendo el aliento; parecía como si no fuera a entrar, gracias a Dios.

La puerta se cerró y corrió la cadena (¡estupendo!) y el cerrojo (¡bien!). Rosemary observó y esperó, y Guy apareció furtivamente en el arco de la puerta, sonriendo con cara de buen chico, ocultando sus manos tras la espalda.

—¿Quién dice que no hay buena gente? —dijo, acercándose a la mesa y alargando sus manos con una copa de natilla en cada una de ellas—. Madame y monsieur tendrán su postre después de todo —dijo colocando una copa al lado del vaso de vino de Rosemary y la otra al lado del suyo—. *Mousse au chocolat* o «ratón de chocolate»,* como Minnie lo llama. Claro que viniendo de ella puede ser chocolate de ratón, así que cómetelo con cuidado.

Rosemary rio, feliz.

—¡Qué maravilloso! —exclamó—. Es justamente lo que yo pensaba hacer.

—¿Ves? —dijo Guy, sentándose—. Especialidad de la casa.

Apartó su servilleta y sirvió más vino.

—Temí que entrara y se quedara aquí toda la noche, dándonos la lata —confesó Rosemary, pinchando zanahorias con el tenedor.

—No —contestó Guy—. Sólo quería que probáramos su chocolate de ratón, que es una de sus especialidades.

—Parece bueno.

* Juego de palabras intraducible entre *mousse* (espuma) y *mouse* (ratón). *(N. del T.)*

—Lo es, ¿verdad?

Las copas estaban llenas de remolinos de chocolate. La de Guy, rematada con una rociada de pedacitos de nuez, y la de Rosemary con media castaña.

—Ha sido muy amable de su parte, realmente —dijo Rosemary—. No nos deberíamos reír de ella.

—Tienes razón —contestó Guy—. Tienes razón.

Las natillas eran excelentes, pero tenían un lejano gusto a tiza, que recordó a Rosemary las pizarras del colegio. Guy dijo que él no le encontraba ese gusto, a tiza ni a nada. Rosemary soltó la cucharilla después de probarlo dos veces.

—¿No vas a acabar de comértelo? —le preguntó Guy—. Eso son tonterías, cariño. No tiene mal gusto.

Rosemary insistió en que sí.

—¡Vamos! —dijo Guy—, el pobre murciélago estuvo trabajando todo el día sobre una cocina al rojo vivo; cómetelo.

—Pero si no me gusta... —protestó Rosemary.

—Es delicioso.

—Pues cómete el mío.

Guy puso mala cara.

—Muy bien, no te lo comas —le dijo—. No quieres ponerte el amuleto que te regaló; pues tampoco tienes por qué comerte su postre.

Confusa, Rosemary preguntó:

—¿Qué tiene que ver una cosa con la otra?

—Bueno, ambas son ejemplos de... falta de amabilidad, eso es todo —dijo Guy—. Hace dos minutos me dijiste que no deberíamos reírnos de ella. Eso es también una forma de burlarse de ella, aceptándole algo y luego no usándolo.

—¡Oh!... —Rosemary tomó su cucharilla—. Si vamos a pelearnos por esto... —Tomó una cucharadita llena de natillas y se la metió en la boca.

—No vamos a pelearnos —replicó Guy—. Si de veras no te gusta, no te lo comas.

—Delicioso —dijo Rosemary, con la boca llena y tomando otra cucharadita—, en absoluto tiene mal sabor. Gira los discos.

Guy se levantó y fue al tocadiscos. Rosemary dobló su servilleta sobre su regazo y dejó caer en ella dos cucharaditas de natillas, y otra media cucharadita más para hacer buena medida. Dobló la servilleta y entonces rebañó el contenido de la copa ostensiblemente y se tomó los restos cuando Guy regresaba silbando a la mesa.

—Aquí tienes, papaíto —le dijo inclinando la copa hacia él—. ¿Me he ganado una estrella dorada?

—Dos —dijo él—. Siento haber sido tan quisquilloso.

—Lo fuiste.

—Lo siento. —Él sonrió.

Rosemary se ablandó.

—Estás perdonado —le dijo—. Está bien que seas considerado con las señoras ancianas. Eso significa que serás considerado conmigo cuando yo lo sea.

Tomaron café y crema de menta.

—Margaret me llamó esta tarde —dijo Rosemary.

—¿Margaret?

—Mi hermana.

—¿Están todos bien?

—Sí. Temía que me hubiera ocurrido algo. Tuvo un presentimiento.

—¿Sí?

—Nos quedaremos en casa esta noche.

—¿Cómo? Si he mandado reservar una mesa en Nedick. En el Salón Naranja.

—Tendrás que cancelar esa reserva.

—¿Cómo has salido tú tan cuerda cuando el resto de tu familia está chiflada?

Rosemary sintió los primeros vértigos en la cocina, cuando estaba en el fregadero raspando de la servilleta las natillas que no se había comido, para tirarlas por el desagüe. Osciló un momento y luego parpadeó y frunció el ceño. Guy, desde el estudio, dijo:

—Aún no ha llegado. ¡Demonios, qué muchedumbre!

El Papa se dirigía al Yankee Stadium.

—Iré enseguida —dijo Rosemary.

Meneando la cabeza, para aclarársela, enrolló las servilletas dentro del mantel, y dejó el bulto a un lado para el cesto de la ropa sucia. Puso el tapón en el desagüe, abrió el grifo del agua caliente, echó dentro polvos de fregar y empezó a meter platos y cacerolas en la fregadera. Los fregaría por la mañana; mientras, se reblandecerían durante toda la noche.

La segunda oleada de vértigo la sintió cuando fue a colgar el paño de secar. Le duró más, y esta vez la habitación le dio vueltas lentamente, y las piernas casi se le torcieron. Se agarró al borde del fregadero.

Cuando se le pasó, sumó mentalmente los dos cócteles Gibson, los dos vasos de vino (¿o habían sido tres?) y la copita de crema de menta. No era de extrañar.

Logró ir hasta la puerta del estudio y pudo mantenerse de pie en la tercera oleada, agarrándose al pomo de la puerta con una mano y a la jamba con la otra.

—¿Qué te pasa? —le preguntó Guy, levantándose con ansiedad.

—Vértigos —contestó ella, haciendo un esfuerzo por sonreír.

Él apagó el televisor y se acercó a ella, la tomó por el brazo y la sujetó por la cintura.

—No es de extrañar —dijo—. Hemos bebido mucho. Probablemente tenías el estómago vacío.

La ayudó a ir al dormitorio y, cuando las piernas le fallaron, la tomó en sus brazos. La depositó sobre el lecho y se sentó a su lado, tomándole la mano y acariciando su frente con gesto consolador. Ella cerró los ojos. El lecho era una almadía que flotaba sobre suaves rizos, inclinándose y oscilando agradablemente.

—Es bonito —dijo ella.

—Necesitas dormir —le dijo Guy, acariciando su frente—. Una buena noche de sueño.

—Tenemos que hacer un niño.

—Lo haremos. Mañana. Tenemos tiempo.

—Me perderé la misa.

—Duerme. Pasa una buena noche de sueño. Sigue...

—Sólo una cabezada —dijo ella, y se vio sentada con una bebida en su mano en el yate del presidente Kennedy. Lucía el sol y soplaba la brisa, un día perfecto para un crucero. El presidente, estudiando un gran mapa, daba breves y precisas instrucciones a un piloto negro.

Guy le había quitado la chaqueta del pijama.

—¿Por qué me la quitas? —le preguntó ella.

—Para que estés más cómoda.

—Ya estoy cómoda.

—Duerme, Ro.

Desabrochó los broches de su costado y, lentamente, le quitó el pantalón. Pero ella se había dormido y no se dio cuenta. Ahora sólo llevaba puesto un bikini rojo; pero las otras mujeres que había en el yate (Jackie Kennedy, Pat Lawford y Sarah Churchill) también los llevaban, así que estaba bien, gracias a Dios. El presidente vestía su uniforme de la Marina. Se había recuperado completamente, después del asesinato, y tenía mejor aspecto que nunca. Hutch estaba de pie en la cubierta, cargado de aparatos para los pronósticos meteorológicos.

—¿No viene Hutch con nosotros? —preguntó Rosemary al presidente.

—Sólo católicos —contestó éste, sonriendo—. Preferiría que no estuviéramos atados por estos prejuicios; pero, infortunadamente, lo estamos.

—¿Y qué me dice de Sarah Churchill? —preguntó Rosemary, que se volvió para señalarla con el dedo; pero Sarah Churchill se había ido y en su lugar estaba su propia familia: su padre, su madre, y todos, con esposos, esposas y niños. Margaret estaba embarazada, así como Jean, Dodie y Ernestine.

Guy se estaba quitando su anillo de casado. Ella se preguntó por qué; pero estaba demasiado fatigada para preguntarlo.

—Duerme —le dijo ella. Y se durmió.

Era la primera vez que la Capilla Sixtina se abría al público, y ella estaba contemplando el techo desde un nuevo ascensor que desplazaba al visitante horizontalmente a través de la capilla, permitiendo ver los frescos exactamente tal como Miguel Ángel los veía a cuando los pintó. ¡Qué hermosos eran! Vio a Dios extendiendo su dedo a Adán, dándole el divino chispazo de la vida; y el lado inferior de un estante parcialmente recubierto con papel engomado color guinda, mientras ella era llevada hacia atrás a través del armario de la ropa blanca.

—Con cuidado —dijo Guy.

Y otro hombre dijo:

—La ha puesto muy alta.

—¡Tifón! —gritó Hutch en la cubierta en medio de todo su equipo para pronósticos meteorológicos—. ¡Tifón! ¡Ya ha matado a cincuenta personas en Londres y se dirige hacia aquí!

Rosemary comprendió que tenía razón. Debía advertir al presidente. El buque se encaminaba al desastre.

Pero el presidente se había ido. Todo el mundo se había ido. La cubierta era infinita y estaba solitaria, exceptuando al piloto negro, que seguía aferrado al timón sin cambiar de rumbo.

Rosemary se acercó a él y enseguida se dio cuenta de que odiaba a todos los blancos, que la odiaba a ella.

—Será mejor que vaya abajo, señorita —le dijo, cortés, aunque odiándola, sin esperar siquiera a que le advirtiese lo que tenía que advertirle.

Abajo había un enorme salón de baile, en uno de cuyos lados una iglesia ardía violentamente y en el otro un hombre con una barba negra la estaba mirando fijamente. En el centro había una cama. Se recostó en ella, y, de repente, se vio rodeada por diez o doce personas desnudas, hombres y mujeres, Guy entre ellos. Eran personas mayores, las mujeres grotescas y con los pechos lacios. Minnie y su amiga Laura-Louise estaban allí, y Roman con una mitra negra y una túnica negra de seda. Con una fina varita negra le estaba haciendo dibujos en el cuerpo, mojando la punta de la varita en una copa roja que le sostenía un hombre bronceado por el sol, con un bigote blanco. La punta se movió de aquí para allá sobre su estómago y bajaba provocándole cosquillas en la parte interior de los muslos. Las personas desnudas entonaban un cántico (desafinado, poco musical, con sílabas de acento extranjero) acompañadas por una flauta o clarinete.

—¡Está despierta! ¡Ve! —susurró Guy a Minnie. Él estaba tenso, con los ojos muy abiertos.

—No ve —contestó Minnie—; siempre y cuando se comiera las natillas, no puede ver ni oír. Está como muerta. Ahora cante.

Jackie Kennedy entró en el salón de baile vestida con una exquisita bata de raso color marfil bordada con perlas.

—He sentido tanto oír que no te sientes bien —dijo, apresurándose a acudir al lado de Rosemary.

Rosemary le explicó lo de la mordedura del ratón, minimizándolo para que Jackie no se preocupara demasiado.

—Será mejor que te aten las piernas —dijo Jackie—, por si te dan convulsiones.

—Supongo que sí —contestó Rosemary—. Siempre hay la posibilidad de que estuviera rabioso.

Observó con interés cómo enfermeros con batas blancas ataban sus piernas, y también sus brazos, a los cuatro pilares de la cama.

—Si la música te molesta —le dijo Jackie—, dímelo y haré que cese.

—¡Oh, no! —respondió Rosemary—. Por favor, no cambies el programa por mí. No me molesta lo más mínimo, de veras.

Jackie le sonrió cariñosamente.

—Trata de dormir —le dijo—. Estaremos esperando arriba, en cubierta. —Se retiró, con su bata de raso crujiendo.

Rosemary durmió un poco, y entonces entró Guy y comenzó a hacerle el amor. La acarició con ambas manos, una larga y gustosa caricia que comenzó en sus muñecas atadas, se deslizó por sus brazos, pechos y caderas, y se convirtió en un voluptuoso cosquilleo entre sus piernas. Repitió la excitante caricia una y otra vez, con manos cálidas y de uñas afiladas, y entonces, cuando ella estuvo dispuesta-dispuesta-más-que-dispuesta, le deslizó una mano bajo sus nalgas, las elevó, alojó su dureza contra ella, y la empujó dentro poderosamente. Él era más grande que nunca; doloroso, maravillosamente grande. Se apoyaba sobre ella, con su otro brazo deslizándose bajo su espalda para sostenerla, su amplio pecho aplastando sus senos. (Él llevaba puesta, porque debía de ser un traje de etiqueta, una armadura de cuero áspero.) De modo brutal y rítmico, empujaba su nueva enormidad. Ella abrió sus ojos y vio ojos amarillos como hornos, olió azufre y raíz de tanis, sintió un aliento húmedo en su boca, oyó gruñidos de lujuria y la respiración de espectadores.

Esto no es un sueño, pensó ella. Es algo real que está ocurriendo. La protesta surgió en sus ojos y garganta;

pero algo cubrió su rostro, empapándola de un hedor dulzón.

La enormidad siguió penetrando en ella, el cuerpo correoso golpeando contra ella una y otra vez.

El Papa entró con una maleta en la mano y un abrigo sobre el brazo.

—Jackie me ha dicho que te ha mordido un ratón —dijo.

—Sí —contestó Rosemary—. Por eso no fui a verle. —Ella habló tristemente, de modo que él no sospechara que ella había tenido un orgasmo.

—No te preocupes —le dijo—. No queríamos que arriesgaras tu salud.

—¿Estoy perdonada, Padre? —preguntó.

—Totalmente —le contestó.

Alargó su mano para que ella le besara el anillo. En medio tenía una bola de filigrana de plata de menos de una pulgada de diámetro; dentro de ella, muy diminuta, Ana María Alberghetti estaba sentada, esperando.

Rosemary la besó y el Papa salió apresuradamente para tomar su avión.

9

—¡Eh, tú! ¡Son más de las nueve! —exclamó Guy, sacudiéndola por el hombro.

Ella apartó la mano de él y se volvió, hundiendo su rostro en la almohada.

—Cinco minutos.

—No —dijo él, tirándole del pelo—. Tengo que estar con Dominick a las diez.

—¡Pues fastídiate!

—¡Vete a la porra! —le contestó él, y le dio un azote en el trasero.

Todo volvió de nuevo: los sueños, las bebidas, las natillas de chocolate de Minnie, el Papa, aquel horrible momento en que no soñaba. Se volvió y se incorporó, apoyándose en sus brazos, mirando a Guy. Estaba encendiendo un cigarrillo, con cara soñolienta, y necesitando un afeitado. Él estaba en pijama. Ella estaba desnuda.

—¿Qué hora es? —preguntó ella.

—Las nueve y diez.

—¿A qué hora me dormí? —Se sentó en la cama.

—A eso de las ocho y media —contestó él—. Y no es que te durmieras, cariño; es que te desmayaste. A partir de ahora tomarás cócteles o vino, no cócteles y vino.

—He tenido unos sueños muy raros —dijo ella frotándose la frente y cerrando los ojos—. El presidente Kennedy, el Papa, Minnie y Roman...

Abrió los ojos y vio arañazos en su pecho izquierdo; dos líneas rojas paralelas finas como un cabello que le bajaban por el pezón. Sus muslos le escocían; apartó la sábana que los cubría y vio más arañazos, siete u ocho que iban de acá para allá.

—No me grites —dijo Guy—. Ya me las he cortado.

Y le enseñó unas uñas suaves.

Rosemary se lo quedó mirando sin comprenderlo.

—No quise perderme la Noche del Bebé —explicó él.

—¿Quieres decir que tú...?

—Me partí un par de uñas.

—¿Mientras yo estaba desmayada?

Él asintió haciendo una mueca.

—Fue divertido —dijo—. En sentido necrófilo.

Ella apartó la mirada, y se volvió a tapar con la sábana.

—Soñé que alguien estaba... violándome. No sé quién. Alguien... inhumano.

—Muchas gracias —repuso Guy.

—Tú estabas allí, con Minnie y Roman, y otras personas... Era una especie de ceremonia.

—Traté de despertarte —explicó él—; pero habías perdido del todo el conocimiento.

Ella se apartó un poco más y volvió sus piernas hacia el otro lado de la cama.

—¿Qué te pasa? —le preguntó Guy.

—Nada —contestó ella, sentándose, sin volver la cara para mirarlo—. Tiene gracia que lo hayas hecho así, mientras yo estaba inconsciente.

—No quise perder la noche.

—Podíamos haberlo hecho esta mañana o esta noche. Ése no era el único momento en todo el mes. Y aunque lo hubiera sido...

—Pensé que te gustaría que lo hiciera —se excusó él, pasándole un dedo por la espalda.

Ella se escabulló.

—Se supone que eso ha de ser compartido, no con uno despierto y la otra dormida —le dijo—. ¡Oh! Ya sé que soy tonta.

Se levantó y fue al lavabo en busca de su bata.

—Siento haberte arañado —confesó Guy—. Quizá me excedí.

Ella preparó el desayuno y cuando Guy se hubo ido fregó los platos y arregló la cocina. Abrió las ventanas de la sala y el dormitorio (el olor del fuego de la noche anterior aún persistía en el apartamento), hizo la cama y se duchó; una larga ducha, primero con agua caliente y luego con fría. Se quedó inmóvil, sin gorro de baño, bajo el chorro de agua, esperando que se le aclarara la cabeza y los pensamientos se le ordenasen.

¿Había sido la noche pasada realmente, como Guy lo había dicho, la Noche del Bebé? ¿Estaría ella en este momento de veras embarazada? Cosa extraña, no le importaba. Se sentía desgraciada, fuera o no una tonta. Guy había hecho uso del matrimonio sin su conocimiento, le había hecho el amor a su cuerpo inerte («fue divertido, en sentido necrófilo»), y no a la persona completa, mente y cuerpo, que ella era; y había hecho eso, además, con un deleite salvaje que le había producido arañazos y magulladuras que le dolían, y una pesadilla tan real e intensa que casi podía ver en su vientre los dibujos que Roman había trazado en él con aquella extraña varita mojada en rojo. Y como resentida, se frotó vigorosamente con jabón. Cierto que él había hecho aquello por el mejor motivo del mundo: hacer un bebé, y cierto que él había bebido tanto como ella; pero a ella le habría gustado que ningún motivo ni ningún número de vasos le hubieran permitido hacerle el amor de esa manera, tomando sólo su cuerpo mientras su ser, su alma o su feminidad estaban ausentes, cualquiera de las tres cosas que él amara. Y ahora, evocando las pasadas semanas y meses, sintió la inquietante presencia de señales dominantes más allá de la memoria, señales de una disminución del amor que él sentía por ella, de una disparidad entre lo que decía y lo que sentía. Él era actor; ¿podía saber nadie cuándo un actor estaba diciendo la verdad o estaba actuando?

Necesitaría algo más que una ducha para borrarse todos esos pensamientos. Cerró el grifo y, con ambas manos, se escurrió su cabellera chorreante.

Al salir para ir de compras llamó al timbre de la puerta de los Castevet y devolvió las copas de las natillas.

—¿Le gustaron, querida? —preguntó Minnie—. Creo que puse demasiada crema de cacao.

—Estaban deliciosas —contestó Rosemary—. Tendrá que darme la receta.

—Con mucho gusto. ¿Va de compras? ¿Querría hacerme un pequeño favor? Tráigame media docena de huevos y un paquete de Instant Sanka; ya lo pagaré luego. Detesto salir a comprar sólo por tan poca cosa. ¿No le importa?

Ahora había cierto distanciamiento entre ella y Guy; pero él parecía no darse cuenta de ello. Su obra iba a ensayarse el día primero de noviembre. Se titulaba *¿No la conozco a usted de algo?*, y él pasaba la mayor parte de su tiempo estudiando su papel, practicando el uso de las muletas y de los aparatos ortopédicos que requería, y yendo a Highbridge, en el Bronx, donde estaba el local en que se ensayaría la obra. Cenaban con amigos las más de las noches, y cuando no, hablaban de muebles y de la huelga de los periódicos, que parecía que ya iba a terminar, o del campeonato de béisbol, procurando dar a su conversación un tono natural. Fueron al ensayo de un nuevo número musical y al rodaje de una nueva película, a fiestas y a la inauguración de la exposición de construcciones de metal de un amigo. Guy nunca le miraba a la cara, y siempre tenía los ojos fijos en un guión, el televisor o lo que fuera. Él se iba a la cama y se dormía antes de que se acostara ella. Una noche él se fue a casa de los Castevet a que Roman le contara más historias teatrales, y ella se quedó en el apartamento, contemplando *Cara divertida* por televisión.

—¿No crees que deberíamos hablar de lo nuestro? —le preguntó ella a la mañana siguiente, durante el desayuno.

—¿Hablar de qué?

Se lo quedó mirando; él puso cara como si de veras no supiera nada.

—De las conversaciones que hemos tenido últimamente —dijo ella.

—¿Qué quieres decir?

—Que ni siquiera me has mirado a la cara.

—¿De qué estás hablando? Pues claro que te he mirado.

—No, no me has mirado.

—Sí. Cariño, ¿qué te pasa? ¿Qué es todo esto?

—Nada. No importa.

—No. Dímelo. ¿De qué se trata? ¿Qué es lo que te preocupa?

—Nada.

—Mira, cariño, ya sé que últimamente he estado muy absorbido con el papel y las muletas y todo eso, ¿no es verdad? Pero, bueno, Ro, eso es importante. ¿No lo sabes? Y el que no te esté mirando a cada momento con una mirada apasionada no quiere decir que no te quiera. También tengo que pensar en las cosas prácticas.

Se mostraba confuso, encantador y sincero, como en su papel de vaquero en *Parada de autobús*.

—Muy bien. Siento haber sido tan fastidiosa —declaró Rosemary.

—¿Tú? No podrías ser fastidiosa aunque lo intentaras.

Se inclinó sobre la mesa y la besó.

Hutch tenía una cabaña cerca de Brewster, donde pasaba a veces los finales de semana. Rosemary lo llamó y le preguntó si podría utilizarla durante tres o cuatro días, quizás una semana.

—Guy está con su nuevo papel —le explicó ella—, y creo que estaría más tranquilo si yo lo dejara solo.

—Es tuya —fue la respuesta de Hutch.

Rosemary fue a su apartamento en la esquina de Lexington y la calle Veinticuatro para recoger la llave.

Entró primero en una salchichería, cuyos dependientes eran amigos suyos de los tiempos en que había vivido en el barrio, y luego subió al apartamento de Hutch, que era pequeño y oscuro, aunque estaba muy ordenado. En él había una foto de Winston Churchill, con dedicatoria, y un sofá que había pertenecido a madame Pompadour. Hutch estaba sentado descalzo entre dos mesitas de bridge, cada una con su máquina de escribir y montones de papeles. Su costumbre era escribir dos libros a la vez, siguiendo con el segundo cuando se atascaba con el primero, y volviéndose hacia el primero cuando no sabía cómo continuar el segundo.

—Es una idea que se me ha ocurrido de pronto —dijo Rosemary, sentándose en el sofá de madame Pompadour—. Me di cuenta el otro día de que jamás he estado sola en mi vida, por más de unas pocas horas. Creo que pasar sin nadie tres o cuatro días será para mí un cielo.

—Una oportunidad para sentarse tranquilamente y descubrir quién eres; dónde has estado y adónde vas.

—Exacto.

—Muy bien; puedes dejar de forzar esa sonrisa —le dijo Hutch—. ¿Te ha tirado él alguna lámpara a la cabeza?

—Él no me ha tirado nada —dijo Rosemary—. Es un papel muy difícil; un muchacho paralítico que pretende que ya se ha acostumbrado a su invalidez. Tendrá que trabajar con muletas y aparatos ortopédicos en las piernas, y, claro, está preocupado y... y preocupado.

—Ya veo —dijo Hutch—. Bueno, cambiemos de tema. El *News* traía un amable resumen el otro día de todo lo que había ocurrido durante la huelga de los periódicos. ¿Por qué no me dijiste que había habido otro suicidio en la Casa Feliz?

—¡Oh! ¿No te lo dije? —preguntó Rosemary.

—No, no me lo dijiste.

—Era alguien que conocíamos. La joven de que te hablé; la que había sido adicta a las drogas y fue rehabilitada por los Castevet, ese matrimonio que vive en nuestro piso. Estoy segura de haberte hablado de eso.

—La chica que bajaba al sótano contigo.

—Eso es.

—Pues no acabaron de rehabilitarla, al parecer. ¿Vivía con ellos?

—Sí —contestó Rosemary—. Nos hemos hecho muy amigos de ellos desde que ocurrió eso. Guy va a verlos de vez en cuando para que le cuenten historias de teatro. El padre del señor Castevet fue un productor hacia principios de siglo.

—No me habría imaginado que Guy se interesara por ellos —comentó Hutch—. ¿Son una pareja mayor?

—Él tiene setenta y nueve; ella unos setenta.

—Es un apellido muy extraño —dijo Hutch—. ¿Cómo se escribe?

Rosemary se lo deletreó.

—No lo he oído nunca —declaró él—. Supongo que será francés.

—El apellido puede que sí, pero ellos no lo son —explicó Rosemary—. Él es de aquí y ella es de un pueblo de Oklahoma llamado Bushyhead,* lo creas o no lo creas.

—¡Vaya por Dios! —exclamó Hutch—. Utilizaré eso en uno de mis libros. En ése. Ya sé dónde ponerlo. Y ahora dime, ¿cómo piensas ir a la cabaña? Necesitarás un auto, supongo.

—Alquilaré uno.

—Llévate el mío.

—¡Oh, no, Hutch! No podría.

—Llévatelo, por favor —insistió Hutch—. Todo lo que hago es moverlo de un lado a otro de la calle. Por favor. Me ahorrarás muchas molestias.

Rosemary sonrió.

—Muy bien —dijo—. Te haré un favor llevándome tu coche.

Hutch le dio las llaves del coche y de la cabaña, le hizo un mapa improvisado de la ruta y le mecanografió una lista de instrucciones concernientes a la bomba, el refrigerador y una serie de posibles emergencias. Luego se puso los zapatos y la chaqueta y bajó con ella hasta donde estaba el auto, un viejo Oldsmobile azul claro.

—La documentación está en el compartimiento de los guantes —le explicó—. Por favor, considérate en libertad de permanecer allí todo el tiempo que quieras. No tengo planes inmediatos para el coche ni para la cabaña.

—No estaré más de una semana —dijo Rosemary—. Guy puede que no quiera que esté allí ni siquiera eso.

Cuando ya estuvo dentro del coche, Hutch se apoyó en la ventanilla y le dijo:

* Cabeza melenuda. (N. del T.)

—Tengo muchos buenos consejos que darte; pero no pienso meter las narices en tus asuntos aunque me muera.

Rosemary le dio un beso.

—Gracias —le dijo—. Por eso, por lo otro y por todo.

Partió en la mañana del sábado 16 de octubre y estuvo en la cabaña cinco días. En los primeros dos días ni siquiera había pensado en Guy, una buena venganza por la alegría con que él había dado su conformidad para que ella se fuera. ¿Tenía ella aspecto de necesitar un buen descanso? Muy bien, pues tendría uno, uno muy largo, sin pensar ni siquiera una vez en él. Paseó por hermosos bosques amarillo-naranja, se fue a dormir temprano y durmió hasta tarde, leyó *El vuelo del halcón*, de Daphne du Maurier, y preparó comidas de glotón en la estufa con botellas de gas butano. Ni una sola vez pensó en él.

Al tercer día ya pensó en él. Él era vanidoso, egoísta, superficial y falso. Se había casado con ella para tener un público, no una compañera (la pequeña señorita Recién-Venida-de-Omaha, ¡qué inocente palomita había sido! «¡Oh! Estoy acostumbrada a los actores. Ya llevo aquí casi un año.» Y ella lo había seguido por el estudio como si fuera el perrito que le llevara en la boca el periódico). Le daría un año para que se enmendara y se convirtiera en un buen esposo; si no lo hacía, lo dejaría, y sin escrúpulos religiosos de ninguna clase. Y, mientras tanto, ella volvería a trabajar y recobraría de nuevo aquella independencia y aquel dominio de sí misma de que se había desprendido tan apresuradamente. Sería fuerte y orgullosa, y estaría dispuesta a marcharse inmediatamente si él no lograba ponerse a su nivel.

Aquellas comidas de glotón (latas enormes de solomillo de buey y chile con carne) empezaron a sentarle mal, y al tercer día ya sentía ligeras náuseas y tuvo que comer sólo sopa con galletas.

Al cuarto día se despertó echándolo de menos y lloró. ¿Qué estaba haciendo ella ahí sola, en esa hermosa, pero fría cabaña? ¿Tan terrible era lo que había hecho él? Se había emborrachado y le había hecho el amor sin pedírselo. Bueno, eso era en realidad una ofensa como para estremecer la tierra, ¿no? Pero él estaba enfrentándose a la prueba más difícil de su carrera y ella, en vez de estar a su lado para ayudarle, apuntarle y animarle, estaba en medio de aquellas soledades, comiendo hasta ponerse enferma y añorándolo. Claro que él era vano y creído; pero ¿acaso no era un actor? Laurence Olivier probablemente era también vano y creído. Y seguro que mentiría de vez en cuando; pero ¿no era eso exactamente lo que le había atraído de él y le seguía atrayendo? Esa libertad e impasibilidad tan diferentes de su propia y acartonada corrección.

Fue a Brewster y le telefoneó. Contestó el Amigo de Servicio:

—¡Hola, querida! ¿Ha vuelto del campo? ¡Oh! Guy está fuera; ¿quiere que la llame? ¿Que usted lo llamará a las cinco? Muy bien. ¿Disfruta de buen tiempo? ¿Se divierte? Bueno.

A las cinco él estaba todavía fuera, y su mensaje seguía esperándole. Cenó en un restaurante y fue al cine. A las nueve él seguía fuera y en el servicio había alguien nuevo y automático con un mensaje para ella: debería llamarle antes de las ocho de la mañana siguiente o por la tarde después de las seis.

Al día siguiente, ella llegó a tener lo que parecía un modo razonable y realista de ver las cosas. La culpa había sido de los dos; él por ser desconsiderado y egoísta; ella por no haber sabido expresar y explicar su descontento. Era difícil que él cambiara antes de que ella le demostrara que había cambiado. Ella sólo tenía que hablar; no, *ellos* tenían que hablar; porque a lo mejor él podía sentir en su interior un descontento similar que ella ignorara, y las cosas tendrían forzosamente que mejorar. Como tantas infelicidades, ésta había comenzado con silencio en vez de una charla franca y honesta.

Fue a Brewster a las seis, llamó y él estaba en casa.

—¡Hola, cariño! —contestó Guy—. ¿Cómo estás?

—Bien. ¿Y tú?

—Muy bien. Te echo de menos.

Ella sonrió al teléfono.

—Te echo de menos —repitió ella—. Mañana vuelvo a casa.

—¡Qué alegría! —exclamó él—. Por aquí han ocurrido muchas cosas. Los ensayos han sido aplazados hasta enero.

—¿Sí?

—No han podido encontrar a nadie para el papel de la muchacha. Claro que esto es un hueco que a mí me viene de perilla. Voy a hacer de consejero el mes que viene en un programa de comedias de media hora.

—¿De veras?

—Me ha caído del cielo, Ro. Y parece cosa buena. La emisora ABC está encantada con la idea. Se llama *Greenwich Village*, lo van a filmar allí. Yo seré el encargado de escribir las correcciones. Eso es prácticamente llevar la dirección.

—¡Es maravilloso, Guy!

—Escucha. Tengo que ducharme y afeitarme; he de ir a un rodaje en el que estará presente Stanley Kubrick. ¿Cuándo piensas volver?

—Llegaré a eso del mediodía, o quizás antes.

—Te estaré esperando. Muchos besos.

—¡Muchos besos!

Luego telefoneó a Hutch, que había salido, y le dejó recado de que ella le devolvería el coche al día siguiente por la tarde.

A la mañana siguiente limpió la cabaña, la cerró con llave y regresó a la ciudad. Había un embotellamiento de tráfico en Saw Mill River Parkway por una colisión de tres vehículos, y era ya cerca de la una cuando ella estacionó el coche, ocupando la mitad de la parada de autobús situada enfrente de la Bramford. Llevando su pequeña maleta se apresuró a subir a su casa.

El ascensorista no había bajado a Guy; claro que él había estado fuera desde las once cincuenta a las doce.

Pero estaba en casa. Se oía un disco del álbum *Sin cuerdas*. Ella abrió la boca para llamarle, y él salió del dormitorio con camisa y corbata, camino de la cocina con una taza de café recién usada en una mano.

Se besaron cariñosa y plenamente; él acariciándola con un solo brazo a causa de la taza.

—¿Lo has pasado bien? —le preguntó él.

—Muy mal. Algo terrible. Te echaba de menos.

—¿Cómo estás?

—Muy bien. ¿Qué tal te fue con Stanley Kubrick?

—No se presentó el tío.

Se volvieron a besar.

Ella llevó la maleta al dormitorio y la abrió sobre la cama. Él entró con dos tazas de café, le dio una a ella y se sentó sobre la banqueta mientras ella deshacía la maleta. Ella le contó lo de los bosques amarillo-naranja y las noches tranquilas; él le explicó lo de *Greenwich Village*, quiénes eran los otros que figuraban y los nombres de los productores, los escritores y el director.

—¿De veras te encuentras bien? —insistió él mientras ella echaba el cierre a la maleta vacía.

Ella no le comprendió.

—Tu período —aclaró él—. Cumplía el martes.

—¿El martes?

Él asintió.

—Bueno, sólo han pasado dos días —contestó ella.

La verdad es que se le habían acelerado los latidos de su corazón, que le dio un salto.

—Puede que sea el cambio de aguas, o lo mucho que comí allí —agregó.

—Nunca te habías retrasado hasta ahora —le recordó él.

—Probablemente me venga esta noche. O mañana.

—¿Quieres apostarte algo?

—Sí.

—¿Un cuarto de dólar?

—*Okay*.

—Lo perderás, Ro.

—Cállate. Me estás poniendo nerviosa. Sólo son dos días. Probablemente me vendrá esta noche.

10

No le vino aquella noche ni al día siguiente. Ni al cabo de dos días ni de tres. Rosemary se movía con cuidado y andaba despacito, para no dislocar lo que posiblemente había arraigado en su interior.

¿Hablar con Guy? No, eso podía esperar.

Todo podía esperar.

Lavó, fue de compras y cocinó, respirando acompasadamente. Laura-Louise bajó una mañana y le pidió que votara por Buckley. Ella le contestó que lo haría, para librarse de ella.

—Dame mi cuarto de dólar —le dijo Guy.

—¡Cállate! —contestó ella rechazando su brazo con un revés de la mano.

Concertó hora de visita con un tocólogo y el miércoles 28 de octubre fue a verlo. Se llamaba doctor Hill. Se lo había recomendado una amiga, Elise Dunstan, que había sido tratada por él durante dos partos y aseguraba que era muy competente. Tenía su consulta en la calle Setenta y dos Oeste.

Era más joven de lo que Rosemary había esperado (tenía la edad de Guy o quizá menos) y se parecía un poco al doctor Kildare de la televisión. A ella le agradó. Él le hizo lentamente preguntas y se mostró interesado, la examinó y la envió a un laboratorio en la calle Sesenta, donde una enfermera le extrajo sangre del brazo derecho.

Él la llamó a la tarde siguiente alrededor de las tres y media.

—¿Señora Woodhouse?

—¿Doctor Hill?

—Sí. La felicito.

—¿De veras?

—De veras.

Se sentó al borde de la cama, sonriendo al teléfono. «De veras, de veras, de veras, de veras, de veras.»

—¿Me oye usted?

—¿Tiene que decirme algo más?

—Poca cosa. Venga a verme el mes que viene. Compre esas píldoras de Natalin y empiece a tomarlas. Una al día. Hágame el favor de rellenarme unos cuestionarios que le envío por correo; son para el hospital; es mejor hacer la reserva lo antes posible.

—¿Cuándo lo tendré? —preguntó.

—Si su último período fue el veintiuno de septiembre —contestó— y si todo sale bien, el veintiocho de junio.

—Eso parece mucho.

—Lo es. ¡Ah! Y una cosa más, señora Woodhouse. En el laboratorio quieren otra muestra de su sangre. ¿Podría pasarse por allí mañana o el lunes y permitir que se la saquen?

—Por supuesto —repuso Rosemary—. ¿Para qué?

—La enfermera no le sacó bastante la otra vez.

—Pero... estoy embarazada, ¿verdad?

—Sí, esa prueba ya se la hicieron —contestó el doctor Hill—; pero yo generalmente les mando que hagan otras más, azúcar en la sangre y etcétera; pero la enfermera no lo sabía y sólo tomó sangre para una prueba. No es nada por lo que tenga que preocuparse. Usted está embarazada. Le doy mi palabra.

—Muy bien —contestó ella—. Volveré mañana por la mañana.

—¿Recuerda la dirección?

—Sí, aún tengo la tarjeta.

—Bueno, le mandaré esos formularios por correo, y hasta que nos veamos en la última semana de noviembre.

Acordaron una visita para el 29 de noviembre a la una, y Rosemary colgó sintiendo que algo iba mal. La enfermera del laboratorio no parecía saber lo que estaba haciendo, y la improvisación del doctor Hill al hablar no sonaba del todo convincente. ¿Habrían cometido algún error y tenían miedo? ¿Frascos de sangre mezclada y mal etiquetada? ¿Existiría aún la posibilidad de que ella no estuviese embarazada? Pero, de no ser así, ¿le habría hablado el doctor Hill con tanta franqueza y seguridad?

Trató de desechar esos pensamientos. Claro que estaba embarazada; con lo que hacía que le había vencido el período tenía que estarlo. Fue a la cocina, de cuya pared colgaba un almanaque, y en el cuadrado del día siguiente escribió *Lab*, y en el cuadrado del 29 de noviembre, *doctor Hill*-1.

Cuando Guy llegó, ella fue hacia él sin decirle palabra y le puso una moneda de cuarto de dólar en la mano.

—¿Para qué es esto? —preguntó. Y entonces, comprendiendo—: ¡Oh! ¡Es estupendo, cariño! ¡Estupendo!

Sujetándola por los hombros, la besó dos veces y luego por tercera vez.

—¿Verdad que sí? —preguntó ella.

—¡Estupendo! ¡Me siento tan feliz!

—Padre.

—Madre.

—Escúchame, Guy —dijo ella, de repente seria, y mirándolo fijamente—. Empecemos con esto de nuevo, ¿de acuerdo? Una nueva franqueza y confianza para hablar de todo. Porque no hemos sido francos. Has estado tan absorbido con tu espectáculo y lo de consejero, y con el modo como te han ido saliendo las cosas. No es que diga que no debas preocuparte; no sería normal si no estuvieras preocupado. Pero por eso me fui a la cabaña, Guy. Para ordenar mis pensamientos respecto a lo que estaba pasando entre nosotros. Y llegué a la conclusión de que todo había sido por falta de franqueza. También por mi parte. Yo tengo tanta culpa como tú.

—Cierto —contestó él, aún sujetándole los hombros con las manos, sus ojos buscando su mirada ansiosamente—. Es cierto. Yo también sentí lo mismo, aunque quizá no tan fuerte como tú. Soy tan egoísta, Ro. Ahí está la raíz del mal. Para empezar, creo que por eso es por lo que he elegido esta profesión idiota y chiflada. Pero tú sabes que te quiero, ¿verdad? Te quiero, Ro. Trataré de hacer las cosas más fáciles a partir de ahora. Te lo juro por Dios. Seré tan franco que...

—Yo tengo tanta culpa como tú.

—No, es culpa mía. Mía y de mi egoísmo. ¿Querrás soportarme, Ro? Trataré de ser mejor.

—¡Oh, Guy! —exclamó ella en una oleada de remordimientos, amor y perdón; y correspondió a sus besos con otros fervorosos besos suyos.

—Bonita manera de comportarse de unos padres —dijo él.

Ella rio, con los ojos humedecidos por las lágrimas.

—¡Vaya, cariño! —dijo Guy—. ¿Sabes lo que me gustaría hacer?

—¿Qué?

—Decírselo a Minnie y Roman. —Alzó una mano—. Ya lo sé, ya lo sé; deberíamos guardar esto como un profundo secreto; pero les dije que lo estábamos intentando y ellos se sintieron tan complacidos, y bueno, con una gente tan vieja —extendió las manos con gesto de lástima—, si esperamos demasiado puede que ya no llegaran a enterarse.

—Díselo —accedió ella, amorosa.

Él la besó en la nariz.

—Estaré de vuelta dentro de dos minutos —le dijo, y se volvió hacia la puerta.

Al observarlo marchar, ella se dio cuenta de que Minnie y Roman habían llegado a ser muy importantes para él. No era sorprendente; su madre había sido una charlatana sólo preocupada de sí misma y ninguno de sus padres había sido verdaderamente paternal. Los Castevet llenaban una necesidad en él, una necesidad que él mismo probablemente ignorase. Les estaba agradecida. Procuraría pensar más amablemente de ellos en el futuro.

Fue al baño y se lavó los ojos con agua fría, se arregló el pelo y se pintó los labios. «Estás embarazada», se dijo a sí misma ante el espejo. («Pero el laboratorio quiere otra muestra de sangre. ¿Para qué?»)

Cuando salió, ellos ya entraban: Minnie, en bata de casa; Roman, sosteniendo con ambas manos una botella de vino, y Guy tras ellos, ruborizado y sonriente.

—¡Eso es lo que yo llamo una buena noticia! —exclamó Minnie—. ¡Fe-li-ci-da-des!

Se abrazó a Rosemary, la sujetó por los hombros y besó su mejilla ruidosamente.

—Con nuestros mejores deseos, Rosemary —dijo Roman, poniendo sus labios en la otra mejilla—. Estamos más contentos de lo que podríamos expresar. No teníamos ninguna botella de champán; pero con esta de Saint Julien de 1961 nos arreglaremos para un brindis.

Rosemary les dio las gracias.

—¿Cuándo le tocará, querida? —preguntó Minnie.

—El veintiocho de junio.

—Va a ser tan emocionante —dijo Minnie—, entre ahora y entonces.

—Nosotros nos encargaremos de sus compras —ofreció Roman.

—¡Oh, no! —contestó Rosemary—. No hará falta.

Guy trajo vasos y un sacacorchos, y Roman se aprestó a abrir la botella de vino. Minnie tomó a Rosemary del codo y ambas se dirigieron a la sala.

—Y dígame, querida —quiso saber Minnie—, ¿tiene usted un buen médico?

—Sí, uno muy bueno —contestó Rosemary.

—Uno de los mejores tocólogos de Nueva York —prosiguió Minnie— es muy amigo nuestro. Se llama Abe Sapirstein, y es judío. Él interviene en todos los partos de la alta sociedad y la ayudaría también a tener su bebé si nosotros se lo pedimos. Y le cobrará barato, así que podrán ahorrarse parte del dinero que a Guy tanto le cuesta ganar.

—¿Abe Sapirstein? —preguntó Roman desde el otro lado de la habitación—. Es uno de los mejores tocólogos del país, Rosemary. Habrá oído hablar de él, ¿verdad?

—Creo que sí —repuso Rosemary, recordando el nombre de un artículo en una revista.

—Yo sí que he oído —afirmó Guy—. ¿No figuraba en el *Open End* hace un par de años?

—Exacto —dijo Roman—. Es uno de los mejores tocólogos del país.

—¿Ro? —preguntó Guy.

—¿Y qué hacemos con el doctor Hill? —preguntó ella.

—No te preocupes, le diré algo —aseguró Guy—. Ya me conoces.

Rosemary pensó en el doctor Hill, tan joven, tan Kildare, con su laboratorio que quería más sangre porque la enfermera había estado despistada o *alguien* se había despistado, causándole sin necesidad molestias y preocupaciones.

—Yo no voy a dejar que vaya a ningún doctor Hill, del que nadie ha oído hablar. Usted tendrá lo mejor, jovencita, y lo mejor es Abe Sapirstein.

Rosemary, agradecida, les sonrió por que hubieran tomado aquella decisión por ella.

—Si están tan seguros de que me recibirá... —dijo—. Debe de estar demasiado ocupado.

—La recibirá —aseguró Minnie—. Voy a llamarle ahora mismo. ¿Dónde está el teléfono?

—En el dormitorio —dijo Guy.

Mientras Minnie iba al dormitorio, Roman llenaba de vino los vasos.

—Es un hombre muy inteligente —explicó—, con toda la sensibilidad de su atormentada raza. —Dio vasos a Rosemary y Guy—. Esperemos a Minnie.

Se quedaron inmóviles, cada uno sujetando un vaso lleno de vino. Roman sosteniendo dos. Guy dijo:

—Siéntate, cariño.

Pero Rosemary negó con la cabeza y siguió de pie.

Minnie, desde el dormitorio, estaba hablando:

—¿Abe? Soy Minnie. Bien, gracias. Escucha: una buena amiga nuestra acaba de enterarse hoy de que está embarazada. Sí, ¿verdad? Ahora estoy en su apartamento. Le hemos dicho que a ti te complacería encargarte de ella y que no le cobrarías ninguno de esos precios fantasiosos.

Se quedó callada un momento, y luego dijo:

—Espera un instante. —Y alzó la voz—. ¿Rosemary? ¿Puede ir a verle mañana por la mañana a las once?

—Sí, me va bien —respondió Rosemary, alzando también la voz.

Roman dijo:

—¿Ve usted?

—Le va bien a las once, Abe —dijo Minnie—. Sí. Tú también. No, nada en absoluto. Esperemos que sí. Adiós.

Volvió.

—Ahí tiene —dijo—. Le apuntaré su dirección antes de que vaya. Está entre la calle Setenta y nueve y Park Avenue.

—Un millón de gracias, Minnie —dijo Guy.

—No sé cómo agradecérselo a los dos —añadió Rosemary.

Minnie tomó el vaso de vino que Roman le alargaba.

—Muy sencillo —repuso—. Haciendo todo lo que Abe le diga. Y ya verá como tiene un bebé muy sano; eso es todo lo que pediremos.

Roman alzó su vaso.

—Por un bebé muy sano —brindó.

—¡Bravo, bravo! —exclamó Guy, y entonces todos bebieron: Guy, Minnie, Rosemary y Roman.

—¡Hummm! —exclamó Guy—. Es delicioso.

—¿Verdad que sí? —dijo Roman—. Y no es muy caro.

—¡Oh! —exclamó Minnie—. No puedo esperar más a darle la noticia a Laura-Louise.

Rosemary le rogó:

—¡Por favor! No se lo diga a nadie más. Aún no. Es tan pronto...

—Tiene razón —dijo Roman—. Ya tendremos tiempo para propagar la buena noticia.

—¿Le apetece a alguien queso y galletas? —preguntó Rosemary.

—Siéntate, cariño —le dijo Guy—. Yo lo traeré.

Aquella noche, Rosemary estaba demasiado excitada por el gozo y la emoción para poder dormirse rápidamente. Dentro de ella, bajo las manos que se posaban alerta sobre su vientre, un diminuto huevo había sido fertilizado por una diminuta semilla. ¡Oh, milagro! Crecería hasta convertirse en Andrew o Susan (de «Andrew» estaba ella segura; «Susan» estaba todavía por discutir con Guy). ¿Qué sería ahora Andrew-o-Susan? ¿Como una cabecita de alfiler? No, seguro que era más que eso; al fin y al cabo, ¿no estaba ya ella en su segundo mes? Claro que lo estaba. Ya sería como un pequeño renacuajo. Tendría que encontrar unas láminas de anatomía o un libro en donde se explicara lo que sucedía exactamente mes por mes. El doctor Sapirstein conocería alguno.

Cerca pasó aullando un coche de bomberos. Guy se movió y murmuró, y detrás de la pared la cama de Minnie y Roman crujió.

Había tantos peligros de que preocuparse en los meses que se avecinaban: incendios, caída de objetos, autos fuera de control, peligros que nunca habían sido peligros hasta entonces; pero que ahora eran peligros, ahora que Andrew-o-Susan estaba empezado y tenía vida. (¡Sí, vida!) Ella renunciaría a su cigarrillo de vez en cuando, por supuesto. Y preguntaría al doctor Sapirstein lo de los cócteles.

¡Si pudiera todavía rezar! ¡Qué bonito sería apretar un crucifijo de nuevo entre las manos y que Dios la oyera! Le pediría que transcurrieran con seguridad los ocho meses que faltaban; nada de sarampión, por favor, ni nuevas drogas sensacionales con efectos secundarios, como la talidomida. Ocho buenos meses, por favor, libre de accidentes y enfermedades, llenos de hierro, leche y sol.

De repente recordó aquel talismán de la buena suerte, la bola de raíz de tanis; y fuera aquello idiota o no, quiso tenerlo; lo necesitaba alrededor de su cuello. Se deslizó fuera de la cama, fue de puntillas hasta el tocador y la sacó de la cajita, quitándole el envoltorio de papel de aluminio.

El olor de la raíz había cambiado; seguía siendo fuerte, pero ya no era repelente. Y se pasó la cadena por encima de la cabeza.

Con la bola cosquilleándole entre sus senos, volvió de puntillas a la cama y se metió en ella. Se alzó el cobertor y, cerrando los ojos, hundió su cabeza en el almohadón. Respiró profundamente y pronto estuvo dormida, con las manos sobre el vientre protegiendo el embrión que había en su interior.

11

Ahora se sentía vivir; hacía cosas; era al fin ella misma por completo. Hacía lo mismo que había hecho antes: guisaba, limpiaba, planchaba; arreglaba la cama, compraba, bajaba a lavar al sótano, iba a su clase de escultura; pero lo hacía todo con un nuevo y sereno fondo de conocimiento, sabiendo que Andrew-o-Susan (o Melinda) era cada día un poquitín mayor en su interior, un poquitín más claramente definido y cercano a su aparición.

El doctor Sapirstein era maravilloso; un hombre alto y bronceado por el sol, con cabello canoso y un espeso bigote blanco (ella lo había visto antes en alguna parte; pero no recordaba dónde; quizás en *Open End*), y quien, a pesar de los sillones a lo Mies van der Rohe y las mesas de frío mármol de su sala de espera, era tranquilizadoramente anticuado y directo.

—Por favor no lea libros —le dijo—. Cada embarazo es diferente, y un libro que le diga lo que va a sentir usted en la tercera semana del tercer mes sólo va a causarle preocupaciones. Ningún embarazo fue jamás exactamente como los descritos en los libros. Y tampoco haga caso a sus amigas. Ellas habrán tenido experiencias muy distintas a las suyas y estarán absolutamente seguras de que sus embarazos fueron normales y de que el suyo es anormal.

Ella le preguntó qué le parecían las píldoras de vitaminas que el doctor Hill le había prescrito.

—No, nada de pastillas —le dijo—. Minnie Castevet tiene un herbario y una batidora; haré que ella le prepare una bebida diaria que será más fresca, más segura y más rica en vitaminas que cualquier píldora del mercado. Y otra cosa: no tema satisfacer sus antojos. Hoy prevalece la teoría de que las mujeres embarazadas inventan antojos porque les parece que se espera de ellas que los tengan. Yo no estoy de acuerdo con eso. Quiero decir que si le entran deseos de comer *pickles* a medianoche, haga que su pobre marido se levante y vaya a comprárselas, lo mismo que en los chistes. Cualquier cosa que usted quiera, consígala. Se sorprenderá de algunas de las cosas extrañas que su cuerpo le pedirá en los meses venideros. Y puede llamarme noche y día para hacerme cualquier pregunta. Llámeme a mí, no a su madre ni tampoco a su tía Fanny. Para eso estoy aquí.

Ella había de ir a verlo una vez cada semana, lo cual, por cierto, era otorgarle mayor atención que la que el doctor Hill daba a sus pacientes; y él le gestionaría una reserva en el Doctors Hospital sin necesidad de que ella se molestara en rellenar ningún cuestionario.

Todo iba bien y era luminoso y encantador. Fue a que Vidal Sassoon le arreglara el pelo, acabó con su dentista, votó el día de las elecciones (por Lindsay como alcalde), y fue al Greenwich Village a ver la filmación de algunas de las escenas con las correcciones apuntadas por Guy. Entre tomas (Guy corriendo Sullivan Street abajo con un carrito de bocadillos de salchicha robado), ella se puso en cuclillas para hablar con los niños y sonrió a todas las mujeres embarazadas que vio, pensando «yo también».

Halló que la sal, aunque fuera en mínima cantidad, le hacía las comidas insoportables.

—Eso es perfectamente normal —le dijo el doctor Sapirstein en su segunda visita—. Cuando su cuerpo la necesite, la aversión desaparecerá. Mientras tanto, evidentemente, no tome sal. Confíe en sus aversiones tanto como en sus antojos.

Sin embargo, ella no sintió ningún antojo. La verdad es que hasta le había disminuido el apetito. Con un café y una tostada tenía suficiente para el desayuno, y con verdura y un pedacito de carne medio cruda le bastaba para el mediodía. Minnie le traía cada mañana a las once lo que parecía un batido acuoso de leche y pistacho. Era frío y agrio.

—¿Qué es esto? —le preguntó Rosemary.

—Recortes, caracoles y rabitos de cachorros de perro —contestó Minnie bromeando.

Rosemary se echó a reír.

—¡Pues vaya! —exclamó—. ¿Y si lo que queremos es una niña?

—¿La desean?

—Bueno, aceptaremos lo que venga; pero sería estupendo si el primero fuera un niño.

—Bien, pues aquí tiene usted —dijo Minnie.

Al acabar de beber, Rosemary preguntó:

—Bueno, en serio, ¿de qué está compuesto eso?

—Tiene un huevo crudo, gelatina, hierbas...

—¿Raíz de tanis?

—Un poco, y también algunas otras cosas.

Minnie le trajo la bebida cada día en el mismo vaso, uno grande con rayas azules y verdes, y se quedaba esperando hasta que Rosemary se bebía su contenido.

Un día Rosemary entró en conversación en el ascensor con Phyllis Kapp, la joven madre de Lisa. Ésta la invitó a ella y a Guy a comer al domingo siguiente; pero Guy opuso su veto a la idea cuando Rosemary se lo dijo. Esperaba tener trabajo el domingo, según le explicó, y, en caso de que no trabajara, necesitaría el día para descansar y estudiar. Por entonces su vida social era escasa. Guy había cancelado una cita de cena y teatro que había hecho unas semanas antes con Jimmy y Tiger Haenigsen, y le había preguntado a Rosemary si no le importaría anular una cena con Hutch. Todo era a causa de sus modificaciones, que estaban llevando más tiempo para filmarlas que el que habían pensado.

Sin embargo, todas estas cancelaciones le vinieron de perilla, porque Rosemary comenzó a sentir dolores abdominales de una agudeza alarmante. Telefoneó al doctor Sapirstein y él le pidió que fuera a verle. Mientras le daba explicaciones, le dijo que no era nada como para preocuparse; los dolores venían de una expansión de su pelvis completamente normal. Desaparecerían en un par de días, y mientras tanto podría combatirlos con dosis extraordinarias de aspirina.

Rosemary, aliviada, dijo:

—Temí que fuera un embarazo ectópico.

—¿Ectópico? —preguntó el doctor Sapirstein, y la miró de modo escéptico.

Ella se ruborizó. Él le dijo:

—Pensé que no iba a leer libros, Rosemary.

—Me tropecé con él en el *drugstore* —explicó ella.

—Y lo único que ha hecho ha sido preocuparla. ¿Quiere usted ir a casa y tirarlo, por favor?

—Lo haré. Se lo prometo.

—Los dolores desaparecerán en dos días —dijo—. ¡Embarazo ectópico! —Meneó la cabeza.

Pero los dolores no desaparecieron en dos días; fueron peores y empeoraron aún, como si algo dentro de ella estuviera circundado por un alambre del que se tirara para tensarlo y cortarlo en dos. Sentía dolores hora tras hora y luego tenía unos minutos relativamente indoloros y que no eran más que el dolor concentrándose para un nuevo asalto. Las aspirinas le sirvieron de poco y ella tenía miedo de tomar demasiadas. El sueño, cuando le venía, le traía molestas pesadillas en las que se veía luchando contra enormes arañas que la habían acorralado en el cuarto de baño, o tirando desesperadamente de un pequeño arbusto negro que había echado raíces en medio de la alfombra de la sala de estar. Se despertaba cansada, para sentir dolores aún más fuertes.

—Esto sucede a veces —le dijo el doctor Sapirstein—. Los dolores desaparecerán cualquier día de estos. ¿Está segura de que no ha mentido acerca de su edad? A veces son las mujeres mayores, con articulaciones menos flexibles, las que tienen esta clase de dificultades.

Minnie, al traerle la bebida, le dijo:

—¡Pobrecita! No se desespere, querida; una sobrina mía que vivía en Toledo tuvo la misma clase de dolores y lo mismo les pasó a otras dos mujeres que yo conozco. Y sus partos fueron facilísimos y tuvieron niños muy guapos y sanos.

—Gracias —le contestó Rosemary.

Minnie se echó hacia atrás como ofendida.

—¿Qué le pasa? ¡Eso es tan cierto como el Evangelio! ¡Se lo juro por Dios, Rosemary!

El rostro se le contraía y se puso descolorido y triste; tenía un aspecto terrible.

Guy, por su parte, seguía insistiendo:

—¿De qué estás hablando? —decía—. Tienes un aspecto estupendo. Es ese corte de pelo lo que parece horrible. Es el mayor error que has cometido en tu vida.

El dolor se afirmó con una constante presencia, sin dar ningún respiro. Ella lo soportó y vivió con él, durmiendo unas pocas horas de noche y tomando una aspirina aun cuando el doctor Sapirstein le permitía dos. Se acabaron las salidas con Joan o con Elise, la clase de escultura o las compras. Hacía los pedidos de comestibles por teléfono y se quedaba en el apartamento, haciendo cortinas para el cuarto de los niños y comenzando, finalmente, a leer *La decadencia y caída del Imperio romano*. Algunas tardes venían Minnie o Roman y charlaban un rato con ella, preguntándole si quería algo. En una ocasión, Laura-Louise le trajo pan de jengibre. Aún no sabía que Rosemary estaba embarazada.

—¡Oh! ¡Qué corte de pelo tan bonito, Rosemary! —le dijo—. Está usted muy guapa y muy a la moda.

Se asombró cuando le dijeron que no se encontraba nada bien.

Cuando Guy terminó con su trabajo, se quedó en casa la mayor parte del tiempo. Había dejado de estudiar con Dominick, su profesor de dicción, y ya no pasaba las tardes en el mundillo teatral y cinematográfico. Tenía dos buenos números comerciales en perspectiva para Pall Mall y Texaco, y los ensayos de *¿No la conozco a usted de algo?* fueron definitivamente aplazados para mediados de enero. Ayudaba a Rosemary a limpiar y jugaban a las cartas a dólar la partida. Él contestaba al teléfono, y cuando la llamada era para Rosemary, daba una excusa plausible.

Ella había pensado invitar a varios amigos a una cena el día de Acción de Gracias; todos matrimonios jóvenes. Sin embargo, con aquel dolor continuo, y la constante preocupación por el bienestar del bebé, decidió no hacerlo, y acabaron por ir a casa de Minnie.

12

Una tarde de diciembre, mientras Guy estaba haciendo el comercial de Pall Mall, Hutch la llamó por teléfono.

—Estoy a la vuelta de la esquina, en el City Center, comprando billetes para el espectáculo de Marcel Marceau —explicó—. ¿Os gustaría a ti y a Guy venir el viernes por la noche?

—No lo creo, Hutch —contestó Rosemary—. Hace días que no me encuentro bien. Y Guy tiene que hacer dos comerciales esta semana.

—¿Qué es lo que te pasa?

—Nada importante. Siento algunas molestias.

—¿Puedo subir unos minutos?

—¡Oh, sí! Me gustará verte.

Se apresuró a ponerse unos pantalones y un jersey, se pintó los labios y se cepilló el cabello. El dolor se agudizó, haciendo que por un instante tuviera que cerrar los ojos y apretar los dientes, y luego aminoró hasta su intensidad normal, y ella respiró agradecida, continuando su cepillado.

Hutch, al verla, puso ojos redondos de sorpresa y exclamó:

—¡Dios mío!

—El peinado me lo hizo Vidal Sassoon. Última moda —explicó.

—¿Qué es lo que te ha pasado? —preguntó él—. No me refería a tu cabello.

—¿Tan mal aspecto tengo? —Le ayudó a quitarse el abrigo y el sombrero y los colgó, forzando una leve sonrisa.

—Tienes un aspecto terrible —dijo Hutch—. Has perdido yo qué sé cuántos kilos y tienes unas ojeras que te envidiaría un panda. ¿No estarás haciendo una de esas dietas que recomienda la secta de los Zen?

—No.

—Entonces, ¿qué es? ¿Te ha visto algún médico?

—Será mejor que te lo diga. Estoy embarazada. Voy por el tercer mes.

Hutch se la quedó mirando, estupefacto.

—¡Eso es ridículo! —exclamó—. Las mujeres embarazadas ganan peso, no lo pierden. Y tienen aspecto saludable, no...

—Hay una pequeña complicación —explicó Rosemary, dirigiéndose hacia la sala—. Tengo articulaciones rígidas o algo así, y por eso sufro dolores que me tienen despierta casi toda la noche. Bueno, un dolor que es continuo. Aunque no es nada grave. Probablemente cesará cualquier día.

—Nunca oí que eso de las «articulaciones rígidas» fuera un problema —dijo Hutch.

—Articulaciones pélvicas rígidas. Es bastante corriente.

Hutch se sentó en la mecedora de Guy.

—Bueno, te felicito —le dijo con tono dudoso—. Debes de ser muy feliz.

—Lo soy —contestó Rosemary—. Los dos lo somos.

—¿Quién es tu tocólogo?

—Se llama Abraham Sapirstein. Es...

—Lo conozco —dijo Hutch—. Mejor dicho, he oído hablar de él. Intervino en dos partos de Doris.

Doris era la hija mayor de Hutch.

—Es uno de los mejores de la ciudad —explicó Rosemary.

—¿Cuándo lo has visto por última vez?

—Anteayer. Y me dijo eso mismo que te acabo de decir. Es bastante corriente y probablemente cesará cualquier día. Claro que me ha estado diciendo eso desde que empezó...

—¿Cuánto has perdido de peso?

—Sólo un kilo y medio. Parece...

—¡Tonterías! Has perdido mucho más.

Rosemary sonrió.

—Hablas como la báscula del cuarto de baño —dijo—. Guy acabó por tirarla, porque me asustaba. No, sólo he perdido un kilo y medio y un poco de anchura. Y es perfectamente normal perder un poco durante los primeros meses. Luego lo recuperaré.

—Eso espero —declaró Hutch—. Parece como si te chupara un vampiro. ¿Estás segura de que no tienes señales de pinchazos?

Rosemary sonrió.

—Bueno —dijo Hutch, retrepándose y sonriendo también—. Supongamos que el doctor Sapirstein sabe lo que hace. Debe de saberlo; por lo que cobra... A Guy le debe de ir sensacional.

—Pues sí —contestó Rosemary—; pero nos hace un precio especial. Nuestros vecinos, los Castevet, son muy amigos suyos; me enviaron a él y nos cobra un precio más barato que a sus clientes de la alta sociedad.

—¿Quiere decir eso que Doris y Axel sí lo son? —preguntó Hutch—. Estarían encantados si lo fueran.

Sonó el timbre de la puerta. Hutch se ofreció para ir a abrir, pero Rosemary no se lo consintió.

—Me duele menos cuando me muevo —explicó, saliendo de la habitación.

Al acercarse a la puerta trató de recordar si había encargado algo que aún no le hubieran entregado.

Era Roman, quien parecía ligeramente amoscado. Rosemary sonrió y le dijo:

—Acababa de nombrarle hace un par de minutos.

—Espero que haya sido para mencionar algo favorable —contestó—. ¿Necesita algo de fuera? Minnie va a salir un momento y nuestro teléfono no funciona.

—No, nada —repuso Rosemary—. Gracias por preguntármelo. Ya pedí por teléfono esta mañana todas las cosas que necesitaba.

Roman miró más allá de ella por un instante, y luego, sonriendo, preguntó si Guy ya había vuelto a casa.

—No, no volverá por lo menos hasta las seis —explicó Rosemary.

Como el pálido rostro de Roman seguía aguardando con su sonrisa interrogadora, añadió:

—Está aquí un amigo nuestro. —La sonrisa interrogadora siguió—. ¿Quiere conocerlo?

—Sí que me gustaría —dijo Roman—. Si no molesto...

—Claro que no. —Rosemary le indicó que entrara.

Llevaba una chaqueta a cuadros blancos y negros sobre una camisa azul y una ancha corbata de tejido de Paisley. Pasó por su lado y entonces se fijó, por primera vez, en que tenía las orejas perforadas; por lo menos la oreja izquierda lo estaba.

Lo siguió hasta la entrada de la sala.

—Le presento a Edward Hutchins —dijo. Y a Hutch, que se levantaba sonriente le dijo—: Te presento a Roman Castevet, el vecino del que acabo de hablarte. Estaba diciendo a Hutch —agregó, dirigiéndose a Roman— que usted y Minnie me enviaron al doctor Sapirstein.

Los dos hombres se estrecharon las manos y se saludaron. Hutch dijo:

—Una de mis hijas fue también atendida por el doctor Sapirstein. En dos ocasiones.

—Es un hombre muy inteligente —afirmó Roman—. Lo conocimos la pasada primavera y se ha convertido en uno de nuestros mejores amigos.

—Siéntense, ¿quieren? —les pidió Rosemary. Ambos hombres se sentaron y Rosemary se sentó al lado de Hutch.

Roman preguntó:

—Así que Rosemary le habrá dado la buena noticia, ¿verdad?

—Sí, me la ha dado —contestó Hutch.

—Hemos de procurar que tenga el máximo de descanso —declaró Roman— y que esté totalmente libre de preocupaciones y ansiedades.

—Eso sería un cielo —corroboró Rosemary.

—Su aspecto me alarmó un poco —dijo Hutch, mirando a Rosemary mientras sacaba su pipa y una bolsita a rayas para tabaco.

—¿De veras? —preguntó Roman.

—Pero ahora que sé que está al cuidado del doctor Sapirstein, me siento considerablemente aliviado.

—Sólo ha perdido uno o dos kilos —dijo Roman—. ¿Verdad, Rosemary?

—Así es —repuso Rosemary.

—Y eso es normal en los primeros meses de embarazo —continuó diciendo Roman—. Después ganará, probablemente, mucho más.

—Eso creo —dijo Hutch llenando su pipa.

Rosemary explicó:

—La señora Castevet me prepara una bebida vitamínica todos los días, con un huevo crudo, leche y unas hierbas que ella cultiva.

—Todo eso está de acuerdo con las instrucciones del doctor Sapirstein —explicó Roman—. Él se inclina a desconfiar de las píldoras vitamínicas comercialmente preparadas.

—¿De veras? —preguntó Hutch, guardándose en el bolsillo la bolsita de tabaco—. No imagino que haya nada menos sospechoso; se fabrican con gran seguridad y todas las precauciones imaginables.

Frotó dos fósforos como si fueran uno y dio una chupada a su pipa, dejando escapar nubecillas de aromático humo blanco. Rosemary le puso un cenicero al lado.

—Cierto —replicó Roman—; pero las píldoras comerciales pueden pasarse muchos meses en un almacén o en el estante de una farmacia y perder buena parte de su potencia original.

—Sí; no había pensado en ello —repuso Hutch—. Puede ocurrir.

Rosemary terció:

—Me gusta la idea de tomarlo todo fresco y natural. Apostaría a que las madres en estado masticaban pedacitos de raíz de tanis hace ya muchos siglos, cuando nadie había oído hablar todavía de las vitaminas.

—¿Raíz de tanis? —preguntó Hutch.

—Es una de las hierbas que componen la bebida —explicó Rosemary—. ¿Es una hierba? —Se quedó mirando a Roman—. ¿Puede una raíz considerarse una hierba?

Pero Roman estaba observando a Hutch y no la oyó.

—¿De tanis? —volvió a preguntar Hutch—. Nunca oí hablar de eso. ¿Estás segura de que no es anís o raíz de lirio de Florencia?

—Tanis —dijo Roman.

—Aquí tienes —dijo Rosemary, sacándose su amuleto—. Se supone que da buena suerte. Agárrate, porque hay que acostumbrarse al olor.

Le alargó el amuleto, inclinándose hacia delante para acercárselo más a Hutch.

Él lo olfateó y se echó hacia atrás, haciendo ostentosas muecas.

—Y tanto que sí —dijo—; pero no parece ninguna raíz —aseguró—; parece más bien un verdín o un hongo. —Miró a Roman—. ¿Se conoce por otro nombre? —preguntó.

—Que yo sepa, no —respondió Roman.

—Miraré en la enciclopedia y descubriré todo acerca de ella —dijo Hutch—. Tanis. ¡Qué bola más bonita para contenerla! ¿Es algún amuleto? ¿Dónde lo has conseguido?

Con una rápida sonrisa a Roman, Rosemary respondió:

—Me lo dieron los Castevet. —Y volvió a meterse el amuleto en su seno.

Hutch dijo a Roman:

—Usted y su esposa parece que se están tomando más interés por Rosemary que el que se tomarían sus propios padres.

Roman contestó:

—La queremos mucho, y a Guy también.

Echó hacia atrás su silla y se levantó.

—Tendrán que excusarme, pues he de irme ahora —dijo—. Mi esposa me está esperando.

—No faltaba más —contestó Hutch levantándose también—. Ha sido un placer conocerle.

—Nos veremos de nuevo, estoy seguro —afirmó Roman—. No se moleste, Rosemary.

—No es molestia. —Fue con él hasta la puerta del apartamento. Ahora se fijó en que tenía perforada la oreja derecha también, y que en su cuello tenía pequeñas cicatrices como una bandada de pájaros lejanos—. Gracias de nuevo —le dijo.

—No se merecen —repuso Roman—. Su amigo, el señor Hutchins, me ha caído simpático; parece muy inteligente.

Rosemary le dijo mientras abría la puerta:

—Sí que lo es.

—Me ha alegrado conocerle —aseguró Roman.

Con una sonrisa y un saludo con la mano se alejó por el pasillo.

—Adiós —le dijo Rosemary, respondiendo a su saludo.

Hutch estaba de pie junto al estante de los libros.

—Esta habitación es magnífica —comentó—. La has arreglado muy bien.

—Gracias —contestó Rosemary—. Eso fue hasta que mi pelvis intervino. Roman tiene las orejas perforadas. Ahora me he fijado por primera vez.

—Orejas perforadas y ojos penetrantes —replicó Hutch—. ¿A qué se dedicaba antes de ser un rentista retirado?

—Pues a un poco de todo. Y ha estado en todas las partes del mundo. De veras, en todas partes.

—Tonterías. No hay nadie que haya estado en todas partes. Si no es mucha indiscreción, ¿puedo preguntar a qué ha venido a verte?

—A preguntarme si necesitaba algo de fuera. El teléfono de la casa no funciona. Son unos vecinos fantásticos. Si les permitiera, vendrían hasta a hacerme la limpieza.

—¿Qué aspecto tiene ella?

Rosemary se lo explicó.

—Guy se ha hecho muy amigo de ellos —dijo—. Creo que para él se han convertido en una especie de padres.

—¿Y tú?

—Yo no estoy segura. A veces les estoy tan agradecida que les besaría, y a veces me resultan pesados, como si fueran demasiado amistosos y entrometidos con sus ganas de ayudar. Pero ¿cómo puedo quejarme? ¿Recuerdas el gran apagón?

—¿Cómo quieres que lo olvide? Me pilló en un ascensor.

—¡No!

—Sí, de veras. Cinco horas en total oscuridad con tres

mujeres y un tipo de la sociedad John Birch que estaban seguros de que habían tirado una bomba atómica.

—¡Qué horrible!

—¿Decías?

—Que estábamos aquí, Guy y yo, y dos minutos después de que las luces se apagaran Minnie ya estaba en la puerta con un puñado de velas. —Hizo un gesto hacia la repisa de la chimenea—. ¿Cómo puedes encontrar defectos a vecinos así?

—Claro, imposible —dijo Hutch, que estaba mirando fijamente hacia la repisa—. ¿Son ésas? —preguntó.

Entre un cuenco de piedra pulimentada y un microscopio había dos palmatorias. En ellas había unas velas negras ribeteadas con chorreones de cera.

—Las que quedan —explicó Rosemary—. Trajo muchas. ¿Qué pasa?

—¿Eran todas negras? —preguntó.

—Sí —contestó—. ¿Por qué?

—Es curioso. —Se apartó de la repisa de la chimenea, sonriéndole—. ¿No me invitas a café? Cuéntame más cosas de la señora Castevet. ¿Dónde cría esas hierbas suyas? ¿En macetas?

Estaban sentados ante las tazas a la mesa de la cocina unos diez minutos después, cuando la puerta del apartamento se abrió y Guy entró apresuradamente.

—¡Vaya! ¡Qué sorpresa! —dijo acercándose y estrechando la mano de Hutch antes de que éste pudiera levantarse—. ¿Cómo estás, Hutch? ¡Qué alegría verte! —Acarició la cabeza de Rosemary con su otra mano, se inclinó y la besó en las mejillas y los labios—. ¿Cómo sigues, cariño?

Aún llevaba Guy el maquillaje; su cara era color naranja, sus ojos grandes y con exageradas pestañas negras.

—Tú eres la sorpresa —dijo Rosemary—. ¿Qué ha pasado?

—¡Ah! Se detuvieron en la mitad para corregir el guión, los malditos. Seguiremos por la mañana. Seguid donde estáis, que nadie se mueva; voy a quitarme el abrigo —se dirigió al lavabo.

—¿Quieres un poco de café? —le preguntó Rosemary.

—Sí, un poco.

Ella se levantó y le llenó una taza, volviendo a llenar la taza de Hutch y la suya propia. Hutch dio una chupada a su pipa, con aspecto pensativo.

Guy volvió con sus manos llenas de paquetes de Pall Mall.

—Botín —dijo, soltándolos sobre la mesa—. ¿Quieres uno, Hutch?

—No, gracias.

Guy abrió un paquete, golpeó ligeramente los cigarrillos y sacó el primero que asomó. Hizo un guiño a Rosemary cuando ella se sentó de nuevo.

Hutch dijo:

—Parece que debo felicitaros.

Guy repuso, mientras encendía un cigarrillo:

—¿Te lo ha dicho Rosemary? Es maravilloso, ¿verdad? Estamos encantados. Claro que yo estoy asustado, pues temo ser una birria de padre; pero Rosemary será tan buena madre que no se notará la diferencia.

—¿Para cuándo esperáis al niño? —preguntó Hutch.

Rosemary se lo dijo y luego contó a Guy que el doctor Sapirstein había intervenido en los nacimientos de dos nietos de Hutch.

Hutch le dijo:

—He conocido a tu vecino, Roman Castevet.

—¡Ah! ¿Sí? —dijo Guy—. Es un viejo tipo divertido, ¿no? Sabe contar muchas historias interesantes sobre Otis Skinner y Modjeska. Entiende mucho de teatro.

Rosemary le dijo:

—¿Te has fijado alguna vez en que tiene las orejas perforadas?

—Bromeas —contestó Guy.

—No, no bromeo; lo he visto.

Se bebieron su café, hablando de los rápidos progresos que estaba haciendo Guy en su carrera y de un viaje que Hutch pensaba hacer a Grecia y Turquía en la primavera.

—Es una vergüenza que no te hayamos visto más últimamente —le reprochó Guy, cuando Hutch se excusó y se levantó—. Como yo estoy tan ocupado y Ro del modo que está, la verdad es que no vemos a nadie.

—Quizá podamos cenar pronto juntos —repuso Hutch.

Guy, conviniendo en lo mismo, fue a traerle el abrigo. Rosemary le recordó:

—No olvides mirar lo de la raíz.

—No lo olvidaré —respondió Hutch—, y tú dile al doctor Sapirstein que compruebe su báscula; aún sigo creyendo que has perdido bastante más de un kilo y medio.

—No seas tonto —replicó Rosemary—. Las básculas de los doctores son exactas.

Guy, sosteniendo abierto un abrigo, dijo:

—Éste no es mío; debe de ser tuyo.

—Estás en lo cierto —repuso Hutch. Volviéndose, metió los brazos por las mangas—. ¿Habéis pensado ya en nombres o es demasiado pronto? —preguntó a Rosemary.

—Si es niño, Andrew o Douglas —contestó ella—. Si es niña, Melinda o Sarah.

—¿Sarah? —preguntó Guy—. ¿Y qué ha pasado a «Susan»? —agregó dando a Hutch su sombrero.

Rosemary ofreció su mejilla para que Hutch la besara.

—Espero que esos dolores se pasen pronto —deseó.

—Se pasarán —repuso ella sonriendo—. No te preocupes.

Guy dijo:

—Es una cosa bastante corriente.

Hutch se palpó el bolsillo.

—¿Se me ha caído por aquí el otro guante? —preguntó, y mostró un guante marrón con un adorno de piel. Volvió a registrarse los bolsillos.

Rosemary miró por el suelo y Guy fue al lavabo y miró por el suelo y el estante.

—No lo veo, Hutch —dijo.

—No tiene importancia —dijo Hutch—. Probablemente me lo dejé en el City Center. Me detendré allí a la vuelta. Bueno, cenaremos juntos algún día, ¿verdad?

—Pues claro —respondió Guy, y Rosemary propuso:

—La semana que viene.

Lo acompañaron y lo observaron irse hasta que desapareció tras la primera vuelta del pasillo. Luego regresaron al apartamento y cerraron la puerta.

—Ha sido una agradable sorpresa —dijo Guy—. ¿Llevaba aquí mucho rato?

—No mucho —contestó Rosemary—. Adivina lo que ha dicho.

—¿Qué?

—Que tengo un aspecto terrible.

—¡Ese pobre viejo de Hutch! —exclamó Guy—. Dando ánimos dondequiera que va. —Rosemary se lo quedó mirando interrogativamente—. Es un aguafiestas profesional, cariño —le dijo—. ¿Recuerdas cómo trató de alarmarnos cuando nos mudamos aquí?

—Él no es un aguafiestas profesional —replicó Rosemary mientras se dirigía a la cocina para retirar las cosas de la mesa.

Guy se apoyó contra la jamba de la puerta.

—Entonces es uno de los aficionados de más categoría.

Unos minutos más tarde se puso el abrigo y salió a comprar el periódico.

El teléfono sonó aquella noche a las diez y media, cuando Rosemary estaba en la cama leyendo y Guy estaba en el estudio viendo la televisión. Él contestó a la llamada y un minuto después le trajo el teléfono al dormitorio.

—Hutch quiere hablar contigo —le dijo, poniendo el teléfono sobre la cama y agachándose para enchufarlo—. Le dije que estabas descansando, pero él me ha contestado que no podía esperar.

Rosemary tomó el receptor:

—¿Hutch? —preguntó.

—¡Hola, Rosemary! —contestó Hutch—. Dime, querida, ¿sales algunas veces o te quedas en tu apartamento todo el día?

—Bueno, ahora no salgo —repuso ella, mirando a Guy—; pero podría salir. ¿Por qué?

Guy le devolvió la mirada frunciendo el ceño, escuchando con atención.

—Hay algo de lo que quiero hablarte —dijo Hutch—. ¿Puedes encontrarte conmigo mañana por la mañana a las once frente al edificio Seagram?

—Si quieres que vaya... —contestó—. ¿De qué se trata? ¿No me lo puedes decir ahora?

—Mejor será que no te lo diga —respondió él—. No es nada importante, así que no te preocupes. Podemos tomar un desayuno tardío o un almuerzo tempranero, como quieras.

—Será estupendo.

—Bueno, pues entonces a las once, frente al edificio Seagram.

—Bien. Oye, ¿encontraste tu guante?

—No, allí no lo tenían —dijo él—; pero de todos modos ya era hora de que me comprara otros nuevos. Buenas noches, Rosemary. Que duermas bien.

—Igualmente. Buenas noches.

Colgó.

—¿Qué pasa? —preguntó Guy.

—Quiere que me encuentre con él mañana por la mañana. Tiene algo que decirme.

—¿No te ha dicho de qué se trata?

—No.

Guy meneó la cabeza, sonriendo.

—Creo que esas historias de aventuras para muchachos se le han metido en la cabeza —comentó—. ¿Dónde vas a verte con él?

—Frente al edificio Seagram, a las once.

Guy desenchufó el teléfono y se fue con él hacia el estudio; pero casi inmediatamente estuvo de vuelta.

—Tú eres la que estás embarazada y sin embargo soy yo el que tiene los antojos —dijo, volviendo a enchufar el teléfono y colocándolo sobre la mesilla de noche—. Voy a salir a comprar helado. ¿Quieres uno?

—Sí —contestó Rosemary.

—¿De vainilla?

—Bueno.

—Volveré enseguida.

Salió y Rosemary se apoyó contra su almohadón, con la vista fija enfrente y sin mirar, con el libro olvidado sobre su regazo. ¿De qué le querría hablar Hutch? Había dicho que no era nada importante; pero tampoco debía de tratarse de algo sin importancia, si no, no la habría llamado de ese modo. ¿Sería algo sobre Joan? ¿O sobre cualquiera de las otras chicas con las que ella había compartido el apartamento?

A lo lejos, ella oyó sonar brevemente, una sola vez, el timbre de los Castevet. Probablemente era Guy, preguntándoles si querían un helado o un periódico. Muy amable de su parte.

El dolor se agudizó en su interior.

13

A la mañana siguiente Rosemary llamó a Minnie por el teléfono de la casa y le dijo que no le trajera la bebida a las once; iba a salir y no estaría de vuelta hasta la una o las dos.

—Muy bien, querida —le contestó Minnie—. No se preocupe lo más mínimo. No tiene que beberla a ninguna hora fija; sólo con que la beba... Puede salir. Hace un día muy bueno y le sentará bien tomar un poco de aire fresco. Telefonéeme cuando vuelva, y entonces le llevaré la bebida.

Era realmente un hermoso día; soleado, frío, claro y vigorizador. Rosemary fue andando lentamente, con ganas de sonreír, como si no llevara aquel dolor dentro de ella. En todas las esquinas había miembros del Ejército de Salvación vestidos de Santa Claus, tocando campanillas según su costumbre inveterada. Todos los almacenes tenían en sus escaparates adornos navideños; Park Avenue tenía su línea central de árboles de Navidad.

Llegó al edificio Seagram a las once menos cuarto, y

como era temprano y no se veía la menor señal de Hutch, se sentó un momento a un lado del patio exterior del edificio, tomando el sol que le daba de cara y escuchando con placer los pasos y los retazos de conversación, los autos y camiones y el ronroneo de un helicóptero. El vestido que llevaba debajo del abrigo (por primera y satisfactoria vez) se ajustaba sobre su estómago; tal vez después de almorzar fuera a Bloomingdale y echara un vistazo a los vestidos para maternidad. Se alegraba de que Hutch la hubiera llamado de esa manera (pero ¿de qué querría hablarle?); el dolor, incluso el dolor constante, no era excusa para que se quedara en casa tanto como ella se quedaba. A partir de ese momento lucharía, lo combatiría con aire, sol y actividad; no sucumbiría a él en la lobreguez de la Bramford, bajo los bienintencionados mimos de Minnie, Guy y Roman. «¡Fuera el dolor!», pensó. «¡Ya no lo tendré más!» Pero el dolor siguió, inmune al Pensamiento Positivo.

A las once menos cinco se levantó y se quedó de pie frente a las puertas de cristal del edificio, al borde de su densa corriente de tránsito. Hutch, probablemente, vendría de dentro, pensó ella, de alguna cita anterior; o, si no, ¿por qué había escogido ese lugar en vez de cualquier otro para su encuentro? Observó las caras de los que se acercaban, fijándose lo más que podía; creyó haberlo visto, pero se había equivocado. Luego vio a un hombre con el que se había citado antes de conocer a Guy; pero se equivocó otra vez. Siguió mirando, poniéndose de puntillas de vez en cuando; pero sin ansiedad, ya que sabía que aunque no lograra verlo, Hutch la vería a ella.

A las once y cinco aún no había venido, y tampoco a

las once y diez. A las once y cuarto ella entró dentro para mirar al directorio del edificio, pensando que podría ver algún nombre que hubiera mencionado alguna vez y adonde pudiera llamar preguntando por él; pero el directorio era demasiado largo y tenía demasiados nombres para poderlo leer con atención, así que paseó entre las columnas, y al no ver nada familiar, salió de nuevo.

Volvió al patio y se sentó en el mismo sitio, observando la entrada del edificio y mirando de vez en cuando a los suaves escalones que subían desde la acera. Hombres y mujeres encontraron a otros hombres y mujeres; pero no hubo la menor señal de Hutch. Cosa rara en él, pues nunca llegaba tarde a las citas.

A las doce menos veinte Rosemary volvió a entrar en el edificio y preguntó a un empleado dónde había un teléfono público, y el empleado le dijo que en el sótano.

Al final de un corredor blanco había un agradable saloncito con modernas sillas negras, un mural abstracto y una sencilla cabina telefónica de acero inoxidable. Dentro de la cabina había una joven negra, pero terminó pronto y salió sonriendo amistosamente. Rosemary se metió dentro y marcó el número del apartamento. Tras cinco timbrazos contestó la portería; no había mensajes para Rosemary, y el único mensaje para Guy era de un tal Rudy Horn y no de un tal señor Hutchins. Tenía otra moneda de diez centavos y la utilizó para llamar al número de Hutch, pensando que en el edificio sabrían dónde estaba o tendrían un mensaje para él. Al primer timbrazo contestó una mujer con un «¿Sí?» de tono preocupado y no oficioso.

—¿Es el apartamento de Edward Hutchins? —preguntó Rosemary.

—Sí, ¿quién llama, por favor? —Por la voz parecía una mujer ni joven ni vieja; cuarentona, quizá.

Rosemary explicó:

—Soy Rosemary Woodhouse. Tenía una cita a las once con el señor Hutchins y no se ha presentado todavía. ¿Tiene idea de si va a venir o no?

Hubo un silencio, silencio que siguió.

—¿Diga? —inquirió Rosemary.

—Hutch me habló de usted, Rosemary —dijo la mujer—. Me llamo Grace Cardiff. Soy amiga suya. La pasada noche se lo llevaron enfermo. O a primera hora de esta madrugada, para ser exactos.

Rosemary sintió que su corazón le daba un vuelco.

—¿Que se lo han llevado enfermo? —preguntó.

—Sí. Estaba en un profundo coma. Los médicos no han podido descubrir cuál es la causa. Está en el Hospital St. Vincent.

—¡Es terrible! —exclamó Rosemary—. Pero si yo hablé con él anoche a eso de las diez y media y parecía estar bien.

—Pues yo hablé con él poco después de esa hora —dijo Grace Cardiff—, y también me pareció que estaba bien. Pero cuando esta mañana vino la mujer que le hace la limpieza, lo halló en el suelo de su dormitorio, inconsciente.

—¿Y no saben de qué ha sido?

—Aún no. Aunque es pronto todavía, y estoy segura de que lo descubrirán. Y cuando lo descubran, podrán tratarlo. De momento no responde a ningún tratamiento.

—¡Qué horror! —exclamó Rosemary—. ¿Y jamás tuvo una cosa así antes?

—Nunca —dijo Grace Cardiff—. Yo voy a ir ahora al

hospital a verlo. Ya le comunicaré cualquier novedad que haya.

—¡Oh, gracias! —dijo Rosemary.

Le dio el número de su apartamento y luego le preguntó si podía ayudar en algo.

—No creo —contestó Grace Cardiff—. Acabo de telefonear a sus hijas, y al parecer eso es todo lo que se puede hacer de momento, al menos hasta que recupere el conocimiento. Si hubiera algo más ya se lo haría saber.

Rosemary salió del edificio Seagram y atravesó el patio exterior, bajó los escalones y dobló hacia el norte por la calle Cincuenta y cinco. Cruzó Park Avenue y fue lentamente hacia Madison Avenue, preguntándose si Hutch se salvaría o moriría, y si se moría, si ella (¡egoísmo!) tendría de nuevo a alguien con quien pudiera contar con tanta seguridad. También pensó en Grace Cardiff, a quien creía atractiva. ¿Habrían tenido ella y Hutch unos tranquilos amores otoñales? Ojalá que sí. Puede que este aviso de la muerte, que es lo que iba a ser, un aviso de la muerte y no la muerte misma, los empujara hacia el matrimonio, y todo resultara al final una bendición disfrazada. Quizá. Quizá.

Cruzó Madison Avenue y en alguna parte entre las avenidas Madison y Quinta se halló mirando a un escaparate en donde había un pequeño belén iluminado, hecho con exquisitas figuritas de porcelana representando al Niño Jesús, María y José, los Reyes Magos, los pastores, y la mula y el buey en el establo. Ella sonrió ante tan tierna escena, llena de simbolismo y emoción, que habían sobrevivido a su agnosticismo; y entonces vio en el cristal del escaparate, como un velo colgado ante la Natividad, su propia sonrisa reflejada, con las mejillas esqueléticas y los ojos con ojeras negras que ayer habían alarmado a Hutch y ahora la alarmaron a ella.

—Bueno, ¡esto es lo que yo llamo el largo brazo de la coincidencia! —exclamó Minnie, quien se acercó sonriente a ella, con un chaquetón de cuero blanco, un sombrero rojo y sus gafas de cadenita—. Me dije: mientras Rosemary esté fuera, ¿por qué no puedo salir yo y hacer mis últimas compras de Navidad? ¡Y nos hemos encontrado! Parece como si se tratara de dos que fueran a los mismos sitios e hicieran las mismas cosas. ¡Vaya! ¿Qué le pasa, querida? Parece tan triste y abatida.

—Es que me acaban de dar una mala noticia —explicó Rosemary—. Un amigo mío está muy enfermo. Lo han llevado al hospital.

—¡Oh, no! —dijo Minnie—. ¿Quién es?

—Se llama Edward Hutchins —contestó Rosemary.

—¿El que conoció Roman ayer por la tarde? ¡Vaya! Estuvo una hora hablando de él, diciendo qué hombre tan inteligente era. ¡Qué lástima! ¿Qué le pasa?

Rosemary se lo contó.

—¡Qué pena! —dijo Minnie—. ¡Espero que no le pase lo mismo que a la pobre Lily Gardenia! ¿Y los médicos no saben lo que tiene? Bueno, al menos lo reconocen. Generalmente disimulan su ignorancia con muchos latinajos. Si el dinero que se gastan en poner astronautas allá arriba se lo gastaran en investigaciones médicas aquí, todos estaríamos mucho mejor, si quiere mi opinión. ¿Se encuentra bien, Rosemary?

—Ahora me duele más —dijo Rosemary.

—¡Pobrecita! ¿Sabe lo que pienso? Creo que nos vamos a ir a casa ahora mismo. ¿Qué me dice?

—¡Oh, no! Usted tiene que terminar sus compras de Navidad.

—¡Calle, calle! —exclamó Minnie—. Aún hay por delante dos semanas. Tápese los oídos. —Se llevó su muñeca a la boca y sopló un silbato que tenía en un brazalete de oro, arrancándole silbidos agudos y estridentes. Un taxi viró hacia ellas—. ¿Qué le parece esto? Y también sirve estupendamente para parar los pies a cualquiera.

Poco después, Rosemary se encontraba de nuevo en su apartamento. Y se bebió la bebida agria y fresca del vaso con rayas azules y verdes, mientras Minnie la observaba con cara de aprobación.

14

Había estado comiendo la carne medio cruda; ahora se la comía casi cruda, hervida apenas lo suficiente para que perdiera la congelación de la nevera y cociera un poquitín sus jugos.

Las semanas anteriores a las fiestas, y las mismas fiestas, fueron lúgubres. El dolor se hizo más fuerte, y llegó a ser tan agudo, que a veces se encerraba en Rosemary (algún centro de resistencia y recordado bienestar) y ella cesó de reaccionar, dejó de mencionar el dolor al doctor Sapirstein, dejó incluso de pensar en el dolor. Hasta ahora lo llevaba dentro de ella; ahora ella estaba dentro de él; el dolor era como los fenómenos meteorológicos que la rodeaban; era el tiempo, era el mundo entero. Entumecida y exhausta, comenzó a dormir más, y a comer más también, más carne casi cruda.

Hacía lo que tenía que hacer: guisaba y limpiaba; envió tarjetas de Navidad a la familia (no tenía ánimos para llamadas telefónicas) y metió dinero en sobres para los ascensoristas, porteros, recaderos y el señor Micklas. Leía periódicos y trataba de interesarse por las noticias de estudiantes que habían quemado sus tarjetas de alistamiento, y por la amenaza de una huelga de transportes en la ciudad, pero no podía: eso eran noticias de un mundo de fantasía; no había nada real excepto su mundo de dolor. Guy compró regalos de Navidad para Minnie y Roman; para los regalos entre sí acordaron no comprarse nada. Minnie y Roman les regalaron unas bandejas de plata para botellas.

Fueron a los cines próximos algunas veces; pero la mayoría de las noches se quedaron en casa o fueron a casa de Minnie y Roman, donde conocieron matrimonios llamados Fountain, Gilmore y Wees, una mujer llamada señora Sabatini, que siempre iba con su gato, y el doctor Shand, el dentista retirado que había hecho la cadena para el amuleto de Rosemary. Todos eran personas mayores que trataban a Rosemary con amabilidad y atenciones, sin duda dándose cuenta de que no se encontraba muy bien. Laura-Louise acudía también y a veces el doctor Sapirstein se unía al grupo. Roman era un anfitrión enérgico, llenando vasos e iniciando nuevos tópicos de conversación. La noche de Año Nuevo se propuso un brindis: «¡Por 1966, el Año Uno!», que dejó confusa a Rosemary, aunque todos parecieron comprenderlo y lo aprobaron. Ella creyó haberse perdido alguna referencia literaria o política, aunque en realidad no le importaba. Ella y Guy por lo general se marchaban temprano, y Guy, después de dejarla metida en cama, volvía con ellos. Era el favorito de las mujeres, quienes se agrupaban en torno de él y le reían sus chistes.

Hutch seguía igual, en su profundo y desconcertante

coma. Grace Cardiff la llamaba aproximadamente cada semana.

—No ha habido ningún cambio —le decía—. Aún no saben qué es. Lo mismo puede recobrar el conocimiento mañana que sumirse más en el coma y no despertar jamás.

Rosemary fue dos veces al hospital para estar al lado de Hutch y mirar impotente a sus ojos cerrados, y la respiración apenas discernible. En la segunda visita, a principios de enero, estaba allí su hija Doris, sentada junto a la ventana haciendo una prenda de punto de aguja. Rosemary la había conocido un año antes en el apartamento de Hutch; era una mujer bajita y muy agradable en sus treinta y tantos, casada con un psicoanalista de origen sueco. Parecía, infortunadamente, como un Hutch más joven y con peluca.

Doris no reconoció a Rosemary, y cuando ésta volvió a presentarse, se disculpó con tono dolorido.

—Por favor, no se excuse —dijo Rosemary, sonriendo—. Ya lo sé. Tengo un aspecto horrible.

—No, no ha cambiado en absoluto —dijo Doris—. Soy muy mala fisonomista. A veces ni reconozco a mis hijos. De veras.

Dejó a un lado su aguja y Rosemary acercó otra silla y se sentó junto a ella. Hablaron del estado de Hutch y observaron cómo entraba una enfermera y cambiaba la botella colgante que sangraba su brazo.

—Tenemos el mismo tocólogo —dijo Rosemary, cuando la enfermera se fue, y entonces ambas hablaron del embarazo de Rosemary y de la habilidad y fama del doctor Sapirstein. Doris se sorprendió al oír de labios de Rosemary que ella tenía que ir a verlo cada semana.

—Él sólo me veía una vez al mes —dijo—. Hasta el final, por supuesto. Luego tuve que ir cada dos semanas, y entonces cada semana; pero eso sólo en el último mes. Pensé que era lo normal.

Rosemary no supo qué decir, y Doris, de repente, pareció otra vez inquieta.

—Pero supongo que cada embarazo es diferente —dijo con una sonrisa que indicaba que por tacto quería rectificar.

—Eso es lo que él me dijo —confesó Rosemary.

Aquella noche, ella le dijo a Guy que el doctor Sapirstein había visto a Doris sólo una vez al mes.

—Algo malo me pasa —dijo—. Y él lo ha sabido desde el primer momento.

—No seas tonta —le contestó Guy—. Te lo habría dicho. Y en el caso de que no, me lo habría contado a mí.

—¿Te ha dicho algo a ti?

—No, de veras, Ro. Te lo juro.

—Entonces, ¿por qué tengo que ir cada semana?

—Puede que ahora siga este sistema. O puede que te esté tratando mejor por ser amiga de Minnie y de Roman.

—No.

—Bueno, pues no sé; pregúntale a él —dijo Guy—. Puede que sea más divertido examinarte a ti que a ella.

Se lo preguntó al doctor Sapirstein dos días más tarde.

—Rosemary, Rosemary. ¿No le dije que no hablara con sus amigas? ¿No le dije que cada embarazo es diferente?

—Sí, pero...

—Y el tratamiento tiene que ser diferente también. Doris Allert había tenido dos partos antes de que viniera a verme, y no hubo ninguna complicación. No requería la estrecha atención que requiere una primeriza.

—¿Ve usted siempre a las primerizas una vez por semana?

—Trato de hacerlo —dijo—. A veces no puedo. No le pasa nada malo, Rosemary. El dolor cesará muy pronto.

—He estado comiendo carne cruda —dijo—. Sólo calentada un poco.

—¿Algo más fuera de lo corriente?

—No —contestó ella, azorada—, ¿es que eso no es bastante?

—Coma cualquier cosa que le apetezca —dijo—. Ya le advertí que tendría algunos antojos extraños. He tenido mujeres que comían papel. Y deje de preocuparse. Y no se deje influenciar por mis pacientes: eso hace que las cosas sean luego confusas. Le estoy diciendo la verdad. ¿Tranquila?

Ella asintió.

—Salude a Minnie y Roman de mi parte —dijo—. Y también a Guy.

Empezó a leer el segundo volumen de *La decadencia y caída del Imperio romano* y comenzó a tejer una bufanda a rayas rojas y naranja para que Guy la llevara puesta en los ensayos. La temida huelga de los transportes públicos se había declarado al fin; pero a ellos les afectaba poco, ya que se quedaban en casa la mayor parte del tiempo. A última hora de la tarde contemplaban desde sus ventanas saledizas la multitud que se movía lentamente allá abajo.

—¡Andad, peatones! —decía Guy—. ¡Andad! ¡A casa, a casa, e id deprisa!

No mucho después de haberle dicho al doctor Sapirstein lo de la carne casi cruda, Rosemary se halló un día masticando un corazón crudo y chorreante de pollo. Era por la mañana, estaba en la cocina y eran las cuatro y cuarto. Se vio a sí misma reflejada en un lado del tostador, donde sus móviles reflejos le llamaron la atención, y luego se miró a su mano, a la parte del corazón que aún no había comido, que sostenía entre sus dedos manchados de sangre. Al cabo de un rato se inclinó y soltó el resto del corazón en el cubo de la basura, se dirigió al grifo y se enjuagó la mano. Luego, mientras el agua aún corría, se inclinó sobre el fregadero y comenzó a vomitar.

Cuando hubo terminado, bebió un poco de agua, se lavó la cara y las manos, y limpió el fregadero con un pulverizador. Cerró el grifo y se secó, quedándose un rato allí, de pie, pensando; luego tomó una libreta de notas y un lápiz de uno de los cajones, se fue a la mesa, se sentó y comenzó a escribir.

Guy volvió antes de las siete vestido con pijama. Ella tenía el *Libro de la cocinera* abierto sobre la mesa y estaba copiando una receta de él.

—¿Qué demonios estás haciendo? —le preguntó.

Ella se lo quedó mirando:

—Proyectando una lista de platos —dijo—. De una fiesta. Vamos a dar una fiesta el veintidós de enero. Dentro de una semana a partir del próximo sábado. —Rebuscó entre varias hojas de papel que había sobre la mesa y cogió una—. Invitamos a Elise Dunstan y a su esposo —dijo—. A Joan y un amigo, a Jimmy y Tiger, Ellan y una amiga, Lou y Claudia, los Chen, los Wendell, Dee Bertillon y un amigo, a menos que tú no lo aceptes, Mike y Pedro, Bob y Thea Goodman, los Kapp —señaló al nombre de los Kapp—, y a Doris y Axel Allert, si quieren venir. Ella es la hija de Hutch.

—Ya sé —dijo Guy.

Soltó la hoja de papel.

—Minnie y Roman no serán invitados —declaró ella—. Ni Laura-Louise. Ni los Fountain, los Gilmore y los Wees. Ni tampoco el doctor Sapirstein. Ésta es una fiesta muy especial. Se ha de tener menos de sesenta años para participar en ella.

—¡Zambomba! —exclamó Guy—. Por un instante pensé que yo no iba a asistir.

—¡Oh! ¡Claro que asistirás! —le dijo Rosemary—. Tú te encargarás del bar.

—¡Córcholis! ¿Crees que eso es una buena idea?

—Creo que es la mejor idea que he tenido en muchos meses.

—¿No te parece que deberías consultar primero con el doctor Sapirstein?

—¿Por qué? Sólo voy a dar una fiesta; no voy a cruzar a nado el Canal de la Mancha ni a escalar el Annapurna.

Guy se dirigió al fregadero y abrió el grifo, poniendo un vaso bajo el chorro de agua.

—Ya sabes que ese día tengo ensayo —dijo—. Empezamos el diecisiete.

—No tendrás que hacer nada —repuso Rosemary—. Sólo venir a casa y ser amable.

—Y atender al bar. —Cerró el grifo, alzó el vaso y bebió.

—Alquilaremos un *barman* —propuso Rosemary—. El mismo al que Joan y Dick llaman siempre. Y cuando quieras irte a dormir echaré a todos.

Guy se volvió y se quedó mirándola.

—Quiero verlos —afirmó ella—. Y no a Minnie y Roman. Ya estoy harta de Minnie y Roman.

Él apartó la mirada, fijando los ojos, primero en el suelo y luego en ella de nuevo.

—¿Y qué hay de tu dolor? —le preguntó.

Ella sonrió forzadamente.

—Pero ¿no lo sabes? —replicó—. Se me pasará dentro de un par de días. Eso es lo que me dijo el doctor Sapirstein.

Todos prometieron venir, excepto los Allert, debido al estado de Hutch, y los Chen, que tenían que irse a Londres a hacerle unas fotos a Charlie Chaplin. El *barman* estaba comprometido; pero conocían a otro que podía venir en su lugar. Rosemary llevó a la tintorería un vestido de noche de terciopelo marrón, acordó una cita con su peluquero y encargó vino, licores, cubos para hielo y los ingredientes para hacer un *chupe*, cazuela de pescado típica de Chile.

En la mañana del jueves anterior a la fiesta, Minnie vino con la bebida, mientras Rosemary estaba separando carne de cangrejo y colas de langosta.

—¡Qué interesante! —exclamó Minnie, echando un vistazo a la cocina—. ¿De qué se trata?

Rosemary se lo contó, mientras permanecía de pie en la puerta con el frío vaso a rayas en su mano.

—Voy a dejarlo todo en la nevera y luego lo guisaré el sábado por la noche —explicó—. Espero a unos amigos.

—¡Oh! ¿Se encuentra con ánimos para dar fiestas? —preguntó Minnie.

—Pues sí —contestó Rosemary—. Son amigos a los que hace mucho tiempo que no vemos. Ni siquiera saben que estoy embarazada.

—Me gustaría echarle una mano, si quiere —se ofreció Minnie—. Puedo ayudarla a fregar platos y vasos.

—Gracias, es muy amable —dijo Rosemary—; pero puedo arreglármelas sola. Será todo a base de aperitivos y habrá muy poco que hacer.

—Puedo ayudarla a quitar los abrigos.

—No, de veras, Minnie. Ya hace bastante por mí.

—Bueno —contestó Minnie—, si cambia de idea dígamelo. Bébase ahora su bebida.

Rosemary miró el vaso que tenía en la mano.

—Ahora no —dijo, y se quedó mirando a Minnie—. En este momento, no. Me lo beberé dentro de un rato y ya le devolveré el vaso.

Minnie insistió:

—Es mejor bebérselo enseguida.

—No tardaré mucho —replicó Rosemary—. Ya le llevaré yo el vaso luego.

—Esperaré y le ahorraré el paseo.

—¡Ni hablar de eso! —contestó Rosemary—. Me

pongo muy nerviosa si alguien me ve guisando. Luego tengo que salir y al pasar por su puerta la llamaré.

—¿Va a salir?

—De compras. Y ahora váyase. Es usted demasiado amable conmigo, de veras.

Minnie dio un paso atrás.

—No espere mucho —le advirtió—. Perderá sus vitaminas.

Rosemary cerró la puerta. Fue a la cocina y se quedó un momento con el vaso en la mano, y luego se dirigió al fregadero e inclinó el vaso derramando aquella bebida verde pálido, que formó un remolino y fue tragada inmediatamente por el sumidero.

Acabó el *chupe*, canturreando y sintiéndose complacida consigo misma. Cuando estuvo tapado y guardado en un compartimiento de la nevera, se preparó su propia bebida, hecha con leche, crema, un huevo, azúcar y jerez. La batió en un jarro tapado y la vertió en un vaso. Tenía un color tostado y su aspecto era delicioso.

—Agárrate, David-o-Amanda —dijo; la probó y la encontró estupenda.

15

Por un momento, después de las nueve y media, pareció como si nadie fuera a venir. Guy puso otro gran pedazo de carbón en la chimenea, luego atizó con las tenazas y se limpió las manos con su pañuelo; Rosemary salió de la cocina y se quedó inmóvil con su dolor, su peinado recién arreglado y su vestido de terciopelo marrón. El *barman*, junto a la puerta del dormitorio, estaba haciendo algo con cáscara de limón, servilletas, vasos y botellas. Era un italiano llamado Renato que tenía aspecto de que le iban bien las cosas, y daba la impresión de que atendía el bar sólo como pasatiempo y que lo dejaría todo con sólo que lo fastidiaran un poco más de lo que ya lo habían fastidiado.

Entonces vinieron los Wendell (Ted y Carole) y, un minuto más tarde, Elise Dunstan y su esposo Hugh, quien cojeaba. Y luego Allan Stone, el agente de Guy, con una bellísima modelo negra llamada Rain Morgan, y Jimmy y Tiger, y Lou y Claudia Comfort, y Scott, el hermano de Claudia.

Guy puso los abrigos sobre la cama; Renato mezclaba bebidas rápidamente, pareciendo ahora menos fastidiado. Rosemary fue señalando y diciendo nombres:

—Jimmy, Tiger, Rain, Allan, Elise, Hugh, Carole, Ted, Claudia, Lou y Scott.

Bob y Thea Goodman trajeron otra pareja, Peggy y Stan Keeler.

—Pues claro que no me importa —dijo Rosemary—. No seáis tontos. ¡Cuantos más vengan, más divertido!

Los Kapp no trajeron abrigos.

—¡Vaya viaje! —exclamó el señor Kapp—. Un autobús, tres trenes y un transbordador. Hace cinco horas que salimos de casa.

—¿Puedo echar un vistazo? —preguntó Claudia—. Si el resto del apartamento es igual de bonito me moriré de envidia.

Mike y Pedro habían traído ramos de brillantes rosas rojas. Pedro, con su mejilla al lado de la de Rosemary, murmuró:

—Hazle que te alimente, nena; pareces un bote de yodo.

Rosemary dijo:

—Phyllis, Bernard, Peggy, Stan, Thea, Bob, Lou, Scott, Carole...

Llevó las rosas a la cocina. Elise vino con una bebida y un cigarrillo, por cambiar de costumbre.

—¡Tienes una suerte! —le dijo—. Vives en el apartamento más grande que jamás he visto. No se cansa una de ver la cocina. ¿Te encuentras bien, Rosie? Pareces fatigada.

—Gracias por tu franqueza —contestó Rosemary—.

No me encuentro bien, pero voy tirando. Estoy embarazada.

—¡No! ¡Qué estupendo! ¿Para cuándo?

—Para el veintiocho de junio. El viernes se cumple mi quinto mes.

—¡Es maravilloso! —exclamó Elise—. ¿Y qué te parece el doctor Hill? ¿No es el típico «hombre ideal» occidental?

—Sí; pero no me atiende él —repuso Rosemary.

—¿No?

—Voy a la consulta de un doctor llamado Sapirstein, un hombre mayor.

—¿Para qué? ¡No puede ser mejor que Hill!

—Es muy conocido y es amigo de unos amigos nuestros —explicó Rosemary.

Guy se acercó a ellas.

Elise le dijo:

—Felicidades, padre.

—Gracias —respondió Guy—. ¿Quieres que vaya llevando bebidas, Ro?

—¡Oh, sí! ¡Mira qué rosas más bonitas! Las han traído Mike y Pedro.

Guy tomó una bandeja de galletas y un cuenco lleno de una bebida rosa pálido.

—¿Quieres tú traer la otra? —preguntó a Elise.

—Claro —contestó ésta, tomando un segundo cuenco.

—Estaré fuera un minuto —dijo Rosemary.

Dee Bertillon trajo a Portia Haynes, una actriz, y Joan telefoneó para decir que ella y su acompañante se habían quedado un poco más en otra fiesta y que tardarían media hora.

Tiger dijo mientras besaba a Rosemary y la agarraba por un brazo:

—¡Eres muy reservona!

—¿Quién está embarazada? —preguntó alguien.

—Rosemary —contestó otra voz.

Ella puso un jarrón con rosas sobre la repisa de la chimenea.

—Felicidades —le dijo Rain Morgan—. Me han dicho que estás embarazada.

Puso el otro jarrón sobre la mesita de noche del dormitorio. Cuando salió, Renato le preparó un vaso de whisky con agua.

—Los primeros los hago fuertes —le dijo—, para hacerlos felices. Luego los hago más ligeros para que se mantengan.

Mike vino zigzagueando entre las cabezas.

—Felicidades —le dijo.

Ella le sonrió.

—Gracias.

—Aquí vivieron las hermanas Trench —dijo alguien. Bernard Kapp añadió:

—Y Adrian Marcato, y Keith Kennedy.

—Y Pearl Ames —dijo Phyllis Kapp.

—¿Las hermanas Trent? —preguntó Jimmy.

—Trench —corrigió Phyllis—. Se comían a los niños. Pedro afirmó:

—¡De veras que se los comían!

Rosemary cerró los ojos y contuvo la respiración, mientras el dolor la apretaba más fuerte. Quizás era a causa de la bebida. Y la apartó a un lado.

—¿Te encuentras bien? —le preguntó Claudia.

—Sí, gracias —contestó, y sonrió—. He sentido un retortijón.

Guy estaba hablando con Tiger, Portia Haynes y Dee.

—Es pronto para decirlo —decía—. Sólo llevamos ensayando seis días. Aunque es mejor representada que leída.

—Pues no podía ser representada peor —opinó Tiger—. ¡Oye! ¿Qué le pasó al otro individuo? ¿Sigue ciego?

—No lo sé —respondió Guy.

Portia inquirió:

—¿Donald Baumgart? Lo conozco, Tiger. Es el joven con quien vive Zoe Piper.

—¡Ah! ¿Ése es? —preguntó Tiger—. ¡Vaya! No sabía que fuera alguien a quien yo conociera.

—Está escribiendo una gran obra —añadió Portia—. Por lo menos las dos primeras escenas son estupendas. Realmente queman de rabia, como antes Osborne, antes de que él lo hiciera.

Rosemary preguntó:

—¿Sigue ciego?

—¡Oh, sí! —contestó Portia—. Ya casi han perdido todas las esperanzas. Está viviendo en un infierno mientras trata de adaptarse a su nueva vida. Pero gracias a ello le está saliendo una gran obra. La dicta, y Zoe la escribe.

Vino Joan. Su acompañante tenía más de cincuenta años. Tomó a Rosemary por el brazo y se la llevó aparte, con cara de asustada.

—¿Qué te pasa? —le preguntó—. ¿Qué tienes?

—Nada malo —repuso Rosemary—. Estoy embarazada. Eso es todo.

Estaba en la cocina con Tiger, aliñando la ensalada, cuando entraron Joan y Elise y cerraron la puerta tras ellas.

Elise le preguntó:

—¿Cómo has dicho que se llama tu médico?

—Sapirstein —contestó Rosemary.

—¿Y está satisfecho con tu estado? —inquirió Joan.

Rosemary asintió con la cabeza.

—Claudia me ha dicho que sentiste un retortijón hace poco.

—Siento un dolor —dijo—; pero pronto se me pasará. No es anormal.

Tiger le preguntó:

—¿Qué clase de dolor?

—Un... un dolor. Un dolor agudo. Es debido a que mi pelvis se está ensanchando y mis articulaciones son un poco rígidas.

Elise dijo:

—Rosie, yo he tenido eso... dos veces. Y siempre significaba que a los pocos días me iba a dar un calambre, un dolor por toda esta parte.

—Bueno, cada caso es diferente —dijo Rosemary, removiendo la ensalada con dos cucharas de madera y dejándola caer de nuevo en la ensaladera—. Cada parto es distinto.

—No tan distinto —insistió Joan—. Pareces Miss Campo de Concentración 1966. ¿Estás segura de que ese doctor sabe lo que hace?

Rosemary empezó a sollozar suavemente, como si se hubiera derrumbado moralmente, sujetando las cucharas en la ensalada. Las lágrimas corrían por sus mejillas.

—¡Oh, Dios mío! —dijo Joan, y alzó la vista como pidiendo ayuda a Tiger, quien tocó a Rosemary en el hombro y siseó:

—¡Chiiisss! No llores, Rosemary. ¡Chiiisss!

—Déjala —dijo Elise—. Eso es bueno. Le hará bien. Ha estado toda la noche acongojada por... no sé qué.

Rosemary lloró, y unos surcos negros se le formaron en las mejillas. Elise la obligó a sentarse en una silla; Tiger le quitó las cucharas de las manos y apartó la ensaladera hasta un extremo de la mesa.

La puerta comenzó a abrirse y Joan corrió hacia ella, la cerró y la bloqueó. Era Guy.

—¡Eh! Déjame entrar —dijo.

—Lo siento —contestó Joan—. Es sólo para mujeres.

—Tengo que hablar con Rosemary.

—No puede; está ocupada.

—Es que tengo que fregar unos vasos.

—Ve al cuarto de baño. —Ella apretó con el hombro la puerta, sujetándola con todas sus fuerzas.

—¡Maldita sea! ¡Abre la puerta! —le dijo él desde fuera.

Rosemary seguía llorando, había bajado la cabeza y alzado los hombros, con las manos caídas sobre su regazo. Elise, en cuclillas, secaba sus mejillas a cada momento con la punta de una toalla. Tiger alisó su cabello y trató de sujetarle los hombros, dándole golpecitos para tranquilizarla.

Las lágrimas disminuyeron.

—¡Me duele tanto! —dijo. Alzó su rostro para mirarlas—. Temo que el niño se me muera.

—¿Y él? ¿Hace algo por ti? —le preguntó Elise—. ¿Te da alguna medicina, algún tratamiento?

—Nada, nada.

Tiger inquirió:

—¿Cuándo te empezó?

Ella sollozó.

Elise insistió con la misma pregunta:

—¿Cuándo te empezó el dolor, Rosie?

—Antes del día de Acción de Gracias —contestó—. En noviembre.

—¿En noviembre? —repitió Elisa.

Joan, que estaba en la puerta, dijo:

—¿Qué?

Tiger preguntó:

—¿Llevas sintiendo dolores desde noviembre y él no ha hecho nada por ti?

—Dice que se me pasará.

Joan inquirió:

—¿Te ha llevado a otro médico para que te mire?

Rosemary negó con la cabeza.

—Es un médico muy bueno —contestó mientras Elise le secaba las mejillas—. Es muy conocido. Figuró en el *Open End*.

Tiger declaró:

—Pues yo diría que es un sádico chiflado, Rosemary.

Elise opinó:

—Un dolor así es una advertencia de que algo no va bien. Siento asustarte, Rosie; pero has de ir a ver al doctor Hill. Ve a alguien además de a ese...

—Ese sádico —insistió Tiger.

Elise prosiguió:

—No puede estar en lo cierto, dejándote que sufras de esa manera.

—No tendré un aborto —dijo Rosemary.

Joan se acercó lo más que pudo desde la puerta y susurró:

—Nadie te ha insinuado que vayas a tener un aborto. Sólo que vayas a ver a otro médico. Eso es todo.

Rosemary tomó la toalla de manos de Elise y se la llevó a sus ojos.

—Me dijo que me sucedería esto —explicó, mirando a la máscara que había dejado en la toalla—. Que mis amigas me dirían que sus embarazos fueron normales y el mío no.

—¿Qué quieres decir? —le preguntó Tiger.

Rosemary se la quedó mirando.

—Me dijo que no hiciera caso de lo que mis amigas me pudieran decir —declaró.

—¡Pues nos vas a oír! —exclamó Tiger—. Pero ¿qué clase de médico es para dar esos consejos tan arteros?

Elise dijo:

—Lo único que te decimos es que consultes a otro doctor. No creo que ningún médico de prestigio pudiera objetar a eso, si ello ha de servir para que su paciente se tranquilice.

—Tienes que hacerlo —insistió Joan—. Que sea lo primero que hagas el lunes por la mañana.

—Lo haré —declaró Rosemary.

—¿Lo prometes? —le preguntó Elise.

Rosemary asintió.

—Lo prometo. —Sonrió a Elise, y a Tiger y a Joan—. Me siento mucho mejor —dijo—. Gracias a vosotras.

—Bueno, ahora tienes muy mal aspecto —dijo Tiger, abriendo su bolso—. Píntate los ojos. Retócate todo.

Puso polveras grandes y pequeñas sobre la mesa, ante Rosemary, así como dos tubos largos y uno corto.

—Mirad mi vestido —dijo Rosemary.

—Eso se te quitará con un trapo húmedo —dijo Elise cogiendo la toalla y yendo hacia el fregadero con ella.

—¡El pan de ajo! —gritó Rosemary.

—¿Está dentro o fuera? —preguntó Joan.

—Dentro. —Rosemary señaló con un cepillo para pintarse las pestañas dos hogazas envueltas en papel de estaño que estaban en la parte de arriba de la nevera.

Tiger empezó a remover la ensalada y Elise frotó la mancha de la falda del vestido de Rosemary.

—La próxima vez que vayas a llorar —le dijo—, no te pongas nada de terciopelo.

Guy entró y se quedó mirándolas.

Tiger le dijo:

—Nos estábamos contando secretos de belleza. ¿Quieres algunos?

—¿Te encuentras bien? —preguntó a Rosemary.

—Sí, perfectamente —le contestó con una amplia sonrisa.

—Se le ha derramado encima un poco de ensalada —explicó Elise.

Joan preguntó:

—¿No se le podría servir una ronda de bebidas al personal de la cocina?

El *chupe* fue un éxito, así como la ensalada. (Tiger dijo al oído a Rosemary que eran sus lágrimas las que le habían dado el toquecito final.)

Renato aprobó el vino, descorchó las botellas con la habilidad de un entendido y lo sirvió con solemnidad.

Scott, el hermano de Claudia, estaba en el estudio con un plato en la rodilla, diciendo:

—Se llama Altizer y está creo que en Atlanta. Dice que la muerte de Dios es un hecho histórico específico que acaba de suceder en nuestra época. Que Dios ha muerto literalmente.

Los Kapp, Rain Morgan y Bob Goodman estaban sentados, escuchando y comiendo.

Jimmy, que estaba en una de las ventanas de la sala, exclamó:

—¡Hey! ¡Ha empezado a nevar!

Stan Keeler contó unos cuantos chistes verdes polacos y Rosemary se rio a carcajadas al oírlos.

—Ten cuidado con la bebida —murmuró Guy a su oído.

Ella se volvió y le enseñó su vaso, mientras seguía riendo.

—¡Pero si es sólo Ginger Ale! —aclaró.

El acompañante de Joan, el que tenía más de cincuenta años, se sentó en el suelo, junto a su silla, y con avidez empezó a acariciarle los pies y los tobillos. Elise hablaba con Pedro; él asintió, mientras observaba a Mike y Allan, que estaban al otro lado de la habitación. Claudia empezó a leer las palmas de las manos.

Andaban ya escasos de whisky; pero todo lo demás iba bien.

Ella sirvió el café, vació bandejas y retiró vasos sucios. Tiger y Carole Wendell la ayudaron.

Luego se sentó en una ventana saledíza con Hugh

Dunstan, tomando café a sorbitos y viendo cómo caían grandes copos de nieve, como si fueran un ejército interminable. De vez en cuando alguno chocaba contra los cristales, se deslizaba y se fundía.

—Año tras año juro que me marcharé de la ciudad —dijo Hugh Dunstan—, que me alejaré de sus delitos y ruidos y todas sus demás cosas desagradables. Pero cada año, cuando empieza a caer nieve o el *New Yorker* celebra su Bogart Festival, yo me encuentro todavía aquí.

Rosemary sonrió y contempló la nieve.

—Por eso quise este apartamento —dijo—. Para sentarme aquí y contemplar la nieve con el fuego encendido.

Hugh se la quedó mirando y le dijo:

—Apostaría a que sigues leyendo a Dickens.

—Claro que lo leo —contestó ella—. Nadie deja de leer a Dickens.

Guy vino en busca de ella.

—Bob y Thea se marchan —le dijo.

A las dos de la madrugada ya se había ido todo el mundo y se habían quedado solos en la sala, rodeados de vasos sucios, servilletas arrugadas y bandejas llenas de restos por todas partes. («No lo olvides», le susurró Elise al marcharse. No era muy probable que lo olvidara.)

—Bueno, ahora tendremos que movernos —dijo Guy.

—Guy.

—¿Sí?

—El lunes por la mañana iré a ver al doctor Hill.

Él se quedó mirándola, pero no dijo nada.

—Quiero que me examine —dijo—. El doctor Sapirstein me está mintiendo o... o no sé, está chiflado. Un dolor como éste es la señal de que algo va mal.

—Rosemary —dijo Guy.

—Y no beberé más la bebida de Minnie —prosiguió ella—. Quiero vitaminas en pastillas, como todo el mundo. Ya hace tres días que no la bebo. Hago que la deje aquí y luego la tiro.

—Que la has...

—Me he hecho mi propia bebida a cambio.

Él se mostró a la vez muy sorprendido y enfurecido, y señalando por encima del hombro hacia la cocina, le gritó:

—¿Es eso lo que esas putas te estaban diciendo ahí dentro? ¿Es eso lo que te han aconsejado? ¿Que cambies de médico?

—Son mis amigas —replicó ella—. No las llames putas.

—Son un hatajo de putas de tercera que deberían meter las narices sólo en sus malditos asuntos.

—Lo único que me han dicho es que consulte a otro médico.

—Tienes el mejor especialista de Nueva York, Rosemary. ¿Sabes quién es el doctor Hill? ¡Un Don Nadie! Eso es.

—Estoy harta de oír lo importante que es el doctor Sapirstein —replicó ella, empezando a gritar a su vez—. ¡Y tengo este dolor desde antes del día de Acción de Gracias y todo lo que me dice es que ya se me pasará!

—Pues no cambiarás de médico —dijo Guy—. Tendríamos que pagar a Sapirstein y a Hill. Ni hablar.

—No voy a cambiar de médico —repuso Rosemary—. Lo único que quiero es que Hill me examine y me dé su opinión.

—No te lo permitiré —dijo Guy—. No estará bien hacerle eso al doctor Sapirstein.

—Que no estará... ¿Qué estás diciendo? Y de hacerlo bien conmigo, ¿qué?

—¿Quieres otra opinión de médico? Muy bien. Díselo a Sapirstein; que sea él quien escoja quién te la ha de dar. Por lo menos ten esa cortesía con el hombre que es la mayor eminencia en esa especialidad.

—Quiero ver al doctor Hill —insistió ella—. Si tú no quieres pagarle, le pagaré yo.

Dejó de hablar de pronto y se quedó inmóvil, paralizada. Una lágrima rodó por un surco curvado hacia la comisura de su boca.

—¿Ro? —preguntó Guy.

El dolor había cesado. Se había ido. Como una bocina de automóvil estropeada que de repente dejara de tocar. Como todo lo que cesa y se ha ido, se ha ido para bien y no volverá jamás, gracias a Dios. Ido y acabado y ¡oh, qué bien se sentiría ella en cuanto recobrara el aliento!

—¿Ro? —dijo Guy, y dio un paso hacia ella, preocupado.

—Ha cesado —dijo—. El dolor.

—¿Cesado? —preguntó él.

—Ahora mismo. —Ella se esforzó por sonreírle—. Ha cesado. Así, por las buenas.

Cerró los ojos y respiró profundamente y aún más profundamente, más profundamente de lo que había respirado desde hacía meses. Desde antes del día de Acción de Gracias.

Cuando abrió los ojos, Guy la seguía mirando, con cara de preocupación.

—¿Qué había en la bebida que hiciste? —preguntó.

El corazón le dio un sobresalto. Había matado al niño. Con el jerez. O un huevo en malas condiciones. O la combinación. El bebé había muerto y el dolor cesado. El dolor era el bebé y ella lo había matado con su arrogancia.

—Un huevo —le dijo ella—. Leche, crema, azúcar. —Parpadeó, se secó la mejilla, y se quedó mirándolo—. Jerez —dijo finalmente, tratando de que aquello no sonara a tóxico.

—¿Cuánto jerez? —preguntó él.

Algo se movió en el interior de ella.

—¿Mucho?

De nuevo, donde nada se había movido antes. Una ligera agitación que presionaba suavemente. Ella soltó una risita.

—Rosemary, ¡por amor de Dios! ¿Cuánto?

—¡Está vivo! —exclamó ella, y volvió a soltar una risita—. ¡Se mueve! Está bien, no se ha muerto; se mueve.

Miró a su barriga de terciopelo marrón y se puso las manos encima, presionándola ligeramente. Ahora se movían dos cosas, dos manos o pies, uno aquí, otro allí.

Se acercó a Guy, sin mirarlo, y rápidamente le cogió la mano. Él se acercó a ella y se dejó coger. Ella le llevó la mano a un lado de su vientre y la mantuvo allí apretada. Dócil, el movimiento se repitió.

—¿Lo sientes? —le preguntó ella, mirándolo—. Otra vez. ¿Lo sientes?

Él apartó rápidamente su mano, pálido.

—Sí —dijo—. Sí. Lo siento.

—No hay nada que temer —dijo ella riendo—. No te va a morder.

—Es maravilloso —dijo él.

—¿Verdad que sí? —Ella sujetó de nuevo su vientre, mirándolo—. Está vivo. Da patadas. Está ahí.

—Voy a recoger un poco las cosas —dijo Guy, y recogió una bandeja y un vaso, y otro vaso.

—Está bien ahora, David-o-Amanda —dijo Rosemary—. Ya has dado a conocer tu presencia, así que sé bueno y estate quieto, y deja que mamá pueda recoger las cosas. —Se echó a reír—. ¡Dios mío! —exclamó—. No se está quieto. Eso quiere decir que es niño, ¿verdad?

Luego dijo:

—Está bien, tómatelo con calma. Aún te quedan cinco meses más, así que ahorra tus energías.

Y riéndose:

—Dile algo, Guy; tú eres su padre. Dile que no sea impaciente.

Y rio una y otra vez, y se echó a llorar también, sujetando su vientre con ambas manos.

16

Todo lo mal que habían ido antes las cosas, iban ahora bien. Con el cese del dolor vino el sueño, y se pasaba durmiendo hasta diez horas sin tener pesadillas; y con el sueño vino el hambre, con ganas de comer carne guisada, no cruda, y huevos, verduras, queso, frutas y leche. Al cabo de unos días el rostro cadavérico de Rosemary había perdido sus perfiles y estaba de nuevo redondeado por la carne; al cabo de unas semanas tenía el aspecto que se supone han de tener las mujeres embarazadas: lustroso, saludable, orgulloso; más lindo que nunca.

Bebía la bebida de Minnie tan pronto como se la daban, y la bebía hasta la última y fría gota, apartando de sí como si fuera un rito los recuerdos de culpabilidad del *Yo-maté-al-niño*. Con la bebida le traían ahora un trozo de pastel blancuzco y amazacotado que recordaba al mazapán, y que también se comía inmediatamente, tanto para dar gusto a su paladar que ahora apetecía cosas dulces, como por haber resuelto ser la mujer en estado más consciente de todo el mundo.

El doctor Sapirstein podía haberse jactado de que el dolor había cesado, como él había predicho; pero no se jactó; sólo dijo:

—Ya era hora.

Puso su estetoscopio sobre la barriga ahora realmente abultada de Rosemary. Escuchando al bebé que se agitaba, traicionó una excitación impropia de un hombre que había guiado centenares y centenares de embarazos. Rosemary pensó que quizás esta clara excitación era lo que diferenciaba al gran tocólogo del tocólogo simplemente bueno.

Se compró prendas adecuadas para la maternidad: un vestido negro de dos piezas, un traje sastre color beis, y un vestido rojo con puntos blancos. Dos semanas después de la fiesta dada por ella, fue con Guy a una que daban Lou y Claudia Comfort.

—¡No dejo de admirarme del cambio que has experimentado! —le dijo Claudia, tomando ambas manos de Rosemary—. Estás un ciento por ciento mejor. ¿Qué digo? ¡Un mil por ciento!

Y la señora Gould, a la que encontró en el pasillo del piso, le dijo:

—¿Sabe que nos sentíamos muy preocupados por usted hace unas semanas? Tenía la cara tan chupada y parecía encontrarse tan mal. Pero ahora parece una persona enteramente diferente, de veras. Arthur comentó el cambio precisamente ayer noche...

—Ahora me encuentro mucho mejor —dijo Rosemary—. Algunos embarazos empiezan mal y acaban bien, y a otros les pasa al revés. Estoy contenta de que para mí lo malo haya sido lo primero y todo acabe de este modo.

Sentía pequeños dolores que antes no había notado, dominados por el dolor principal: dolores en los múscu- los de la espalda y en sus senos hinchados; pero esas mo- lestias eran mencionadas en el libro en rústica que el doc- tor Sapirstein le hizo que tirara; pero aumentaban más que disminuían su sensación de bienestar. Seguía aborre- ciendo la sal, pero ¿qué era la sal al fin y al cabo?

El espectáculo de Guy, tras haber cambiado de direc- tor dos veces y de título otras tres, se estrenaba en Filadel- fia a mediados de febrero. El doctor Sapirstein no permi- tió a Rosemary que le acompañara en la pesada gira; pero en la tarde del estreno ella fue con Minnie y Roman, y con Jimmy y Tiger, en el antiguo Packard de Jimmy. Durante el camino no fueron muy contentos. Rosemary, Jimmy y Tiger habían visto el ensayo final de la obra antes de que la compañía dejara Nueva York y dudaban de que tuviera mucho éxito. Lo más que esperaban era que uno o dos críticos elogiaran la actuación de Guy, destacándola del conjunto; esperanza que Roman fomentó citando casos de grandes actores que empezaron a hacerse notar en obras de poca o ninguna importancia.

A pesar de los decorados, trajes y luces, la obra no era más que tedio y verborrea; la fiesta que se celebró después se dividió en grupos separados, enclaves de desánimo y silencio. La madre de Guy, que había venido en avión desde Montreal, insistió en decir a los de su grupo que Guy había estado soberbio y que la obra era soberbia. Bajita, rubia y vivaracha, parloteó su confianza a Rose- mary y Allan Stone, a Jimmy y Tiger, a Guy y a Minnie y Roman. Estos dos sonrieron serenamente; los otros se sentaron, preocupados. Rosemary pensó que Guy había estado mejor que soberbio; pero lo mismo pensó de él en *Lutero* y en *Nadie quiere un albatros*, y en ninguna de las dos atrajo la atención de la crítica.

Trajeron dos revistas poco después de la medianoche; ambas destacaban la obra y elogiaban a Guy entusiásticamente, dedicándole una hasta dos párrafos. Una tercera revista, que apareció a la mañana siguiente, llevaba el titular «Asombrosa actuación centellea en nueva comedia-drama» y hablaba de Guy como de «un joven actor virtualmente desconocido, de enérgica autoridad», quien seguramente podría «continuar con producciones mejores y más grandes».

El viaje de vuelta a Nueva York fue mucho más feliz que el viaje de ida.

Rosemary tuvo muchas cosas en que ocuparse mientras Guy estuvo fuera. Tenía que encargar finalmente el papel blanco y amarillo para empapelar el cuarto de los niños, y la camita de niño, y la cómoda y la bañerita. También tenía que escribir cartas largo tiempo aplazadas, contándole a la familia todas las noticias; había que comprar más ropitas de bebé y vestidos maternales para ella; una serie de decisiones que tomar, sobre tarjetas anunciando el natalicio y si se le había de dar el pecho o alimentarlo con biberón, y el nombre, el nombre. Andrew o Douglas o David; Amanda o Jenny o Hope.

Y tenía que hacer ejercicios, mañana y tarde; porque daría a luz al niño de modo natural. Estaba decidida a ello y en esto el doctor Sapirstein coincidía con ella de todo corazón. Le daría un anestésico sólo en el último momento y si ella lo pedía. Tendida en el suelo, alzaba sus piernas rectas y las mantenía así hasta contar diez; practicaba la respiración superficial y entrecortada, imaginando el sudoroso y triunfal momento en que ella sentiría a fuera-el-que-fuese-su-nombre saliendo centímetro a centímetro de su cuerpo, y al que ayudaría de modo efectivo.

Pasó tardes con Minnie y Roman, una con los Kapp, y otra con Hugh y Elise Dunstan.

—¿Aún no tienes una niñera? —le preguntó Elise—. Deberías haber encargado una hace tiempo; todas estarán comprometidas ahora.

Pero el doctor Sapirstein, cuando ella le telefoneó al día siguiente para hablarle de eso, le dijo que ya le había buscado una magnífica niñera que cuidaría del bebé todo el tiempo que Rosemary quisiera. ¿No se lo había dicho antes? Era la señorita Fitzpatrick, una de las mejores.

Guy le telefoneaba cada dos o tres noches después del espectáculo. Contó a Rosemary los cambios que estaban haciendo y le habló del artículo laudatorio que le habían dedicado en *Variety*; ella le contó lo de la señorita Fitzpatrick, lo del papel de empapelar y las botitas de forma tan contrahecha que estaba tejiendo Laura-Louise.

La obra dejó de presentarse tras quince representaciones y Guy volvió a casa, sólo para partir dos días después a California, donde haría una prueba cinematográfica para la Warner Brothers. Y de nuevo regresó a casa, muy satisfecho, con dos grandes papeles para la próxima temporada, de entre los cuales podía escoger, y trece medias horas que hacer en *Greenwich Village*. La Warner Brothers hizo una oferta y Allan la rechazó.

El bebé daba puntapiés como un demonio. Rosemary le dijo que si no se estaba quieto, ella empezaría a devolvérselos.

El esposo de su hermana Margarita le telefoneó para anunciarle el nacimiento de un bebé que pesaba tres kilos y medio y que se llamaría Kevin Michael. Después recibieron por correo una participación muy mona en la que se veía a un bebé anunciando por un megáfono su nombre, fecha de nacimiento, peso y longitud.

—¿Por qué no le habrán puesto también el tipo sanguíneo? —preguntó Guy.

Rosemary se decidió por unas tarjetas de participación sencillas, en las que sólo constara el nombre del bebé, los nombres de los padres y la fecha. Se llamaría Andrew John o Jennifer Susan. Ya definitivo. Tomaría el pecho; nada de biberón.

Trasladaron el televisor a la sala y dieron el resto del mobiliario del estudio a amigos que podían utilizarlo. Recibieron el papel de empapelar. Era perfecto. Y lo pegaron a las paredes; trajeron la camita del niño, la cómoda y la bañerita, y todo fue colocado, primero de una manera y luego de otra. En la cómoda, Rosemary puso pañales, pantaloncitos impermeables y camisitas tan diminutas que, sosteniendo una, no pudo por menos de reírse.

—Andrew John Woodhouse —le dijo—. ¡Para ya! ¡Aún te quedan dos meses!

Celebraron su segundo aniversario y el trigésimo-tercer aniversario de Guy; dieron una cena, a la que invitaron a los Dunstan, los Chen, y a Jimmy y Tiger. Vieron *Morgan* y un preestreno de *Mame*.

Rosemary tenía cada vez más barriga, y sus pechos se le habían elevado mucho más sobre su vientre redondeado, tenso como parche de tambor, con su ombligo aplastado, que se ajustaba y sobresalía con los movimientos del bebé. Ella hacía sus ejercicios mañana y tarde, alzando sus piernas, sentándose sobre sus talones, respirando superficialmente, jadeando.

A finales de mayo, cuando entró en su noveno mes, metió en un maletín las cosas que necesitaría en el hospital: batines, sostenes especiales para madres lactantes, una bata acolchada, etcétera, etcétera, y lo dejó listo junto a la puerta del dormitorio.

El viernes 3 de junio Hutch murió en su lecho del Hospital de St. Vincent. Axel Allert, su yerno, telefoneó a Rosemary el sábado por la mañana y le comunicó la noticia. Se celebraría un servicio fúnebre el martes por la mañana a las once, le dijo, en el Centro de Cultura Ética de la calle Sesenta y cuatro Oeste.

Rosemary lloró, en parte de sentimiento por el fallecimiento de Hutch y en parte por haberlo olvidado en los pasados meses, y ahora sentía como si hubiera apresurado su muerte. Grace Cardiff le había telefoneado un par de veces y, una vez, Rosemary telefoneó a Doris Allert; pero no había ido a ver a Hutch. Le pareció innecesario, puesto que él seguía en estado de coma, y cuando ella recuperó su propia salud, sintió aversión a estar cerca de alguien enfermo, como si ella y el bebé pudieran ser dañados por aquella cercanía.

Guy, cuando se enteró de la noticia, se quedó pálido como un muerto y estuvo callado y apartado durante algunas horas. Rosemary se sorprendió ante esta profunda reacción.

Fue sola al servicio fúnebre; Guy estaba filmando y no

pudo ir, y Joan se excusó por estar enferma. Se congregaron unas cincuenta personas en un auditorio adornado con bellos paneles. El servicio comenzó poco después de las once y fue muy breve. Habló Axel Allert, y luego otro hombre que al parecer había conocido a Hutch muchos años. Después, Rosemary siguió el movimiento general y se acercó a la presidencia del acto para dar su pésame a los Allert y a la otra hija de Hutch, Edna, y al esposo de ésta. Una mujer la tocó en el hombro y le dijo:

—Perdone, usted es Rosemary, ¿verdad? —Era una mujer elegantemente vestida, de unos cincuenta años de edad, con cabellos grises y muy buen tipo—. Soy Grace Cardiff.

Rosemary tomó su mano, la saludó y le agradeció las llamadas telefónicas que le había hecho.

—Iba a enviarle esto por correo ayer —le dijo Grace Cardiff, mostrándole un paquete envuelto en papel marrón que parecía contener un libro—; pero luego pensé que probablemente la vería esta mañana.

Dio a Rosemary el paquete; en él estaban escritos su nombre y dirección, así como los de la remitente, Grace Cardiff.

—¿Qué es? —preguntó.

—Es un libro que Hutch quería que usted tuviera; insistió mucho en ello.

Rosemary no comprendió.

—Al final estuvo consciente durante unos minutos —explicó Grace Cardiff—. Yo no estaba allí; pero él dijo a una enfermera que me dijera que le entregara a usted el libro que había sobre su escritorio. Por lo visto, lo estaba leyendo la noche que sufrió el colapso. Insistió mucho en ello, y se lo dijo a la enfermera dos o tres veces. Le hizo prometer que no lo olvidaría. Y, además, tengo que decirle que «el nombre es un anagrama».

—¿El nombre del libro?

—Eso parece. Estaba delirando, así que es difícil estar seguros. Parece que luchó para salir del coma y que luego murió por el esfuerzo. Primero pensó que era la mañana siguiente, la mañana después de que comenzara el coma, y habló de que tenía que encontrarse con usted a las once de la mañana.

—Sí, teníamos una cita —dijo Rosemary.

—Y entonces pareció darse cuenta de lo que había ocurrido y comenzó a decir a la enfermera que yo tenía que darle a usted el libro. Lo repitió varias veces, y luego murió. —Grace Cardiff sonrió como si estuviera hablando de algo agradable—. Es un libro inglés sobre brujería.

Rosemary, mirando con cara de duda al paquete, contestó:

—No tengo la menor idea de por qué quería que yo lo tuviera.

—Pero él lo quería y por eso se lo he traído. Y el nombre es un anagrama. ¡Pobre Hutch! Hace que todo esto parezca como una aventura de chico, ¿verdad?

Salieron juntas del edificio.

—Voy hacia la parte alta de la ciudad, ¿puedo dejarla en alguna parte? —le preguntó Grace Cardiff.

—No, gracias —contestó Rosemary—. Yo voy hacia abajo y luego atravesaré.

Fueron hasta la esquina. Otras personas que habían asistido al servicio fúnebre estaban llamando taxis; uno se detuvo, y los dos hombres que lo habían conseguido se lo ofrecieron a Rosemary. Ella no quiso aceptarlo, y como los hombres insistieran, se lo ofreció a Grace Cardiff.

—Ni hablar de eso —dijo—. Aprovéchese de su maravilloso estado. ¿Para cuándo espera el niño?

—Para el 28 de junio —contestó Rosemary.

Dando las gracias a aquellos dos caballeros, se metió en el taxi. Era un auto pequeño y meterse en él no fue fácil.

—¡Buena suerte! —le deseó Grace Cardiff, cerrando la puerta.

—Gracias —dijo Rosemary—, y gracias por el libro.

Al taxista le indicó:

—A la casa Bramford, por favor.

Sonrió a través de la ventanilla abierta a Grace Cardiff, mientras el taxi arrancaba.

17

Pensó en desenvolver el libro allí mismo, en el taxi; pero era un taxi que había sido provisto por su conductor con ceniceros y espejos extra, y con letreros escritos a mano rogando limpieza y respeto por el vehículo, y la cuerda y el papel habrían sido demasiado fastidio. Así que fue primero a casa y se quitó los zapatos, vestido y cinturón, metió los pies en las zapatillas y se puso un gran camisón de rayas color menta.

Sonó el timbre de la puerta y ella fue a contestar, llevando en la mano el paquete aún no abierto; era Minnie con la bebida y el pequeño pastel blanco.

—La oí entrar —dijo—. No ha tardado mucho.

—Fue muy emotivo —dijo Rosemary, tomando el vaso—. Su yerno y otro hombre hablaron un poco acerca de cómo era y por qué lo echaremos de menos, y eso fue todo.

Bebió algo de aquella bebida verde pálido.

—Me parece un modo muy razonable de hacer las cosas —comentó Minnie—. ¿Ya ha recibido el correo?

—No, esto me lo ha dado alguien —explicó Rosemary.

Volvió a beber, decidiendo no dar explicaciones de quién y por qué y toda la historia de la recuperación del conocimiento por Hutch.

—Deme, ya se lo sostendré yo —dijo Minnie, tomando el paquete.

—¡Oh, gracias! —exclamó Rosemary, quien así pudo tomar el pastel blanco.

—¿Un libro? —preguntó Minnie, sopesando el paquete.

—Sí, me lo iban a enviar por correo; pero luego pensaron que me verían allí.

Minnie leyó el remite.

—¡Ah! Conozco esa casa —dijo—. Los Gilmore vivían allí, antes de que se mudaran a donde viven ahora.

—¿Sí?

—He estado allí muchas veces. Grace. Es uno de mis nombres favoritos. ¿Es una de sus amigas?

—Sí —contestó Rosemary (era más fácil que explicar, y al fin y al cabo daba lo mismo).

Acabó con el pastel y la bebida, tomó el paquete de manos de Minnie y le devolvió su vaso.

—Gracias —le dijo, sonriendo.

—¡Ah! Roman va a ir a la lavandería dentro de un momento, ¿tiene algo que llevar o recoger?

—No, nada, gracias. ¿Nos veremos luego?

—Seguro. ¿Por qué no descabeza un sueñecito?

—Eso haré. Adiós.

Cerró la puerta y se dirigió a la cocina. Con un cuchillo cortó la cuerda del paquete y quitó el envoltorio de papel marrón. Dentro había un libro. Se titulaba *Todos ellos brujos*, por J. R. Hanslet. Era un libro negro, de segunda mano, con sus letras doradas semiborradas. En la sobrecubierta había la firma de Hutch, con la inscripción «Torquay, 1934». En la cubierta, debajo había pegada una etiqueta con letras azules: J. Waghorn e hijo, libreros.

Rosemary se llevó el libro a la sala, hojeando sus páginas mientras andaba. Había algunas fotografías de personas del siglo pasado, de aspecto respetable, y, en el texto, varios de los subrayados de Hutch y notas al margen que ella reconoció de libros que él le había prestado durante el período Higgins-Eliza de su amistad. Una frase subrayada era *el hongo que ellos llaman «Pimienta del Diablo»*.

Se sentó en una de las ventanas saledizas y miró el índice. El nombre de Adrian Marcato le saltó a la vista; era el título del capítulo cuarto. Otros capítulos trataban de otras personas, todos ellos, era de suponer por el título del libro, eran brujos: Gilles de Rais, Jane Wenham, Aleister Crowley, Thomas Weir. Los capítulos finales eran «Prácticas de brujería» y «Brujería y satanismo».

Volviendo al capítulo cuarto, Rosemary echó un vistazo a sus veintitantas páginas; Marcato había nacido en Glasgow en 1846, y fue traído poco después a Nueva York (subrayado), y murió en la isla de Corfú en 1922. Había relatos del tumulto de 1896, cuando él pretendió haber conjurado a Satanás y fue atacado por la muchedumbre frente a la Bramford (no en el portal, como había dicho Hutch), y de sucesos similares en Estocolmo en 1898 y París en 1899. Era un hombre de mirada hipnótica y barba negra, quien, en un retrato de pie, pareció vagamente familiar a Rosemary. A la vuelta había una foto menos seria de él, sentado ante la mesa de un café de París con su esposa Hessia y su hijo Steven (subrayado).

¿Era para esto por lo que Hutch había querido que ella tuviera el libro? ¿Para que pudiera enterarse con detalle de cosas relativas a la vida de Adrian Marcato? Pero ¿por qué? ¿No les había advertido ya hacía tiempo, y reconoció luego que sus temores eran injustificados? Hojeó el resto del libro, deteniéndose cerca del final para leer otras frases subrayadas: «El hecho sigue siendo cierto —decía una—, creámoslo o no, de que ellos hacen esas cosas.» Y unas páginas más adelante: «La creencia universalmente mantenida en el poder de la sangre fresca.» Y «rodeados por velas, que, innecesario es decirlo, son negras».

Las velas negras que Minnie había traído la noche del apagón. A Hutch le habían causado gran impresión y empezó a hacer preguntas acerca de Minnie y Roman. ¿Era eso lo que significaba el libro? ¿Que eran brujos? Minnie con sus hierbas y sus amuletos, Roman con sus ojos penetrantes. Pero los brujos no existían. ¿Verdad que no? Claro que no.

Entonces recordó la otra parte del mensaje de Hutch, que el nombre del libro era un anagrama. *Todos ellos brujos.* Trató de hacer combinaciones con las letras en su imaginación, de trasponerlas para formar con ellas algo significativo y revelador. No pudo; eran demasiadas y resultaba difícil combinarlas en la mente. Necesitaba un papel y un lápiz. O mejor aún, el juego del abecedario.

Fue en busca de él al dormitorio y, sentándose de nuevo en la ventana salediza, puso el tablero sobre sus rodillas y sacó de la caja las letras necesarias para formar «todos ellos brujos». El bebé, que se había estado quieto toda la mañana, comenzó a moverse dentro de ella. «Vas a ser un jugador de letras nato», pensó ella sonriendo. Le dio un puntapié. «¡Eh, cuidado!», dijo ella.

Con «todos ellos brujos» sobre el tablero, revolvió las letras y luego miró qué podría hacer con ellas. Sacó «sud los ojos trébol», y al cabo de un rato de reordenar las letras «los otros Beuldjos» y «sojod ellos brutos». Ninguna de ellas parecía significar nada, ni revelaban nada, ni eran verdaderos anagramas, puesto que eran frases incompletas y sin sentido. Era una tontería. ¿Cómo podía ser el título de un libro el anagrama de un mensaje y mucho menos para ella sola? Hutch había estado delirando; ¿no había dicho eso Grace Cardiff? Esto era perder el tiempo. «Butojeos rodssoll». «Llosdor jeosbutos».

Pero quizás el anagrama lo constituyera el nombre del autor, no el del libro. Tal vez J. R. Hanslet fuera un seudónimo; pues no parecía un nombre verdadero, si se paraba uno a pensar en ello.

Tomó nuevas letras.

El bebé dio puntapiés.

J. R. Hanslet era Jan Shrelt, o J. H. Snartle.

Tampoco eso tenía sentido.

Pobre Hutch.

Alzó el tablero y lo inclinó, volcando las letras y metiéndolas de nuevo en la caja.

El libro, que ahora estaba abierto sobre el asiento de ventana más allá de la caja, había vuelto sus páginas y ahora aparecía el retrato de Adrian Marcato, su esposa y su hijo. Quizás Hutch había estado abriendo el libro por esa página, manteniéndolo abierto mientras subrayaba «Steven».

El bebé estaba ahora quieto, sin moverse.

Puso el tablero de nuevo sobre sus rodillas y tomó de la caja las letras de «Steven Marcato». Cuando el nombre estuvo formado ante ella, se quedó mirándolo por un momento y entonces comenzó a trasponer las letras. Sin ningún falso movimiento ni perder tiempo las ordenó de modo que formaran «Roman Castevet».

Y entonces de nuevo «Steven Marcato».

Y luego otra vez «Roman Castevet».

El bebé se agitó en su interior ligeramente.

Leyó el capítulo de Adrian Marcato y el titulado «Prácticas de Brujería» y fue a la cocina y comió ensalada de atún con lechuga y tomate, pensando en lo que había leído.

Estaba justamente empezando el capítulo titulado «Brujería y satanismo» cuando la puerta del piso se abrió, pero tropezó contra la cadena. Sonó el timbre y ella fue a ver quién era. Era Guy.

—¿Por qué has echado la cadena? —le preguntó cuando ella le dejó entrar.

Ella no contestó y volvió a cerrar la puerta y a echar la cadena.

—¿Qué pasa? —Le traía un ramo de margaritas y una caja con la etiqueta de Bronzini.

—Te lo diré dentro —contestó ella mientras él le daba las margaritas y un beso.

—¿Te encuentras bien? —le preguntó.

—Sí —repuso ella, dirigiéndose a la cocina.

—¿Qué tal estuvo el funeral?

—Muy emotivo. Fue muy breve.

—Me compré la camisa que anunciaban en *The New Yorker*—dijo él dirigiéndose hacia el dormitorio—. ¡Hey! Están ya en las últimas representaciones de *En un claro día* y *Rascacielos*.

Ella puso las margaritas en un jarro azul y las llevó a la sala. Guy entró y le enseñó la camisa y ella la admiró.

De pronto le dijo:

—¿Sabes quién es realmente Roman?

Guy se quedó mirándola, parpadeó y frunció el ceño.

—¿Qué quieres decir, cariño? Pues es... Roman.

—Es el hijo de Adrian Marcato —contestó ella—. El hombre que afirmó que había conjurado a Satanás y fue atacado en el portal por el populacho. Roman es su hijo Steven. «Roman Castevet» es «Steven Marcato» con las letras cambiadas, un anagrama.

Guy le preguntó:

—¿Quién te lo ha dicho?

—Hutch —repuso Rosemary.

Y contó a Guy lo de *Todos ellos brujos* y lo del mensaje de Hutch. Le enseñó el libro, y él dejó a un lado la camisa, lo tomó y empezó a mirarlo; leyó el título y el índice y luego hojeó las páginas, lentamente, pasándolas con el pulgar, mirando a todas ellas.

—Aquí está cuando tenía trece años —explicó Rosemary—. ¿Ves sus ojos?

—Puede que sea sólo una coincidencia —dijo Guy.

—¿Y también es otra coincidencia que viva aquí? ¿En la misma casa donde Steven Marcato se crio? —Rosemary negó con la cabeza—. Las fechas coinciden también —dijo—. Steven Marcato nació en agosto de 1886, lo cual hace que ahora tenga setenta y nueve años. Es la edad de Roman. No es coincidencia.

—No, creo que no —convino Guy, pasando más páginas—. Supongo que es Steven Marcato, de acuerdo. ¡Pobre viejo! No me extraña que se haya puesto de revés las letras de su nombre, con un padre chiflado como ése.

Rosemary se quedó mirando a Guy, insegura, y dijo:

—¿No crees que él será... igual que su padre?

—¿Qué quieres decir? —preguntó Guy, sonriéndole—. ¿Un brujo? ¿Un devoto del diablo?

Ella asintió.

—Ro —dijo él—. ¿Bromeas? De veras tú... —Se echó a reír y le devolvió el libro—. ¡Ah, Ro, cariño!

—Es como una religión —insistió ella—. Como una religión primitiva que quedó arrinconada.

—Muy bien —dijo él—, pero ¿en nuestra época?

—Su padre fue un mártir de ella —replicó Rosemary—. Así es como debía considerarse. ¿Sabes dónde murió Adrian Marcato? En un establo. En la isla de Corfú, que no sé por dónde cae. Porque no quisieron admitirlo en ningún hotel. De veras. Nadie lo quería admitir. Y murió en el establo. Y Roman, su hijo, estaba con él. ¿Crees que él habrá abandonado sus creencias después de eso?

—Cariño, estamos en 1966 —dijo Guy.

—Este libro fue publicado en 1933 —prosiguió Rosemary—. Se celebraban aquelarres en Europa; así es como se llamaban los grupos o reuniones; aquelarres en Europa, en Norte y Sudamérica, en Australia; ¿crees que todos ellos han muerto en estos treinta y tres años? Y aquí tenemos un aquelarre: Minnie y Roman, con Laura-Louise, y los Fountain, los Gilmore y los Wees; esas reuniones con la flauta y los cánticos, son *sabbats* o *esbats*, ¡o como demonios se llamen!

—Cariño —le contestó Guy—. No te excites.

—Lee lo que hacen, Guy —dijo ella alargándole el libro abierto y señalando una página con su dedo índice—. Utilizan sangre en sus rituales, porque la sangre tiene poder, y la sangre que tiene más poder es la sangre de un niño, un niño que no haya sido bautizado; y usan más que la sangre, ¡utilizan también la carne!

—¡Por amor de Dios, Rosemary!

—¿Por qué crees que se han mostrado tan amistosos con nosotros? —preguntó ella.

—¡Pues porque son gente amistosa! ¿Qué crees que son? ¿Maníacos?

—¡Sí! Sí. Maníacos que creen que tienen poderes mágicos, que creen que es verdad lo que cuentan los libros de brujería, que realizan toda clase de ritos de chiflados y hacen prácticas perversas, ¡sólo porque están enfermos y son maniáticos!

—Cariño...

—¡Esas velas negras que nos trajo Minnie eran las de las misas negras! Eso fue lo que hizo sospechar a Hutch. Y su sala está despejada en medio para tener sitio.

—Cariño —contestó Guy—. Son gente mayor y tienen un puñado de viejos amigos y, de entre ellos, el doctor Shand, casualmente, trae un magnetófono que pone en funcionamiento. En cuanto a las velas negras, las puedes comprar en el almacén de la esquina, así como rojas, verdes y azules. Y su sala está vacía en medio porque Minnie es una birria decorando. El padre de Roman estaba chiflado, de acuerdo; pero eso no es razón para pensar que Roman lo esté también.

—No volverán a poner los pies en este apartamento —dijo Rosemary—. Ninguno de ellos. Ni Laura-Louise o los otros. Y no se acercarán a cincuenta pasos de mi bebé.

—El hecho de que Roman se cambiara el nombre prueba que no es como su padre —dijo Guy—. Si lo fuera, habría conservado el nombre y estaría orgulloso de él.

—Lo ha conservado —arguyó Rosemary—. Lo único que ha hecho es cambiar el orden de las letras. Y de ese modo puede ir a los hoteles. —Se apartó de Guy y se dirigió a la ventana, donde estaba el juego del abecedario—. No les permitiré más que entren —dijo—. Y tan pronto como el niño sea lo suficientemente mayor, quiero que subarrendemos el apartamento y nos mudemos. No quiero tenerlos cerca de nosotros. Hutch tenía razón; jamás debimos mudarnos a esta casa.

Miró hacia fuera, a través de la ventana, sujetando el libro con ambas manos, temblando.

Guy la observó por un momento.

—¿Y qué me dices del doctor Sapirstein? —preguntó—. ¿También pertenece al aquelarre?

Ella se volvió y se lo quedó mirando.

—Al fin y al cabo —dijo—, también hay doctores maníacos, ¿verdad? Puede que su mayor ambición sea ir a visitar a sus enfermos montado en una escoba.

Se volvió de nuevo hacia la ventana, con su rostro sereno.

—No, no creo que sea uno de ellos —dijo—. Es... demasiado inteligente.

—Y además, es judío —dijo Guy, echándose a reír—. Bueno, me alegro de que haya alguien a quien no has incluido en tu campaña de imputaciones al estilo del senador McCarthy. ¡Hablar a estas alturas de caza de brujas! ¡Vamos! ¡Y de culpabilidad por asociación!

—No estoy diciendo que ellos sean brujos de verdad —contestó Rosemary—. Ya sé que ellos no tienen poder verdadero. Pero hay gente que se lo cree, aunque nosotros no nos lo creamos; de la misma manera que mi familia cree que Dios oye sus oraciones y que la hostia es realmente el cuerpo de Jesús. Minnie y Roman creen en su religión, y, como creen en ella, la practican. Sé que lo hacen, y no voy a permitir que la seguridad de mi bebé corra ningún riesgo.

—No subarrendaremos ni nos mudaremos —dijo Guy.

—Sí que lo haremos —replicó Rosemary, volviéndose hacia él.

Él recogió su camisa nueva.

—Ya hablaremos de eso después —dijo.

—Te ha mentido —declaró ella—. Su padre no fue ningún empresario teatral. Ni siquiera tuvo nada que ver con el teatro.

—Está bien, es un embustero —reconoció Guy—; pero ¿quién demonios no lo es? —Se dirigió al dormitorio.

Rosemary se sentó junto al juego del abecedario. Lo cerró, y, tras un momento, abrió el libro y siguió leyendo el capítulo final, «Brujería y satanismo».

Guy volvió sin la camisa.

—No creo que debas seguir leyendo eso —dijo.

Rosemary contestó:

—Sólo quiero terminar de leer el último capítulo.

—Hoy no, cariño —insistió Guy, acercándose a ella—. Ya te has alterado bastante. No es bueno ni para ti ni para el bebé.

Alargó su mano y esperó a que ella le diera el libro.

—No estoy alterada —dijo.

—Estás temblando —dijo él—. Hace cinco minutos que estás temblando. Vamos. Dámelo. Ya lo leerás mañana.

—Guy...

—No. Lo digo en serio. Vamos. Dámelo.

—¡Oh! —respondió ella, y se lo dio.

Él se dirigió al estante de los libros, se alzó de puntillas y lo puso tan alto como pudo, encima de los dos tomos del Informe Kinsey.

—Ya lo leerás mañana —le dijo—. Ya has sufrido demasiadas emociones hoy, con los funerales y todo eso.

18

El doctor Sapirstein quedó asombrado.

—Fantástico —dijo—. Absolutamente fantástico. ¿Cómo dijo usted que era el nombre? ¿«Machado»?

—Marcato —contestó Rosemary.

—Fantástico —dijo el doctor Sapirstein—. No tenía la menor idea. Creo que él me dijo una vez que su padre había sido importador de café. Sí, recuerdo que me explicó los diferentes grados y las diferentes maneras de moler los granos.

—Pues a Guy le dijo que había sido empresario teatral.

El doctor Sapirstein meneó la cabeza.

—No me extraña que esté avergonzado de la verdad —dijo—. Y tampoco me admira que usted se haya sentido inquieta al descubrirla. Estoy seguro, como de ninguna otra cosa sobre la tierra, de que Roman no conserva ninguna de las extrañas ideas de su padre; aunque comprendo muy bien lo alterada que debe de haberse sentido al saber que lo tiene por vecino y, además, por amigo.

—No quiero tener nada más que ver con él o con Minnie —dijo Rosemary—. Quizá no me porto bien con ellos; pero no quiero correr el menor riesgo cuando se trata de la seguridad de mi bebé.

—Naturalmente —dijo el doctor Sapirstein—; cualquier otra madre sentiría lo mismo.

Rosemary se acercó más a él.

—¿Hay alguna posibilidad —le preguntó— de que Minnie pusiera algo dañino en la bebida o en aquellos pastelillos?

El doctor Sapirstein se echó a reír:

—Lo siento, querida —le dijo—. No he querido reírme; pero, claro, pensando en esa amable anciana tan preocupada por la salud del niño... No, no hay posibilidad de que ella le diera algo dañino. Yo ya me habría dado cuenta hace tiempo, habría visto pruebas de ello en usted o en su bebé.

—La llamé por el teléfono de la casa y le dije que no me encontraba bien. No quiero tomar nada de ella.

—No tiene por qué tomarlo —repuso el doctor Sapirstein—. Puedo darle algunas pastillas que serán más que adecuadas en estas últimas semanas. En cierto modo esto puede ser también la respuesta al problema de Minnie y Roman.

—¿Qué quiere usted decir? —preguntó Rosemary.

—Quieren irse —contestó el doctor Sapirstein—, y cuanto antes mejor. Ya sabe usted que Roman no se encuentra bien. Si he de hablarle en confianza, sólo le queda un mes o dos de vida. Él quiere hacer una larga visita a algunas de sus ciudades favoritas y ellos temían que usted pudiera ofenderse si se iban en vísperas del nacimiento de su bebé. Precisamente me hablaron de esto anteanoche, y querían saber qué opinaba yo de cómo se lo tomaría usted. No quieren inquietarla a usted diciéndole cuál es la razón verdadera de este viaje.

—Siento que Roman no se encuentre bien —dijo Rosemary.

—Pero se alegra de que se vayan, ¿verdad? —El doctor Sapirstein sonrió—. Es una reacción perfectamente razonable, si se consideran bien las cosas. Supongamos que hacemos esto, Rosemary: yo les diré que la he sondeado y que usted no se ofenderá si ellos se van, y hasta que ellos se vayan (mencionaron el domingo como una posibilidad) usted sigue como antes, sin dejar que Roman sospeche que usted se ha enterado de su verdadera identidad. Estoy seguro de que él se sentiría muy azorado y desgraciado si lo supiera, y me parece que sería una vergüenza inquietarlo cuando ya es sólo cuestión de tres o cuatro días.

Rosemary quedó en silencio por un instante, y luego dijo:

—¿Está seguro de que se marcharán el domingo?

—Me consta que quieren irse —dijo el doctor Sapirstein.

Rosemary reflexionó.

—Muy bien —dijo—. Seguiré como antes hasta el domingo; pero nada más.

—Si usted quiere —le dijo el doctor Sapirstein—, haré que le envíen esas pastillas mañana por la mañana; puede hacer que Minnie le deje la bebida y el pastel y luego los tira y se toma una pastilla a cambio.

—Eso será estupendo —dijo Rosemary—. Me sentiré más contenta de ese modo.

—Eso es lo principal en estos momentos —dijo el doctor Sapirstein—, que usted esté contenta.

Rosemary sonrió:

—Si es un niño —dijo—, le pondré Abraham Sapirstein Woodhouse.

—¡Dios no lo permita! —exclamó el doctor Sapirstein.

Guy, al enterarse de la noticia, se sintió tan satisfecho como Rosemary.

—Siento que éste sea el último viaje de Roman —exclamó—; pero me alegro, por ti, de que se vaya. Estoy seguro de que ahora te sentirás más tranquila.

—¡Oh, claro que sí! —exclamó Rosemary—. Ya me siento mejor. Sólo de saberlo.

Aparentemente, el doctor Sapirstein no perdió tiempo en contar a Roman lo de los supuestos sentimientos de Rosemary, porque aquella misma tarde Minnie y Roman fueron a su apartamento a darle la noticia de que se iban a Europa.

—El domingo a las diez de la mañana —dijo Roman—. Vamos en avión directamente a París, donde pasaremos cosa de una semana, y luego iremos a Zurich, Venecia, y la ciudad más encantadora del mundo, Dubrovnik, en Yugoslavia.

—Me muero de envidia —dijo Guy.

Roman se dirigió a Rosemary:

—Ya veo que esto no es para usted como un rayo surgiendo de improviso de un cielo sin nubes, ¿verdad, querida? —En sus ojos hundidos hubo un brillo fugaz de conspirador.

—El doctor Sapirstein ya me dijo que ustedes pensaban irse —explicó Rosemary.

Minnie declaró:

—Nos habría gustado estar aquí cuando naciera el niño...

—Sería una tontería —replicó Rosemary—. Ahora que pueden disfrutar del buen tiempo...

—Ya les mandaremos fotos del bebé —prometió Guy.

—Es que cuando a Roman le entran ganas de viajar —dijo Minnie— no hay quien lo sujete.

—Cierto, cierto —corroboró Roman—. Después de haberme pasado la vida viajando me es imposible quedarme en una ciudad más de un año, y ya hace catorce meses que volvimos del Japón y las Filipinas.

Les explicó los encantos especiales de Dubrovnik, y también los de Madrid y la isla de Skye. Rosemary lo observaba, preguntándose qué es lo que sería en realidad, si el amable viejo charlatán, o el hijo loco de un padre loco.

Al día siguiente, Minnie no insistió en quedarse hasta que ella se hubiera tomado la bebida y el pastel; iba a salir y llevaba una larga lista de cosas que tenía que hacer. Rosemary se ofreció a recogerle un vestido en la lavandería y a comprarle pasta dentífrica y dramanina. Cuando tiró la bebida y el pastel y se tomó una de las grandes pastillas blancas que el doctor Sapirstein le había enviado, se sintió un poco ridícula.

El sábado por la mañana, Minnie le dijo:

—Así que sabe quién fue el padre de Roman, ¿verdad?

Rosemary asintió con la cabeza, sorprendida.

—Ya había observado que se había vuelto un poco fría

con nosotros —dijo Minnie—. ¡Oh! No se excuse; no es la primera persona ni será la última. No se lo reprocho. ¡Ah! ¡Mataría a aquel viejo loco si no estuviera muerto ya! Ha sido una maldición en la vida del pobre Roman. Por eso le gusta tanto viajar; siempre quiere dejar un sitio antes de que la gente descubra quién es. No le diga que usted lo sabe, ¿quiere? Él siente tanto cariño por usted y por Guy que eso casi le partiría el corazón. Quiero que disfrute de un viaje realmente feliz, sin penas, porque no es probable que pueda hacer más viajes. ¿Quiere aceptar todas las cosas que tenga en mi nevera y que se podrían estropear? Mande luego a Guy y le daré un montón.

Laura-Louise dio una fiesta de despedida el sábado por la noche en su pequeño y oscuro apartamento del duodécimo piso, que olía a raíz de tanis. Vinieron los Wees y los Gilmore, así como la señora Sabatini con su gato *Flash* y el doctor Shand. (¿Cómo había sabido Guy que el doctor Shand traía un magnetófono y lo ponía en funcionamiento?, se preguntó Rosemary. Y que era un magnetófono y no una flauta ni un clarinete. Tendría que preguntárselo.) Roman habló del itinerario que él y Minnie habían planeado, sorprendiendo a la señora Sabatini, que no podía creer que no fueran a Roma y Florencia. Laura-Louise sirvió pasteles caseros y una suave mezcla de jugo de frutas con alguna bebida alcohólica. La conversación pasó a tocar los temas de los tornados y los derechos civiles. Rosemary, observando y escuchando a esas personas, que eran tan parecidas a sus tías y tíos de Omaha, encontró difícil seguir creyendo que fueran en realidad brujos. El bajito señor Wees estaba escuchando a Guy, quien hablaba de Martin Luther King; ¿podía alguien imaginarse a este débil anciano, ni siquiera en sueños, como a un lanzador de hechizos, un fabricante de amuletos? Y viejas desaliñadas como Laura-Louise y Minnie y Helen Wees, ¿iban a dar brincos, desnudas, en orgías que eran una mofa de la religión? Y, sin embargo, ¿no las había visto a todas ellas desnudas? No, no, eso era una pesadilla, una salvaje pesadilla que ella había tenido hacía tiempo, mucho tiempo.

Los Fountain telefonearon para desear buen viaje a Minnie y Roman, así como el doctor Sapirstein y dos o tres personas más cuyos nombres no conocía Rosemary. Laura-Louise trajo un regalo al que habían contribuido todos, una radio de transistores en un estuche portátil de piel de cerdo, y Roman lo aceptó con un elocuente discurso de gracias, en el que se le quebró la voz. «Sabe que se va a morir», pensó Rosemary, quien lo sintió de veras por él.

Guy insistió en ayudarles a llevar el equipaje a la mañana siguiente, a pesar de las protestas de Roman; puso el reloj despertador para que avisara a las ocho y media y, en cuanto éste tocó, se levantó de un salto, se enfundó en unos pantalones vaqueros y en una camisa sin mangas y corrió a llamar a la puerta de Minnie y Roman. Rosemary fue con él con su bata a rayas color menta. Había poco que llevar: dos maletas y una sombrerera. Minnie llevaba una cámara fotográfica y Roman su radio nueva.

—Todo aquel que necesita más de una maleta —dijo mientras cerraba con dos vueltas de llave la puerta de su apartamento— es un turista, no un viajero.

Ya en la acera, mientras el portero tocaba el silbato para llamar a un taxi, Roman comprobó que llevaba los billetes, pasaporte, cheques de viajero y moneda francesa. Minnie agarró a Rosemary por los hombros.

—No importa quiénes seamos —le dijo—. Usted estará en nuestro pensamiento a cada instante, querida, hasta que sean felices y usted, recuperada su cintura normal, tenga en sus brazos sano y salvo a su nenito o a su nenita.

—Gracias —contestó Rosemary, y besó a Minnie en la mejilla—. Gracias por todo.

—Haga que Guy nos mande muchas fotos, ¿me oye? —dijo Minnie devolviendo el beso a Rosemary.

—Lo haré. Lo haré —prometió Rosemary.

Minnie se volvió hacia Guy. Roman tomó la mano de Rosemary.

—No le deseo buena suerte —dijo—, porque no la necesita. Tendrá una vida muy feliz.

Ella lo besó.

—Que se diviertan mucho en el viaje —les deseó—, y que vuelvan sanos y salvos.

—Quizá —dijo él, sonriendo—. Pero quizá nos quedemos en Dubrovnik, en Pescara, o tal vez en Mallorca. Ya veremos... Ya veremos...

—Que vuelvan —les dijo Rosemary, y lo dijo en serio. Volvió a besarlo.

Llegó un taxi. Entre Guy y el portero cargaron las maletas en el asiento al lado del conductor. Minnie se encogió y entró en el vehículo haciendo un esfuerzo, sudando bajo su vestido blanco. Roman la siguió y se acomodó al lado de ella.

—Al aeropuerto Kennedy —dijo—. Edificio de la TWA.

Hubo más adioses y besos a través de las ventanillas abiertas, y, luego, Rosemary y Guy saludaron con la mano al taxi que se alejaba, de donde contestaron unas manos con guantes blancos.

Rosemary se sintió menos feliz de lo que había creído.

Aquella tarde buscó *Todos ellos brujos*, para releer partes del libro y quizás hallar que era tonto y cosa para reírse. El libro había desaparecido. No estaba encima del Informe Kinsey o en ninguna otra parte que ella pudiera ver. Preguntó a Guy y éste le contestó que lo había tirado a la basura el jueves por la mañana.

—Lo siento, querida —le dijo—; pero no quería que leyeras más de esas tonterías que tanto te alteraban.

Ella se sintió asombrada y contrariada.

—Guy —le dijo—. Ese libro me lo dio Hutch. Me lo dejó a mí.

—No pensé en ello —contestó Guy—. Lo único que quería es no verte inquieta. Lo siento.

—Has hecho algo terrible.

—Lo siento. No pensé en Hutch.

—Aunque él no me lo hubiera dado, no se tiran los libros de otras personas. Si quiero leer algo, lo leo.

—Lo siento —repitió él.

Eso la tuvo fastidiada todo el día. Y había olvidado algo que le quería preguntar, y eso la fastidió también.

Lo recordó aquella noche, mientras regresaban, andando, de La Scala, un restaurante no lejos de su casa.

—¿Cómo sabías que el doctor Shand trae un magnetófono? —le preguntó.

Él no comprendió.

—El otro día —le recordó ella—, cuando yo estaba leyendo el libro y discutimos por él, tú dijiste que el doctor Shand traía un magnetófono y lo ponía en funcionamiento. ¿Cómo lo sabías?

—¡Oh! —contestó Guy—. Él me lo dijo. Hace tiempo. Yo le dije que nosotros oímos una flauta o lo que fuera a través de la pared un par de veces, y me contestó que era él. ¿Por qué pensaste que yo lo sabía?

—No lo he pensado —replicó Rosemary—. Sólo me lo pregunté.

Ella no pudo dormir. Echada de espaldas, se mantuvo despierta y frunció el ceño mirando al techo. El bebé dentro de ella estaba durmiendo bien; pero ella no podía. Se sentía inquieta y preocupada, sin saber qué es lo que la preocupaba.

Bueno, el bebé, por supuesto, y el cómo irían las cosas. Últimamente había dejado de hacer sus ejercicios. Y prometió solemnemente que los continuaría.

Ya era lunes, lunes 13. Quince días más. Dos semanas. Probablemente todas las mujeres se sentían inquietas y raras dos semanas antes. ¡Y no podrían dormir por estar enfermas y cansadas de dormir echadas de espalda! La primera cosa que ella iba a hacer después de todo esto era dormir veinticuatro horas echada boca abajo, con su cara bien hundida en un almohadón.

Oyó un ruido en el apartamento de Minnie y Roman;

pero debía de ser del piso de arriba o del piso de abajo. Los sonidos se amortiguaban y confundían cuando funcionaba el acondicionador de aire.

Ellos estarían ya en París. Felices ellos. Algún día Guy y ella irían allí con tres hermosos niños.

El bebé se despertó y comenzó a moverse.

19

Compró algodón, vendas, talco y loción para el bebé; contrató los servicios de una casa de lavandería de pañales y ordenó de otro modo las ropitas del bebé en los cajones de la cómoda. Encargó a la imprenta las tarjetas de participación (Guy ya les diría por teléfono el nombre y la fecha) y puso las señas y los sellos a un montón de sobrecitos color marfil. Leyó un libro que se llamaba *Colina de verano*, que presentaba un ejemplo al parecer irrefutable de cómo se debe educar a un niño, y habló en Sardi's East con Elise y Joan del convite.

Empezó a sentir contracciones; una, un día; otra, otro día; luego, ninguna; luego, dos.

Recibieron una postal de París, con una vista del Arco de Triunfo y unas frases escritas con letra clara: *Pensamos en los dos. Tiempo magnífico, comida excelente. El vuelo fue perfecto. Cariños, Minnie.*

El bebé se descolgó en su interior, listo para nacer.

A primeras horas de la tarde del viernes 24 de junio, en la papelería de Tiffany's, donde ella había ido a comprar veinticinco sobres más, Rosemary se encontró con Dominick Pozzo, quien había sido antes el profesor de dicción de Guy. Era un hombre bajito, bronceado, un poco cargado de espaldas y con una voz rasposa y desagradable. Estrechó la mano a Rosemary y la felicitó por su aspecto y por la reciente buena suerte de Guy, en la cual reconoció que él no tenía nada que ver. Rosemary le contó que Guy iba a firmar el contrato para una obra, y le habló de la última oferta que había hecho la Warner Brothers. Dominick quedó encantado; ahora, dijo, es cuando Guy podría beneficiarse realmente de sus clases intensivas. Le explicó por qué, e hizo prometer a Rosemary que haría que Guy le telefoneara, y expresándose mutuamente sus buenos deseos se volvieron hacia los ascensores. Rosemary lo tomó por el brazo.

—Nunca le he dado las gracias por habernos dado entradas para ver *The Fantasticks* —le dijo—. Me encantó. La siguen y la seguirán representando siempre, como aquella obra de Agatha Christie en Londres.

—¿*The Fantasticks*? —preguntó Dominick.

—Usted dio a Guy un par de entradas. ¡Oh! Hace tiempo. En otoño. Fui con una amiga. Guy ya la había visto.

—Nunca di a Guy entradas para *The Fantasticks* —repuso Dominick.

—Sí que le dio. El pasado otoño.

—No, querida. Jamás di a nadie entradas para *The Fantasticks*; nunca tuve ninguna para dar. Se equivoca.

—Estoy segura de que él me dijo que usted se las había dado —insistió Rosemary.

—Pues entonces fue él quien se equivocó —aseguró Dominick—. ¿Querrá decirle que me llame?

—Sí, sí, se lo diré.

Era extraño, pensó Rosemary cuando esperaba a cruzar la Quinta Avenida. Guy había dicho que Dominick le había dado las entradas, estaba segura de eso. Recordó que había estado pensando si debía enviar o no una nota de agradecimiento a Dominick y finalmente decidió que no era necesario. No estaba equivocada.

Se encendió la luz verde y ella cruzó la avenida.

Pero Guy tampoco podía haberse equivocado. No le regalaban entradas todos los días, y debió de recordar quién se las había dado. ¿Le habría mentido deliberadamente? Quizá no le habían dado las entradas, sino que se las había encontrado y se las quedó. No, habría habido una escena en el teatro; él no la habría expuesto a ella a eso.

Fue andando en dirección oeste, por la calle Cincuenta y siete, muy despacio, con la grandura del bebé colgando ante ella y su espalda doliéndole al tener que servir de contrapeso a aquel peso delantero. El día era cálido y húmedo, casi treinta y tres grados centígrados, y con tendencia a aumentar. Iba caminando muy lentamente.

¿Había querido él que ella estuviera fuera del apartamento aquella noche por alguna razón? ¿Había bajado a comprar las entradas? ¿Para estar libre y poder ensayar la escena que estaba preparando? Pero no tenía ninguna necesidad de engañarla de haber sido ése el motivo; más de una vez en el viejo apartamento de una sola habitación él le había pedido a ella que saliera un par de horas y ella se había ido gustosa. Sin embargo, la mayoría de las veces había querido que ella se quedara, para que fuera su apuntadora y su espectadora.

¿Otra mujer? ¿Uno de sus antiguos amoríos al que hubiera tenido que dedicar más de un par de horas, y cuyo perfume se estuviera quitando en la ducha cuando ella regresó a casa? No, era a raíz de tanis y no a perfume a lo que el apartamento olía aquella noche; ella tuvo que envolver el amuleto en papel metálico precisamente por eso. Y Guy estuvo demasiado enérgico y amoroso para haber pasado la primera parte de la noche con alguien más. Él le había hecho el amor de un modo desusadamente violento, según recordaba; luego, mientras él dormía, ella oyó la flauta y el cántico en el apartamento de Minnie y Roman.

No, no era la flauta; era el magnetófono del doctor Shand.

¿Fue así como Guy se enteró? ¿Había estado allí aquella noche? En un *sabbat*...

Se detuvo y se quedó mirando los escaparates de las tiendas Henri Bendel, porque no quería pensar más en brujas, aquelarres, sangre de bebé o en que Guy estuvo allí. ¿Por qué se había encontrado ella con aquel estúpido de Dominick? Ni siquiera debía haber salido hoy. Era un día demasiado cálido y pegajoso.

Había un gran vestido de crepé color frambuesa que parecía un modelo de Rudi Gernreich. Después del martes, cuando ella tuviera otra vez su silueta normal, vendría y preguntaría el precio. Y se compraría un par de sostenes color amarillo limón y una blusa color frambuesa...

Pero tuvo que seguir su camino. Seguir andando, seguir pensando, con el bebé agitándose en su interior.

El libro (que Guy había tirado) hablaba de ceremonias de iniciación, de aquelarres induciendo a los miembros novicios con votos, juramentos y bautismo; con la unción y la imposición de una «señal de brujería». ¿Era posible (la ducha para quitarse el olor a ungüento de raíz) que Guy se hubiera unido al aquelarre? ¿Que él (¡no, él no podía ser!) fuera uno de ellos, con una señal secreta de miembro en alguna parte de su cuerpo?

Sobre un hombro había llevado una tira de cinta protectora desinfectante. Se la había visto en su camerino de Filadelfia («Ese maldito grano», había dicho él cuando ella le preguntó qué era) y había estado allí unos meses antes («¡No será el mismo grano!», había dicho ella). ¿La seguía teniendo todavía?

Ella lo ignoraba, porque él no había dormido desnudo nunca más. Lo había hecho anteriormente, especialmente cuando apretaba el calor. Pero ahora ya hacía meses que no lo hacía. Se ponía un pijama cada noche. ¿Cuándo lo había visto ella por última vez desnudo?

Un auto le dio un bocinazo; ella iba cruzando la Sexta Avenida.

—¡Por amor de Dios, señora! —le gritó un hombre por detrás.

Pero ¿por qué? ¿Por qué? Él era Guy, no era un viejo chiflado sin nada mejor que hacer, sin ningún otro medio de conseguir sus objetivos y triunfar. Tenía una carrera, una carrera movida, emocionante, ¡una carrera que cada día iba mejor! ¿Para qué necesitaba él varitas mágicas e incensarios y... basura? Con los Wees, los Gilmore y Minnie y Roman. ¿Qué podrían darle ellos que él no pudiera obtener en otra parte?

Sabía la respuesta aun antes de hacerse la pregunta. Formular la pregunta había sido una manera de presentar la respuesta.

La ceguera de Donald Baumgart.

¡Increíble!

Pero ella no creía, no creía.

Y sin embargo, ahí estaba Donald Baumgart, ciego, sólo un día o dos después de aquel sábado. Con Guy quedándose en casa para coger el teléfono cada vez que éste sonaba. Esperando la noticia.

La ceguera de Donald Baumgart.

Y de ello había venido todo; la obra, las revistas, la nueva obra, la oferta de la película... Tal vez hasta el papel de Guy en *Greenwich Village* habría sido concedido a Donald Baumgart si no se hubiera quedado inexplicablemente ciego un par de días después de que Guy se hubiera unido (quizás) a un aquelarre (quizá) de brujos (quizá).

Había hechizos para privar a un enemigo de la vista o el oído, decía el libro *Todos ellos brujos* (¡Guy no!). La fuerza de unidad mental de todo el aquelarre, una batería concentrada de malas voluntades, podía cegar, ensordecer, paralizar y finalmente matar a cualquier víctima elegida.

Paralizar y finalmente matar.

—¿Hutch? —preguntó ella en voz alta, quedándose de pie e inmóvil frente al Carnegie Hall. Una niña se la quedó mirando, agarrándose a la mano de su madre.

Él estaba leyendo el libro aquella noche y le pidió que se encontraran a la mañana siguiente. Para decirle que Roman era Steven Marcato. Y Guy sabía lo de la cita, y, sabiéndolo, salió para... ¿qué? ¿Para comprar un helado?

Y llamó al timbre del apartamento de Minnie y Roman. ¿Se convocó apresuradamente una reunión? La fuerza de la unidad mental... Pero ¿cómo sabían ellos lo que Hutch le iba a decir? Ella lo ignoraba; eso sólo lo sabía él.

¿Y si la raíz de tanis no era tal raíz? Hutch ni siquiera había oído hablar de ella. ¿Y si fuera aquella cosa que él había subrayado en el libro, *hongo del Diablo* o lo que demonios fuera? Él le había dicho a Roman que miraría en los libros a ver qué era; ¿no habría bastado eso para que Roman se sintiera escamado? Por tanto, Roman se apoderó de uno de los guantes de Hutch, ¡porque era imposible arrojar un hechizo sin tener un objeto perteneciente a la víctima! Y entonces, cuando Guy les contó lo de la cita para la mañana siguiente, ellos no quisieron correr riesgos y se pusieron manos a la obra.

Pero no; Roman no podía haberse apoderado del guante de Hutch; ella le había acompañado a la entrada y a la salida.

Era Guy el que había cogido el guante. Había vuelto corriendo a casa con el maquillaje todavía puesto, cosa que jamás había hecho, y había ido a quitárselo al lavabo. Roman debió de avisarle, debió de decirle: «Este hombre, Hutch, sospecha de la raíz de tanis; vuelve a casa y quítale algún objeto de su pertenencia, ¡por si acaso!» Y Guy obedeció. Para mantener a Donald Baumgart ciego.

Esperando que el semáforo de la calle Cincuenta y cinco se pusiera en verde, se pasó su bolso y los sobres bajo el brazo, sujetándolos con él, se desabrochó la cadena por detrás del cuello, y apartó la cadena y el amuleto de su vestido, dejándolos caer a una alcantarilla.

¡A la porra la raíz de tanis! El Hongo del Diablo.

Estaba tan asustada que le dieron ganas de llorar.

Porque sabía lo que Guy iba a darles a cambio de su éxito.

El bebé. Para que lo utilizaran en sus rituales.

Él jamás había querido tener un hijo hasta que Donald Baumgart se quedó ciego. A él no le gustaba sentir cómo se movía; no le gustaba hablar de él; se mantenía distante y atareado como si no existiera tal bebé.

Porque sabía lo que estaban planeando hacer con él tan pronto como él lo entregara.

En el apartamento, en el apartamento fresco y sombreado, gracias a Dios, ella trató de decirse que estaba loca. «Dentro de cuatro días tendrás a tu hijo, joven idiota. Puede que antes. Así que estás nerviosa y chiflada y has inventado toda una historia lunática de persecución sacada de un montón de coincidencias que no guardan ninguna relación entre sí. Los brujos no existen. No hay hechizos en el mundo de la realidad. Hutch murió de muerte natural, aunque los médicos no supieran decir de qué había muerto. Lo mismo podía decirse de la ceguera de Donald Baumgart. Y además, ¿acaso Guy se apoderó de algún objeto perteneciente a Donald Baumgart para que se le arrojara a éste el gran hechizo? ¿Ves como eres idiota, muchacha? Todo se viene abajo si lo analizas con atención.»

Pero ¿por qué le había mentido él con respecto a las entradas?

Se desnudó y tomó una larga ducha fría, dio vueltas torpemente y luego elevó el rostro para que le cayera en él el chorro, tratando de pensar de modo sensible y razonable.

Debía de haber otra razón por la cual él le había mentido. Quizá se había pasado el día en Downey, sí, y había conseguido las entradas de algún tipo de allí; ¿no se le habría ocurrido entonces contarle que Dominick se las había dado, para no tener que decirle que había estado haciendo el tonto en aquel lugar con alguna copa de más en el cuerpo?

Claro que tuvo que ser una cosa así.

¿Lo ves, joven idiota?

Pero ¿por qué no había querido él que lo viera desnudo desde hacía tantos meses?

Al menos se alegraba de haber tirado aquel maldito amuleto. Debía haber hecho eso ya hacía tiempo. Para empezar, no debió habérselo aceptado a Minnie. ¡Qué placer era librarse de ese olor desagradable! Se secó y se friccionó con muchísima colonia.

No había querido que lo vieran desnudo porque tendría una pequeña roncha y eso le azoraría. Los actores son vanidosos, ¿verdad? Elemental.

Pero ¿por qué le había tirado el libro? ¿Y por qué pasaba tanto tiempo en casa de Minnie y Roman? ¿Por qué esperó la noticia de la ceguera de Donald Baumgart? ¿Por qué se apresuró a volver a casa llevando todavía el maquillaje, justo antes de que Hutch echara en falta su guante?

Se cepilló el cabello y luego se lo ató, poniéndose un sostén y bragas. Fue a la cocina y se bebió dos vasos de leche fría.

No lo sabía.

Fue al cuarto de los niños, apartó la bañerita de la pared, y clavó con tachuelas sobre el empapelado de la pared una tela de plástico para protegerlo cuando el bebé salpicara agua al bañarse.

No lo sabía.

No sabía si es que se estaba volviendo loca o volviendo cuerda; si los brujos sólo sienten ansias de poder o si su poder era verdadero y fuerte; si Guy era su amante esposo o el traicionero enemigo del bebé y de ella misma.

Eran casi las cuatro. Él estaría de vuelta dentro de una hora, más o menos.

Telefoneó a la Asociación de Actores y allí le dieron el número de teléfono de Donald Baumgart.

Contestaron al primer timbrazo con un rápido e impaciente: «¿Sí?»

—¿Donald Baumgart?

—Soy yo.

—Soy Rosemary Woodhouse, la esposa de Guy Woodhouse.

—¡Ah!

—Quería...

—¡Vaya! —dijo él—. ¡Ahora debe de ser usted una damita feliz! He oído decir que vive en medio de un esplendor aristocrático en la Bram, sorbiendo vino de marca en copas de cristal, servida por lacayos uniformados.

—Quería saber cómo se encuentra usted. Si está mejor.

Él se echó a reír:

—¡Dios bendiga a la esposa de Guy Woodhouse! —exclamó—. ¡Me encuentro estupendamente! ¡Espléndido! ¡He mejorado muchísimo! Hoy sólo he roto seis vasos, sólo me caí en tres escalones y sólo fui corriendo tap-tap-tap con mi bastón delante de dos coches de bomberos. Cada día, en cada sentido, voy mejorando y mejorando.

Rosemary dijo:

—Guy y yo sentimos muchísimo que él consiguiera ese papel por causa de su desgracia.

Donald Baumgart se quedó callado por un momento y luego dijo:

—¡Oh! ¡Qué demonios! Así es la vida. Unos suben, otros bajan. Él hubiera triunfado de todos modos. Si quiere que le diga la verdad, después de aquella segunda audición que hicimos para *Dos horas de sólido crepé*, estuve segurísimo de que él se llevaría el papel. Estuvo magnífico.

—Pues él pensaba que se lo iban a dar a usted —repuso Rosemary—. Y tenía razón.

—La tuvo por poco tiempo.

—Siento mucho no haber ido con él el día que fue a visitarle —dijo Rosemary—. Guy me lo pidió; pero yo no pude.

—¿Visitarme? ¿Se refiere al día que tomamos unas copas?

—Sí —dijo ella—. Me refiero a ese día.

—Hizo bien en no venir —respondió él—. Allí no admiten mujeres, ¿sabe? Bueno, después de las cuatro, sí, y eran después de las cuatro. Fue muy amable por parte de Guy. La mayoría de las personas no habrían tenido la... Bueno, la clase, quiero decir. Yo no lo habría hecho, puedo asegurárselo.

—El perdedor invitando a unas copas al ganador —dijo Rosemary.

—¡Y quién nos iba a decir que una semana después...! Bueno, menos de una semana.

—Cierto —convino Rosemary—. Fue sólo unos días antes de que usted...

—Me quedara ciego. Sí. Era un miércoles o un jueves, porque yo había estado en una función matinal. Creo que era miércoles, y al domingo siguiente fue cuando esto me ocurrió. ¡Hey! —Se echó a reír—. Guy no me pondría nada en aquella bebida, ¿verdad?

—No, no le puso nada —contestó Rosemary. La voz le temblaba—. Y a propósito, él tiene algo de usted, ya sabe.

—¿Qué quiere decir?

—¿No lo sabe?

—No —respondió él.

—¿No echó nada de menos aquel día?

—Que yo recuerde, no.

—¿Está seguro?

—No se referirá a mi corbata, ¿verdad?

—Sí —dijo ella.

—Bueno, él se llevó la mía y yo me quedé la suya. ¿Quiere que se la devuelva? Puedo dársela; no me importa qué corbata llevo, o si llevo alguna.

—No, él no quiere que se la devuelva —aseguró Rosemary—. No lo entendí bien. Pensé que sólo se la había pedido prestada.

—No. Fue un cambio. No se habrá creído que la robó, ¿verdad?

—Tengo que colgar ahora —dijo Rosemary—. Sólo quería saber si estaba mejor.

—No. Ninguna mejoría. Ha sido muy amable al llamarme.

Ella colgó.

Eran las cuatro y nueve minutos.

Se puso un vestido, un cinturón y unas sandalias. Cogió el dinero para los gastos de emergencia que Guy guardaba bajo su ropa blanca (un fajo no muy grueso de billetes) y lo metió en su bolso; metió también su libreta de direcciones y el frasco de pastillas vitamínicas. Sintió una contracción, y pasó; era la segunda del día. Cogió la maleta que había junto a la puerta del dormitorio y recorrió el pasillo y salió del apartamento.

A mitad de camino hacia el ascensor, se volvió y retrocedió.

Bajó en el montacargas, con dos muchachos repartidores.

Tomó un taxi en la calle Cincuenta y cinco.

La señorita Lark, la recepcionista del doctor Sapirstein vio la maleta y preguntó, sonriendo:

—No estará usted de parto, ¿verdad?

—No —contestó Rosemary—; pero tengo que ver al doctor. Es muy urgente.

La señorita Lark miró a su reloj.

—Tiene que marcharse a las cinco —declaró—, y ahí está la señora Byron... —Alzó la vista para mirar a una señora que estaba sentada leyendo y luego sonrió a Rosemary—. Pero estoy segura de que querrá verla. Siéntese. En cuanto esté desocupado, le diré que está usted aquí.

—Gracias —contestó Rosemary.

Dejó la maleta al lado de la silla más cercana y se sentó. El charol blanco del asa de su bolso de mano estaba húmedo. Lo abrió, sacó un pañuelo y se secó las palmas y luego el labio superior y las sienes. El corazón le latía aceleradamente.

—¿Qué temperatura hace ahí fuera? —le preguntó la señorita Lark.

—Terrible —contestó Rosemary—. Treinta y cuatro grados.

La señorita Lark hizo un gesto de horror.

Una mujer salió del despacho del doctor Sapirstein; una mujer en su quinto o sexto mes, que Rosemary había visto ya antes. Ambas se saludaron con un gesto de cabeza. La señorita Lark entró.

—¿Usted ya está a punto de dar a luz? —le preguntó la señora que esperaba junto al escritorio de la enfermera.

—El martes —contestó Rosemary.

—Buena suerte —le deseó la señora—. Menos mal que usted habrá acabado antes de julio y agosto.

La señorita Lark volvió a salir.

—Señora Byron —dijo—. Después sigue usted —agregó dirigiéndose a Rosemary.

—Gracias —contestó Rosemary.

La señora Byron entró en el despacho del doctor Sapirstein y cerró la puerta. La señora que estaba junto al escritorio habló con la señorita Lark acerca de otra cita y luego se marchó, diciendo adiós a Rosemary y volviéndole a desear buena suerte.

La señorita Lark escribió algo. Rosemary tomó un ejemplar del *Time* que tenía al alcance de la mano. *¿Ha muerto Dios?*, leyó en letras rojas sobre fondo negro. Buscó el índice y miró las páginas de espectáculos. Había un artículo sobre Barbara Streisand. Trató de leerlo.

—Qué bien huele —dijo la señorita Lark, oliendo en dirección a Rosemary—. ¿Qué es?

—Un perfume que se llama Detchema —contestó Rosemary.

—Pues ha mejorado mucho sobre el de antes, si no le importa que se lo diga.

—Aquello no era colonia —explicó Rosemary—, sino un amuleto de la suerte. Lo he tirado.

—Bien hecho —dijo la señorita Lark—. Ojalá el doctor siguiera su ejemplo.

Rosemary, al cabo de un momento, preguntó:

—¿El doctor Sapirstein?

La señorita Lark contestó:

—¡Uf! Él tiene una loción para después del afeitado, claro. Pero también tiene un amuleto de la suerte. Claro que él no es supersticioso. O al menos yo no creo que lo sea. Bueno, pues tiene ese olor de vez en cuando, y, cuando lo tiene, no puedo acercarme a cinco pasos de él. ¿No se ha dado usted cuenta nunca?

—No —contestó Rosemary.

—Será porque habrá venido en los días en que no lo tiene —dijo la señorita Lark—. O quizá pensó que el olor venía del suyo propio. ¿Qué es eso? ¿Un producto químico?

Rosemary se levantó, soltó el *Time* y cogió su maleta.

—Mi esposo está ahí fuera; tengo que decirle algo —le dijo—. Vuelvo enseguida.

—Puede dejar su maleta —dijo la señorita Lark.

Rosemary se la llevó junto con sus pensamientos.

20

Fue andando Park Avenue arriba y luego por la calle Ochenta y cinco, donde halló una cabina telefónica de paredes de cristal. Llamó al doctor Hill. Hacía mucho calor en la cabina.

Contestó una telefonista de servicio. Rosemary le dio su nombre y el número del teléfono.

—Por favor, dígale que me llame ahora mismo —dijo ella—. Es un caso urgente y estoy en una cabina telefónica.

—Muy bien —contestó la mujer, y cortó.

Rosemary colgó también, pero luego alzó el auricular, apoyando un dedo en el soporte. Mantuvo el auricular en su oído, como si estuviera escuchando, para evitar que en caso de venir alguien se le ocurriera pedir que le dejara el teléfono. El bebé dio un puntapié y se retorció dentro de ella. Estaba sudando. «Rápido, por favor, doctor Hill. Llámeme. Sálveme.»

Todos ellos. Todos ellos. Todos estaban metidos en esto. Guy, el doctor Sapirstein, Minnie y Roman. Todos ellos brujos. *Todos ellos brujos.* Utilizándola para que trajera al mundo un bebé para ellos, un bebé del que pudieran apoderarse y... «No te preocupes, Andy-o-Jenny, ¡te mataré antes de que ellos te toquen!»

Sonó el teléfono. Ella levantó el dedo inmediatamente del soporte.

—¿Sí?

—¿Es la señora Woodhouse? —Era la telefonista de nuevo.

—¿Dónde está el doctor Hill? —preguntó ella.

—¿He tomado bien su nombre? —preguntó la mujer—. ¿Es usted Rosemary Woodhouse?

—¡Sí!

—¿Es usted paciente del doctor Hill?

Ella explicó lo de la visita que le había hecho en otoño.

—¡Por favor! —le dijo—. ¡Tengo que hablar con él! ¡Es importante! Es... Por favor, dígale que me llame.

—Muy bien —contestó la mujer.

Sujetando de nuevo el soporte, Rosemary se secó la frente con el dorso de la mano. «Por favor, doctor Hill.» Abrió la puerta para que entrara un poco de aire y luego la volvió a cerrar de nuevo cuando una mujer se acercó y esperó.

—¡Oh! No sabía eso —dijo Rosemary al auricular, siguiendo con el dedo en el soporte—. ¿De veras? ¿Y qué más te dijo?

El sudor le corría por la espalda y los brazos. El bebé se volvió y se encogió.

Había sido un error utilizar un teléfono tan cerca del consultorio del doctor Sapirstein. Debía haber ido a las avenidas Madison o Lexington.

—Es magnífico —dijo—. ¿Y no te contó nada más?

En ese mismo instante podía haber salido y estar buscándola, y ¿no sería en el teléfono más próximo donde él miraría primero? Debió haberse metido inmediatamente en un taxi y alejarse. Y se volvió de espaldas lo más que pudo en la dirección por la que él vendría. La mujer que estaba fuera se había ido, gracias a Dios.

Y ahora, también, Guy habría ido a casa. Habría visto que no estaba la maleta y telefoneado al doctor Sapirstein, pensando que ella estaba en el hospital. Y pronto ambos estarían buscándola. Y los otros, los Wees, los...

—¿Sí? —dijo a mitad del timbrazo.

—¿Señora Woodhouse?

Era el doctor Hill, el doctor Salvador-Rescatador-Kildare-Maravilloso-Hill.

—Gracias —le dijo—. Gracias por llamarme.

—Pensé que estaba usted en California —contestó él.

—No —dijo ella—. Fui a otro médico, a uno al que me mandaron otros amigos y no es bueno, doctor Hill. Me ha estado mintiendo y dándome unas bebidas y cápsulas muy raras. El bebé ha de nacer el martes, recuerde, usted me lo dijo, «el veintiocho de junio». Y quiero que sea usted quien me asista en el parto. Le pagaré lo que me pida, igual que si hubiera estado tratándome todo este tiempo.

—Señora Woodhouse...

—Por favor, déjeme que le hable —le dijo, adivinando la negativa—. Déjeme que vaya y le explique lo que ha pasado. No puedo estar más rato en el sitio en que estoy. Mi esposo y ese doctor, y las personas que me enviaron a él, todos han estado mezclados en... Bueno, una conjura;

ya sé que eso suena como si estuviera chiflada, doctor, y usted estará probablemente pensando: «¡Dios mío, esta pobre chica ha perdido completamente el seso!»; pero no estoy loca, doctor. Se lo juro por todos los santos que no lo estoy. De vez en cuando hay conjuras contra las personas, ¿verdad?

—Sí, supongo que sí —contestó él.

—Pues hay una contra mí y mi bebé —dijo ella—. Y si usted me deja que le hable se lo contaré. Y no voy a pedirle que haga nada fuera de lo normal o malo, ni nada de eso. Lo único que quiero es que me lleve a un hospital y me asista en el parto.

Él dijo:

—Venga a mi despacho mañana, después de...

—No —contestó ella—. Ahora. Ahora mismo. Están buscándome.

—Señora Woodhouse —repuso él—. Ahora no estoy en mi despacho, estoy en mi casa. Llevo levantado desde ayer por la mañana y...

—Se lo suplico —dijo ella—. Se lo suplico.

Hubo un silencio.

Ella prosiguió:

—Iré y se lo explicaré. No puedo estar aquí.

—En mi despacho a las ocho —dijo él—. ¿Le parece bien?

—Sí —contestó ella—. Sí. Gracias. ¿Doctor Hill?

—¿Qué?

—Si mi esposo le llama y le pregunta si he telefoneado...

—No hablaré con nadie —contestó el doctor—; voy a descabezar un sueño.

—¿Quiere comunicárselo a su servicio? ¿Que no digan a nadie que he llamado? ¿Doctor?

—Muy bien, se lo diré.

—Gracias —dijo ella.

—A las ocho.

—Sí. Gracias.

Un hombre que estaba de espaldas a la cabina se volvió cuando ella salió; pero no era el doctor Sapirstein.

Fue andando hasta la avenida Lexington y luego subió por la calle Ochenta y seis, donde entró en un cine. Fue al lavabo de señoras y, luego, entumecida, buscó una butaca en la segura y fresca oscuridad de la sala, mirando una película en colores. Al cabo de un rato se levantó y fue con su maleta a una cabina telefónica, desde donde pidió una conferencia con su hermano Brian. No obtuvo respuesta. Volvió con su maleta y se sentó en un asiento diferente. El bebé estaba quieto, durmiendo. Ahora proyectaban una película protagonizada por Keenan Wynn.

A las ocho menos veinte salió del cine y tomó un taxi hasta el consultorio del doctor Hill, en la calle Setenta y dos Oeste. Pensó que estaría más segura si entraba; estarían vigilando los domicilios de Joan, Hugh y Elise; pero no el consultorio del doctor Hill a las ocho de la tarde, si su servicio había dicho que ella no había llamado. Sin embargo, para estar más segura, pidió al taxista que esperara a que ella entrara. Nadie la detuvo. El propio doctor Hill abrió la puerta, más amablemente de lo que ella había esperado tras la desgana que había mostrado por teléfono. Se había dejado crecer un bigote, rubio y apenas visible;

pero seguía pareciéndose al doctor Kildare. Llevaba una camisa deportiva azul y amarilla.

Entraron en su sala de consulta, que era cuatro veces más pequeña que la del doctor Sapirstein, y, una vez allí, Rosemary le contó su historia. Se sentó con las manos sobre los brazos del sillón y los tobillos cruzados y habló despacio y con calma, sabiendo que el menor detalle de histeria haría que él no la creyese y que pensase que estaba loca. Ella le contó lo de Adrian Marcato y lo de Minnie y Roman; lo de los meses de dolor que había sufrido y las infusiones de hierbas y los pastelillos blancos; lo de Hutch y *Todos ellos brujos*, y las entradas para *The Fantasticks*, las velas negras y la corbata de Donald Baumgart. Trató de que todo pareciera coherente, pero no pudo. Contó todo ello sin ponerse histérica; habló del magnetófono del doctor Shand y contó que Guy le tiró el libro, y que la señorita Lark le había hecho inconscientemente la revelación final.

—Puede que el coma y la ceguera fueran sólo coincidencias —dijo ella—, o puede que ellos tengan de veras un medio para hacer daño a la gente. Pero eso es lo menos importante. Lo importante es que quieren el bebé. Estoy segura de que lo quieren.

—Eso parece —convino el doctor Hill—. Sobre todo en vista del interés que se han tomado desde el principio.

Rosemary cerró los ojos y estuvo a punto de llorar. Él la creía. No pensaba que estaba loca. Abrió los ojos y se quedó mirándole, manteniendo su calma y compostura. Él estaba escribiendo algo. ¿Lo amarían todas sus pacientes? Las palmas de las manos se las notaba húmedas, las apartó de los brazos de la silla y las apoyó sobre su vestido.

—Dice usted que ese doctor se llama Shand, ¿verdad? —preguntó el doctor Hill.

—No, el doctor Shand es uno de los del grupo —explicó Rosemary—. Uno del aquelarre. El doctor se llama Sapirstein.

—¿Abraham Sapirstein?

—Sí —contestó Rosemary, inquieta—. ¿Lo conoce usted?

—Lo he visto un par de veces —dijo el doctor Hill, mientras hacía otras anotaciones.

—Al verlo, o hablando con él, nadie diría...

—Nunca en la vida —corroboró el doctor Hill, soltando su pluma—. Por eso se nos dice que no juzguemos nunca por las apariencias. ¿Le gustaría ir ahora, esta misma tarde, al Hospital Mount Sinai?

Rosemary sonrió.

—Me encantaría —dijo—. ¿Es posible?

—Habrá que hacer algunas gestiones —repuso el doctor Hill.

Se levantó y fue hacia la puerta abierta de su sala de exámenes.

—Quiero que se eche y descanse un poco —dijo, dejando la habitación en penumbra; parpadeó ante la luz fluorescente azulada—. Veré lo que puedo hacer y luego se lo diré.

Rosemary se levantó y fue con su bolso de mano a la sala de exámenes.

—Ellos tienen de todo —dijo ella—. Hasta una alacena para guardar las escobas.

—Estoy seguro de que nosotros conseguiremos algo mejor —dijo el doctor Hill.

Entró tras ella y puso en marcha el acondicionador de aire que había en la ventana de cortinas azules. Era muy ruidoso.

—¿He de desvestirme? —preguntó Rosemary.

—No, aún no —dijo el doctor Hill—. Esto va a requerir media hora de enérgicas llamadas telefónicas. Quédese echada y descanse.

Salió y cerró la puerta.

Rosemary se dirigió hacia el sofá cama situado en un extremo de la habitación y se sentó pesadamente en su blandura recubierta de azul. Puso su bolso de mano sobre una silla.

«¡Dios bendiga al doctor Hill!»

Se quitó las sandalias y se recostó, agradecida. El acondicionador de aire le envió una pequeña corriente de frescor; el bebé se volvió lenta y perezosamente, como si la sintiera.

«Todo va bien ahora, Andy-o-Jenny», pensó. «Estaremos en una bonita y limpia cama en el Mount Sinai, sin visitantes y...»

Dinero. Se incorporó, abrió su bolso de mano y encontró el dinero que le había quitado a Guy. Había ciento ochenta dólares. Más dieciséis y algo de cambio que eran suyos. Serían suficientes, sin embargo, porque sólo tendría que pagar los adelantos, y si necesitaba más Brian se lo podía enviar por giro telegráfico, o Hugh y Elise se lo prestarían. O Joan. O Grace Cardiff. Tenía muchas personas a quienes dirigirse.

Sacó las cápsulas, volvió a meter el dinero, y cerró el bolso de mano; y se echó de nuevo en el sofá cama, con el bolso de mano y el frasco de cápsulas en la silla al lado de ella. Daría las cápsulas al doctor Hill: éste las analizaría y se aseguraría de que no tenían nada dañino. No podía ser. Ellos querrían que el bebé fuera sano, ¿verdad?, para sus insanos rituales.

Se estremeció.

Los... monstruos.

Y Guy.

Increíble, increíble.

Su vientre se endureció en la tirantez de una contracción, la más fuerte que había sentido hasta ahora. Y respiró superficialmente hasta que terminó.

Era la tercera de aquel día.

Se lo diría al doctor Hill.

Estaba viviendo con Brian y Dodie en una gran casa moderna en Los Ángeles, y Andy había empezado justamente a hablar (aunque sólo tenía cuatro meses)... cuando entró el doctor Hill y ella se encontró de nuevo en su sala de exámenes, tumbada en el sofá cama, entre el frescor de un acondicionador de aire. Ella se protegió los ojos con la mano y le sonrió.

—He estado durmiendo —dijo.

Él abrió la puerta de par en par y entraron el doctor Sapirstein y Guy.

Rosemary se incorporó, bajando la mano de sus ojos.

Se le acercaron y se quedaron al lado de ella. El rostro de Guy estaba como petrificado y descolorido. Miró a las paredes, sólo a las paredes, no a ella. El doctor Sapirstein dijo:

—Véngase con nosotros por las buenas, Rosemary. No discuta ni arme un escándalo, porque si dice algo más de brujos o brujería nos veremos obligados a llevarla a un manicomio. Y allí estará en mucho peores condiciones para dar a luz. Y usted no querrá eso, ¿verdad? Cálcese.

—Sólo vamos a llevarte a casa —dijo Guy, mirándola finalmente—. Nadie va a hacerte daño.

—Ni al bebé —añadió el doctor Sapirstein—. Póngase los zapatos. —Recogió el frasco de cápsulas, se quedó mirándolo y se lo guardó en un bolsillo.

Ella se puso las sandalias y él le entregó el bolso de mano.

Salieron, el doctor Sapirstein sujetándola por un brazo, Guy tocándole un codo.

El doctor Hill tenía su maleta, y se la dio a Guy.

—Ahora se encuentra bien —dijo el doctor Sapirstein—. Vamos a casa y a descansar.

El doctor Hill le sonrió.

—Eso es lo que hace falta casi siempre —dijo.

Ella se quedó mirándolo y no le contestó nada.

—Gracias por las molestias que se ha tomado, doctor —le dijo el doctor Sapirstein.

Y Guy añadió:

—Es una vergüenza que hayas venido aquí y...

—Me alegro de haberle sido útil, señor —dijo el doctor Hill al doctor Sapirstein, abriendo la puerta.

Les aguardaba un automóvil. El señor Gilmore estaba al volante. Rosemary se sentó entre Guy y el doctor Sapirstein en el asiento trasero.

Nadie habló.

Se dirigieron a la Bramford.

El ascensorista le sonrió mientras cruzaban el portal en dirección a él. Diego. Le sonrió porque ella le era simpática y la prefería a algunos de los otros inquilinos.

La sonrisa, al recordarle su individualidad, despertó algo en ella, reavivó algo.

Abrió su bolso de mano, metió un dedo en su llavero y, al acercarse a la puerta del ascensor, puso boca abajo el bolso de mano, derramando todo su contenido excepto las llaves. Por el suelo rodaron los lápices de labios y las monedas, todo, y los billetes de diez y de veinte de Guy revolotearon. Ella se quedó mirando aquello estúpidamente.

Guy y el doctor Sapirstein empezaron a recoger las cosas, mientras ella se quedaba muda, impotente por su preñez. Diego salió del ascensor, chasqueando la lengua. Se inclinó y empezó a ayudarles. Ella se apartó para dejarle pasar, y, mientras los observaba, apretó el gran botón redondo. La puerta se corrió automáticamente y ella cerró la puerta interior.

Diego intentó agarrar la puerta, y por poco no se pilló los dedos.

—¡Hey! ¡Señora Woodhouse!

«Lo siento, Diego», pensó.

Apretó la palanca y el ascensor se lanzó hacia arriba.

Telefonearía a Brian. O a Joan, o Elise, o a Grace Cardiff. A alguien.

«¡Aún no se han salido con la suya, Andy!»

Detuvo el ascensor en el noveno piso, luego en el sexto, luego entre el sexto y el séptimo, y, finalmente, lo bastante cerca del séptimo como para abrir las dos puertas y bajar hasta el suelo del piso.

Fue por las vueltas de los corredores lo más rápidamente que pudo. Sintió una contracción, pero siguió andando, sin reparar en ello.

El indicador del ascensor de servicio parpadeó del cuarto al quinto y ella comprendió que eran Guy y el doctor Sapirstein que venían a interceptarla.

Luego la llave no entraba en la cerradura.

Pero finalmente entró y ella se vio en el apartamento, cerrando de un portazo mientras se abría la puerta del ascensor, corriendo la cadena en el mismo momento en que Guy metía la llave en la cerradura. Ella descorrió el cerrojo con rabia y la llave giró de nuevo hacia atrás. La puerta se abrió y chocó contra la cadena.

—¡Abre, Ro! —ordenó Guy.

—¡Vete al infierno! —le contestó ella.

—No voy a hacerte daño, cariño.

—Les has prometido el bebé. Vete.

—No les he prometido nada —contestó él—. ¿De qué estás hablando? ¿Prometí a quién?

—Rosemary —dijo el doctor Sapirstein.

—Usted también. Váyase.

—Parece que ha imaginado alguna conspiración contra usted.

—Váyase —dijo.

Empujó la puerta y echó el cerrojo.

Retrocedió, mirándolo, y entonces fue al dormitorio.

Eran las nueve y media.

No recordaba el teléfono de Brian y su libreta de direcciones estaba en el pasillo o la tenía Guy, así que la operadora tuvo que llamar a Información, de Omaha. Cuando finalmente le dieron la llamada tampoco hubo respuesta.

—¿Quiere que vuelva a probar dentro de veinte minutos? —preguntó la operadora.

—Por favor —dijo Rosemary a la telefonista—. Pruebe dentro de cinco minutos.

—Volveré a probar dentro de cinco minutos —contestó la operadora—; pero también probaré a los veinte minutos si quiere.

Llamó a Joan, y Joan tampoco estaba en casa.

El número de Elise y Hugh era... Ahora no recordaba. Información tardaba en contestar; pero en cuanto respondió, se lo dieron rápidamente. Telefoneó y le contestaron desde un servicio de encargos. Habían salido fuera aquel fin de semana.

—¿No están en algún sitio adonde pueda llamarlos? Es un caso urgente.

—¿Es usted la secretaria del señor Dunstan?

—No, soy una amiga de ellos. Es muy importante que les hable.

—Están en Fire Island —contestó la voz de mujer—. Puedo darle un número.

—Por favor.

Lo memorizó, colgó y ya iba a marcarlo cuando oyó murmullos fuera del pasillo y pasos en el suelo de vinilo. Se levantó.

Guy y el señor Fountain entraron en la habitación.

—Cariño, no vamos a hacerte daño —dijo Guy.

Tras ellos apareció el doctor Sapirstein con una aguja hipodérmica llena, alzada y goteante; con su dedo pulgar en el émbolo. Y el doctor Shand y la señora Gilmore.

—Somos sus amigos —dijo la señora Gilmore.

La señora Fountain añadió:

—No tiene nada que temer, Rosemary; de veras, no tiene nada que temer.

—Esto es sólo un sedante suave —explicó el doctor Sapirstein—. Para calmarla, a fin de que pueda pasar una buena noche.

Ella estaba entre la cama y la pared, y demasiado gruesa para saltar sobre la cama y escapar de ellos.

Se acercaron a ella.

—Ya sabes que no voy a permitir a nadie que te haga daño.

Cogió el teléfono y golpeó a Guy en la cabeza con el auricular. Él la agarró por la muñeca, el señor Fountain la agarró por el otro brazo y el teléfono cayó mientras ella tiraba de él con asombrosa fuerza.

—¡Socorro! —gritó—. ¡Soco...!

Le metieron un pañuelo o algo en la boca y una mano fuerte se lo sujetó allí.

La apartaron a rastras de la cama, de modo que el doctor Sapirstein pudiera acercarse a ella con la aguja hipodérmica y un mechoncito de algodón. Una contracción mucho más agotadora que cualquiera de las otras atenazó su vientre y ella tuvo que cerrar los ojos con fuerza. Contuvo el aliento, luego aspiró aire poquito a poco por la nariz. Una mano palpó su vientre; unos dedos muy hábiles en sus golpecitos.

—¡Un momento! ¡Un momento! —exclamó el doctor Sapirstein—. ¡Está dando a luz aquí!

Silencio, y alguien fuera de la habitación susurró la noticia:

—¡Está dando a luz!

Ella abrió los ojos y miró fijamente al doctor Sapirstein, respirando penosamente por la nariz, mientras sentía relajarse su bajo vientre. Él asintió con la cabeza, y, de pronto, tomó el brazo que el señor Fountain le estaba sujetando, lo tocó con el algodón y le clavó la aguja.

Ella recibió la inyección sin tratar de moverse, demasiado asustada y aturdida.

Él retiró la aguja y frotó el sitio, primero con su pulgar, y luego con el algodón.

Ella vio que las mujeres se volvían hacia la cama.

¿Aquí?

¡Se había supuesto que sería en el hospital! ¡En el hospital, con equipo y enfermeras y todo limpio y esterilizado!

La sujetaron mientras ella se esforzaba.

—Estarás pronto bien, cariño. ¡Te lo juro por Dios que pronto estarás bien! ¡Te lo juro por Dios! No sigas luchando así, Ro, ¡por favor, no te resistas! ¡Te doy mi palabra de honor de que todo irá bien!

Y entonces sintió otra contracción.

Y luego estuvo sobre la cama, y el doctor Sapirstein le puso otra inyección.

Y la señora Gilmore le secó la frente.

Y el teléfono sonó.

Y Guy dijo:

—No, anúlela.

Y hubo otra contracción, débil y desconectada de su flotante cabeza de cascarón.

Los ejercicios no le habían servido de nada. Todo fueron energías perdidas. Esto no fue un nacimiento natural en absoluto; ni ella ayudaba, ni veía.

«¡Oh, Andy, Andy-o-Jenny! ¡Lo siento, mi cariño pequeñín! ¡Perdóname!»

21

Luz. El techo. Y dolor entre sus piernas.

Y Guy. Sentado junto a la cama, observándola con mirada ansiosa y una sonrisa incierta.

—Hola —le dijo él.

—Hola —contestó ella.

Y entonces recordó. Todo había terminado. Todo había terminado. El bebé había nacido.

—¿Todo fue bien? —preguntó ella.

—Sí, bien —contestó él.

—¿Qué ha sido?

—Un niño.

—¿De veras? ¿Un niño?

Él asintió.

—¿Y se encuentra bien?

—Sí.

Cerró los ojos y luego logró abrirlos de nuevo.

—¿Llamaste a Tiffany's? —preguntó.

—Sí —contestó él.

Ella cerró los ojos y se quedó dormida.

Después recordó más. Laura-Louise estaba sentada a su lado, leyendo el *Reader's Digest* con una lente de aumento.

—¿Dónde está? —preguntó.

Laura-Louise dio un salto.

—¡Vaya por Dios, querida! —exclamó, la lente de aumento en su seno mostrando cuerdas rojas entretejidas—. ¡Qué susto me ha dado al despertarse tan de repente! ¡Vaya por Dios!

Cerró los ojos y respiró profundamente.

—El bebé, ¿dónde está? —preguntó.

—Espere un momento —dijo Laura-Louise, levantándose y metiendo un dedo entre las páginas cerradas del *Reader's Digest*—. Voy en busca de Guy y del doctor Abe. Están ahora en la cocina.

—¿Dónde está el bebé? —preguntó de nuevo.

Pero Laura-Louise se marchó sin contestarle.

Trató de levantarse, pero se dejó caer, como si no tuviera huesos en los brazos. El dolor en la entrepierna era como el de un puñado de puntas de cuchillo. Se quedó tendida y aguardó, recordando, recordando...

Era de noche. Las nueve y cinco, según indicaba el reloj.

Guy y el doctor Sapirstein entraron, con gesto grave y resuelto.

—¿Dónde está el bebé? —les preguntó.

Guy se acercó por un lado de la cama, se puso en cuclillas y le tomó una mano.

—Cariño —le dijo.

—¿Dónde está?

—Cariño... —trató de decir más y no pudo. Miró hacia el otro lado de la cama como pidiendo ayuda.

El doctor Sapirstein la estaba mirando. En su bigote quedaba un poco de cacao.

—Hubo complicaciones, Rosemary —le explicó—; pero nada que afecte a futuros nacimientos.

—Está...

—Muerto —le dijo.

Ella lo miró fijamente.

Él asintió.

Ella se volvió hacia Guy.

Éste asintió con la cabeza también.

—Estaba en mala posición —explicó el doctor Sapirstein—. En el hospital podría haber hecho algo; pero no tuvimos tiempo de llevarla allí. Intentar otra cosa habría sido... demasiado peligroso para usted.

Guy dijo:

—Podemos tener otros, cariño, y los tendremos, en cuanto te encuentres mejor. Te lo prometo.

El doctor Sapirstein agregó:

—Pues claro. Puede tener otro dentro de pocos meses, y las probabilidades son de miles contra uno de que una cosa así no volverá a suceder. Fue un desgraciado contratiempo. El bebé era normal y estaba perfectamente sano.

Guy acarició su mano y sonrió tratando de animarla.

—En cuanto estés mejor —le dijo.

Ella se quedó mirándolos, a Guy, al doctor Sapirstein con las gotas de cacao en su bigote.

—Están mintiendo —dijo—. No les creo. Los dos están mintiendo.

—Cariño... —protestó Guy.

—No murió —prosiguió ella—. Os lo llevasteis. Estáis mintiendo. Sois brujos. Estáis mintiendo. ¡Estáis mintiendo! ¡Estáis mintiendo! ¡ESTÁIS MINTIENDO! ¡ESTÁIS MINTIENDO! ¡ESTÁIS MINTIENDO!

Guy la sujetó por los hombros contra la cama y el doctor Sapirstein le puso una inyección.

Tomó un poco de sopa y comió triángulos de pan blanco untados con mantequilla. Guy estaba sentado al lado de la cama, mordisqueando un triángulo.

—Estabas loca —le dijo—. De veras que estabas completamente chiflada. Eso ocurre a veces en las dos últimas semanas. Es lo que dice Abe. Y lo llama prepártum no sé qué. Una especie de histeria. Tú la padeciste y ya has visto el resultado.

Ella no contestó nada. Tomó una cucharada de sopa.

—Escucha —prosiguió él—. Sé de dónde te vino la idea de que Minnie y Roman eran brujos; pero ¿qué te hizo pensar que Abe y yo formábamos parte del grupo?

Ella se quedó callada.

—Sé que es estúpido de mi parte —siguió él—. Imagino que el prepártum como se llame no necesita razones.

Tomó otro de los triángulos y mordió primero una punta y luego otra.

Ella le preguntó:

—¿Por qué cambiaste de corbatas con Donald Baumgart?

—¿Por qué cambié...? Bueno, ¿y qué tiene eso que ver con nada?

—Necesitabas uno de sus objetos personales —repuso ella— para que pudieran hechizarlo y dejarlo ciego.

Él se la quedó mirando fijamente.

—Cariño —le dijo—, ¡por amor de Dios! ¿De qué estás hablando?

—Ya lo sabes.

—¡Cielo santo! —exclamó—. Cambiamos de corbatas porque a mí me gustaba la suya y a él le gustaba la mía. No te lo conté porque luego me pareció haber hecho una tontería y me sentía un poco azorado por ello.

—¿Dónde conseguiste las entradas para *The Fantasticks*? —preguntó ella.

—¿Qué?

—Me dijiste que te las había dado Dominick, y eso es mentira.

—¡Muchacha! —exclamó él—. ¿Y por eso soy un brujo? Me las dio una chica llamada Norma no sé qué a la que conocí en una audición y con la que me bebí un par de copas. ¿Y qué hizo Abe? ¿Atarse de revés los cordones de los zapatos?

—Él usa la raíz —replicó ella—. Es cosa de brujos. Su recepcionista me dijo que había percibido ese olor en él.

—Puede que Minnie le regalara un amuleto de la suerte como te lo regaló a ti. ¿Quieres decir que sólo lo usan los brujos? Eso no suena lógico.

Rosemary se quedó callada.

—Enfrentémonos con los hechos, cariño —dijo Guy—. Has sufrido la locura del preparto. Y ahora vas a descansar y a olvidarla. —Se inclinó hacia ella y le tomó su mano—. Sé que ésta es la cosa peor que te ha ocurrido —le dijo—; pero a partir de ahora todo serán rosas. La Warner está a punto de concedernos lo que queremos y, de repente, la Universal se ha interesado también. Voy a obtener algunas buenas revistas más y luego dejaremos esta ciudad y nos iremos a vivir a las hermosas colinas de Beverly, con una piscina y un huerto con plantas medicinales y todo lo demás. Y niños también, Ro. Palabra de explorador. Ya oíste lo que dijo Abe. —Besó su mano—. Y ahora a correr a hacerme famoso.

Se levantó y se dirigió hacia la puerta.

—Déjame que te vea tu hombro —le pidió ella.

Él se detuvo y se volvió.

—Déjame ver tu hombro —repitió ella.

—¿Bromeas?

—No —contestó ella—. Déjamelo ver. Tu hombro izquierdo.

Él se quedó mirándola y contestó:

—Está bien; lo que quieras, cariño.

Se desabrochó el cuello de su camisa, azul y de mangas cortas, se subió el faldón de la misma y se la sacó por la cabeza. Tenía debajo una camiseta en forma de T.

—Generalmente prefiero hacer esto con acompañamiento de música —dijo, quitándose también la camiseta.

Se acercó al lecho e, inclinándose, mostró a Rosemary su hombro izquierdo. No había ninguna marca. Sólo había la débil huella de un divieso o grano. Le mostró su otro hombro, y su pecho y su espalda.

—Esto es lo más que hago sin una luz azul —dijo él.

—Muy bien —contestó ella.

Él hizo una mueca.

—Ahora la cuestión es si me vuelvo a poner la camisa o subo a darle a Laura-Louise la mejor ocasión de su vida.

Como sus pechos estaban llenos de leche era necesario aliviárselos; así que el doctor Sapirstein le enseñó cómo usar una bomba de goma en forma de bulbo, adaptable al pecho, como una bocina antigua de automóviles. Varias veces al día Laura-Louise o Helen Wees o quienquiera que fuera, se la traía con una taza medidora Pyrex. Ella se sacaba de cada pecho unos cincuenta gramos de un líquido ligero, débilmente verdusco, que olía un poquito a raíz de tanis, un proceso que era una demostración final irrefutable de la ausencia del bebé. Cuando se llevaban la taza y la bomba de la habitación se echaba de nuevo sobre su almohadón, destrozada y solitaria, hartándose de llorar.

Joan, Elise y Tiger vinieron a verla, y ella habló con Brian por teléfono durante veinte minutos. Le trajeron flores (rosas, claveles y azaleas amarillas) de parte de Allan, Mike y Pedro, y Lou y Claudia. Guy le compró un nuevo televisor de transistores y se lo puso al pie de la cama. Ella lo veía y comía, y se tomaba las pastillas que le daban.

Se recibió una carta de simpatía de Minnie y Roman. Cada uno de ellos escribió una página. Estaban en Dubrovnik.

Los puntos dejaron gradualmente de dolerle.

Una mañana, al cabo de dos o tres semanas, le pareció oír llorar a un bebé. Apagó el televisor y escuchó. Era un lejano y débil lloriqueo. ¿Era de veras un lloriqueo? Salió de la cama y cortó el acondicionador de aire.

Florence Gilmore entró con la bomba y la taza.

—¿Ha oído llorar a un bebé? —le preguntó Rosemary.

Ambas escucharon.

Sí, era eso. Un bebé llorando.

—No, querida, no —dijo Florence—. Vuelva ahora a la cama; ya sabe que no debe andar por ahí. ¿Ha cortado usted el acondicionador de aire? No debió hacerlo; es un día terrible. La gente se muere de calor.

Lo volvió a oír aquella tarde, y, misteriosamente, sus pechos comenzaron a manar...

—Tenemos nuevos vecinos en el piso octavo —dijo Guy aquella noche, sin venir a qué.

—Y tienen un bebé.

—Sí, ¿cómo lo sabes?

Ella se lo quedó mirando por un momento.

—Lo oí llorar —dijo.

Lo oyó al día siguiente. Y al otro.

Dejó de ver la televisión y sostuvo un libro frente a ella, fingiendo leer, pero en realidad escuchando, escuchando...

No era en el octavo piso; era ahí mismo, en el séptimo.

Y, casi siempre, le traían la bomba y la taza unos minutos después de que comenzara el llanto; y el llanto cesaba unos minutos después de que se hubieran llevado su leche.

—¿Qué hace usted con ella? —le preguntó a Laura-Louise una mañana, devolviéndole la bomba y la taza con trescientos gramos de leche.

—¿Qué voy a hacer? La tiro, por supuesto —contestó Laura-Louise, y se fue.

Aquella tarde, al ir a dar la taza a Laura-Louise, le dijo:

—Un momento. —Y quiso meter dentro una cucharilla sucia de café.

Laura-Louise apartó bruscamente la taza.

—No haga eso —le dijo, y cogió la cucharilla con un dedo de la mano que sostenía la bomba.

—¿Y qué más da? —preguntó Rosemary.

—Es que ensucia —contestó Laura-Louise.

22

Estaba vivo.

Se encontraba en el apartamento de Minnie y Roman.

Lo tenían allí, alimentándolo con su leche y, gracias a Dios, cuidándolo porque, tal como ella recordaba del libro de Hutch, el día primero de agosto era uno de sus días especiales, Lammas o Leamas, o algo así, con sus ritos maníacos especiales. O puede que lo estuvieran guardando hasta que Minnie y Roman volvieran de Europa. Para que ellos participaran también.

Pero seguía vivo.

Dejó de tomar las pastillas que le daban. Se las escondía en el pliegue entre su dedo pulgar y la palma de la mano y fingía que se las tragaba, y luego metía las pastillas todo lo hondo que podía entre el colchón y el somier.

Se sentía mucho más fuerte y despabilada.

«¡Resiste, Andy! ¡Ya voy!»

Había aprendido bien la lección con el doctor Hill. Esta vez no pediría ayuda a nadie, ni esperaría que nadie la creyera y fuera su salvador. Ni la policía, ni siquiera

Joan o los Dunstan, o Grace Cardiff; ni siquiera Brian. Guy era demasiado buen actor y el doctor Sapirstein un médico demasiado afamado; entre ambos harían que incluso Brian pensara que sufría una especie de locura por la pérdida del bebé. Esta vez lo haría sola, entraría allí, llevando su cuchillo más largo y afilado para mantener a raya a aquellos maníacos, y tomaría en brazos a su hijo.

Y ahora les llevaba una ventaja. Porque ella sabía (y ellos no sabían que ella sabía) que había un camino secreto de un apartamento al otro. La puerta había estado con la cadena bien echada aquella noche; lo sabía, como sabía que su mano era una mano y no un pájaro o un buque de guerra; y, sin embargo, todos ellos entraron. Así que tenía que haber otro camino.

El cual sólo podía ser el armario empotrado de la ropa blanca, que había taponado la fallecida señora Gardenia, la que sin duda falleció víctima de la misma brujería que había paralizado y matado al pobre Hutch. El armario había sido puesto allí para partir el apartamento grande en dos apartamentos más pequeños, y si la señora Gardenia había pertenecido al aquelarre (ella había dado a Minnie sus hierbas ¿no había dicho eso Terry?), entonces lo más lógico era abrir el fondo del armario, de alguna manera, e ir de aquí para allá ahorrando pasos y sin que los Bruhn y los DeVore pudieran nunca sospechar nada.

Era el armario de la ropa blanca.

En un sueño que ella había tenido hacía ya mucho tiempo, vio cómo la llevaban a través de él. No había sido un sueño; había sido una señal del cielo, un mensaje divino que había que guardar y recordar ahora, para más seguridad, en esos momentos de prueba.

«¡Oh, Padre que estás en los cielos, perdóname por dudar! ¡Perdóname por alejarme de ti, Padre Misericordioso, y ayúdame, ayúdame en esta hora de necesidad! ¡Oh, Jesús, ayúdame a salvar a mi bebé inocente!»

Las pastillas, por supuesto, eran la respuesta. Metió el brazo por debajo del colchón y las fue cogiendo una a una. Eran ocho, todas iguales; pequeñas tabletas blancas con una incisión en medio para poder partirlas por la mitad. Fueran de lo que fuesen, tres al día la habían mantenido inmóvil y dócil; ocho de golpe, seguro que sumergirían a Laura-Louise o Helen Wees en un profundo sueño. Frotó las píldoras para limpiarlas, las metió dentro de un pedazo de cubierta de revista que plegó, y las escondió en su caja de pañuelos de papel.

Pretendió seguir estando inmóvil y seguir siendo dócil; tomaba sus comidas y leía revistas y bombeaba su leche.

La ocasión se presentó un día que vino Leah Fountain. Ésta llegó después de que Helen Wees se hubiera llevado su leche, y dijo:

—¡Hola, Rosemary! Hasta ahora he dejado a las otras chicas el placer de venir a visitarla; pero ahora me toca a mí el turno. ¡Aquí está como en un cine! ¿Hay algo bueno esta noche?

No había nadie más en el apartamento. Guy había salido para verse con Allan, quien le tenía que explicar algunos contratos.

Vieron una película de Fred Astaire y Ginger Rogers, y, durante un descanso, Leah fue a la cocina y trajo dos tazas de café.

—También tengo hambre —dijo Rosemary cuando Leah dejó las tazas de café sobre la mesita de noche—. ¿Le importaría hacerme un bocadillo de queso?

—Claro que no me importa, querida —contestó Leah—. ¿Cómo lo quiere? ¿Con lechuga y mayonesa?

Salió de nuevo y Rosemary sacó el pedacito de papel de revista doblado de su caja de pañuelos. Ahora había dentro de él once pastillas. Las echó todas a la taza de Leah y agitó el café con su propia cucharilla, que luego secó con un paño. Tomó su taza de café, pero le temblaba tanto, que tuvo que soltarla de nuevo.

Sin embargo, se hallaba incorporada y sorbiendo calmosamente cuando Leah volvió con el bocadillo.

—Gracias, Leah —le dijo—. Parece muy bueno. El café está un poco amargo; me parece que ha hervido demasiado.

—¿Quiere que haga otro? —preguntó Leah.

—No, no está mal del todo —repuso Rosemary.

Leah se sentó junto a la cama, tomó su taza, meneó su contenido y lo probó.

—¡Hum! —exclamó, y arrugó la nariz; asintió, conviniendo con Rosemary—. Pero está potable.

Vieron la película y, al cabo de dos descansos más, Leah dio una cabezada, pero se incorporó inmediatamente. Soltó su taza y platillo, después de haberse tomado dos tercios del líquido. Rosemary se comió el último pedazo de su bocadillo y contempló a Fred Astaire y otras dos personas bailando sobre mesas giratorias, en un escenario maravilloso y divertido.

En la parte siguiente de la película, Leah se quedó dormida.

—¿Leah? —preguntó Rosemary.

La anciana estaba sentada roncando, con la barbilla contra su pecho y las manos palmas arriba sobre su regazo. Su cabello color lavanda, una peluca, se le había corrido hacia delante; algunas canas le salían por detrás del cuello.

Rosemary salió de la cama, se puso las zapatillas y la bata acolchada, azul y blanca, que se había comprado para el hospital. Saliendo sin hacer ruido del dormitorio, cerró la puerta y fue hacia la puerta del apartamento, corriendo el cerrojo y la cadena sin hacer el menor ruido.

Luego fue a la cocina, y del colgadero de los cuchillos tomó el cuchillo más largo y afilado, un cuchillo para trinchar, casi nuevo, con una hoja de acero curvada y puntiaguda y un pesado mango de hueso con un extremo de bronce. Sosteniéndolo con la punta hacia abajo, salió de la cocina y siguió el pasillo hasta el armario de la ropa blanca.

Tan pronto como lo abrió supo que tenía razón. Los estantes estaban bastante limpios y ordenados; pero el contenido de dos de ellos había sido cambiado; las toallas de baño y las toallas de mano estaban donde las sábanas de invierno debían estar y viceversa.

Dejó el cuchillo en el umbral del cuarto de baño y sacó todo del armario, excepto lo que estaba en el estante fijo superior. Dejó las toallas y las sábanas en el suelo, así como cajas grandes y pequeñas, y entonces alzó los cuatro estantes cubiertos de tela de algodón que ella había decorado y puesto allí hacía miles de años.

La parte trasera del armario, por debajo del estante superior, era un simple panel grande pintado de blanco con estrechas molduras blancas. Acercándose y apartándose a un lado para tener mejor luz, Rosemary vio que, donde el panel y la moldura se unían, la pintura estaba rota en una línea continua. Apretó a un lado del panel y luego al otro; apretó más, y éste giró hacia dentro sobre unos goznes que chirriaron. Dentro había oscuridad; otro armario, con un colgador de alambre que se reflejaba en el suelo y un punto brillante de luz: un ojo de cerradura. Abriendo el panel de par en par, Rosemary entró en el segundo armario y se agachó. A través del ojo de la cerradura vio, a una distancia de unos seis metros, un pequeño armario-vitrina que había en medio del pasillo del apartamento de Minnie y Roman.

Empujó la puerta. Se abrió.

La cerró y retrocedió a través de su propio armario y cogió el cuchillo; luego entró y atravesó de nuevo, miró otra vez a través del ojo de la cerradura, y entreabrió un poco la puerta.

Luego la abrió más, sosteniendo el cuchillo a la altura del hombro, con la punta hacia delante.

El pasillo estaba vacío, pero se oían voces que venían de la sala. El cuarto de baño estaba a su derecha, con la puerta abierta, oscura. El dormitorio de Minnie y Roman estaba a su izquierda, con una lámpara de noche encendida. No había camita de niño ni bebé.

Siguió con precaución por el pasillo. Una puerta a la derecha estaba cerrada; otra, a la izquierda, era un armario empotrado.

Sobre el armario-vitrina colgaba una pintura vieja, pero bastante vívida, de una iglesia en llamas. Antes había habido sólo un espacio libre y un gancho; ahora había esa horrible pintura. Parecía que era San Patricio, con llamas amarillas y anaranjadas saliendo de sus ventanales y elevándose de su techumbre hundida.

¿Dónde había visto eso? ¿Una iglesia ardiendo?...

En la pesadilla. La pesadilla que tuvo cuando la llevaron a través del armario de la ropa blanca. Guy y alguien más. «La ha puesto muy alta.» A un salón de baile donde estaba ardiendo una iglesia. Donde ardía esa iglesia.

Pero ¿cómo podía ser?

Si la hubieran llevado a través del armario, ¿habría visto ella la pintura al pasar?

Encontrar a Andy. Encontrar a Andy. Encontrar a Andy.

Con el cuchillo en alto siguió por el pasillo. Había otras puertas cerradas. Había otro cuadro: hombres y mujeres desnudos bailando en círculo. Enfrente estaba el recibidor y la puerta principal, la arcada a la derecha de la sala. Las voces eran más altas.

—¡No si él sigue esperando un avión! —dijo la señora Fountain, y hubo risas y luego siseos.

En el salón de baile del sueño, Jackie Kennedy le había hablado con amabilidad, luego se fue, y después todos ellos habían estado allí, el aquelarre completo, desnudos y cantando en círculo en torno de ella. ¿Había sido algo verdadero, que sucedió realmente? Roman con vestiduras negras había trazado dibujos sobre ella. El doctor Sapirstein le había sostenido una copa de pintura roja. ¿Pintura roja? ¿Sangre?

—¡Demonios, Hayato! —exclamó Minnie—. ¡Se está burlando de mí! ¡Me está tirando de la pierna, como decimos acá!

¿Minnie? ¿Había vuelto de Europa? ¿Y Roman también? ¡Pero si sólo ayer acababa de recibir una tarjeta postal de Dubrovnik enviada por ellos en la que decían que pensaban quedarse!

¿Habrían estado realmente fuera? Ahora había llegado a la arcada, y podía ver los estantes y los archivadores y las mesitas de bridge cargadas con diarios y sobres amontonados. El aquelarre se celebraba en el otro extremo, riéndose todos, hablando bajito. Los cubos para hielo tintineaban.

Ella agarró mejor el cuchillo y dio un paso hacia delante. Se detuvo, mirando fijamente.

Al otro lado de la habitación, en la gran ventana salediza, había una cuna negra. Era negra y sólo negra; tenía unos faldones de tafetán negro y una capucha y un remate de volantes de torzal negro. Un adorno de plata acababa en una cinta negra prendida a su negra capucha.

¿Muerto? Pues no. Aunque ella lo hubiera temido, el rígido torzal tembló, y el adorno de plata se movió.

Estaba allí. En aquella monstruosa cuna de aquellos monstruos pervertidos.

El adorno de plata era un crucifijo puesto boca abajo, y la cinta negra estaba ligada y atada alrededor de los tobillos de Jesús.

Sólo de pensar que su bebé estaba allí indefenso, en medio de aquel sacrilegio y horror, le entraron ganas de llorar a Rosemary. De repente sintió deseos de no hacer más que desmayarse y llorar, de rendirse completamente ante tan complicada e inaudita maldad. Pero resistió el pensamiento; cerró con fuerza los ojos para detener las lágrimas, dijo rápidamente «¡Ave María Purísima!» e hizo acopio de toda su resolución, y también de su odio; odio a Minnie, Roman, Guy, el doctor Sapirstein. A todos los que habían conspirado para robarle su Andy y hacer de él usos aborrecibles. Se secó las manos en la bata, se echó hacia atrás el cabello, agarró mejor el grueso mango del cuchillo, y se adelantó hacia donde todos ellos pudieran verla y saber que había venido.

Pero no, aquellos chiflados siguieron hablando, escuchando, sorbiendo, pasándolo bien, como si ella fuera un fantasma, o hubiese vuelto a su lecho y estuviera durmiendo. Minnie, Roman, Guy (¡contratos!), el señor Fountain, los Wees, Laura-Louise y un joven japonés con cara de estudioso que llevaba gafas, todos estaban reunidos bajo un gran retrato de Adrian Marcato, que estaba encima de la chimenea. Éste fue el único que la vio. La miró fijamente, inmóvil, poderoso, pero impotente; un retrato.

Entonces Roman la vio también; soltó su vaso y tocó el brazo de Minnie. Inmediatamente se hizo el silencio, y los que estaban sentados dándole la espalda se volvieron interrogativamente. Guy hizo gesto de levantarse, pero se volvió a sentar. Laura-Louise se llevó las manos a la boca y gimió. Helen Wees le dijo:

—Vuelva a la cama, Rosemary; ya sabe que no debe levantarse.

O estaba loca o trataba de asustarla.

—¿Es la madre? —preguntó el japonés, y cuando Roman asintió, dijo «¡Ah!», y se quedó mirando a Rosemary con interés.

—Ha matado a Leah —dijo el señor Fountain levantándose—. Ha matado a mi Leah, ¿verdad? ¿Dónde está? ¿Ha matado usted a mi Leah?

Rosemary se quedó mirando fijamente a Guy. Éste bajó la mirada, ruborizado.

Ella agarró el cuchillo con más fuerza.

—Sí —dijo—. La he matado. La apuñalé hasta dejarla muerta. Y he limpiado mi cuchillo y mataré al que se me acerque. ¡Diles lo afilado que es, Guy!

Él no dijo nada. El señor Fountain se sentó, llevándose una mano corazón. Laura-Louise gimió.

Sin dejar de observarlos, comenzó a cruzar la habitación en dirección a la cuna.

—Rosemary —dijo Roman.

—Cállese —le contestó ella.

—Antes de que mire a...

—Cállese —dijo ella—. Ustedes están en Dubrovnik. No le oigo.

—Déjala —dijo Minnie.

Ella los miró hasta llegar a la cuna, que estaba vuelta en dirección a ellos. Con su mano libre cogió la manija cubierta de negro e hizo girar la cuna, lenta y suavemente, hasta que estuvo cara a ella. El tafetán crujió, las ruedas negras chirriaron.

Dormidito y dulce, pequeño y rosado de cara, Andy yacía envuelto en una ajustada sabanita negra, con guantecitos negros en sus manitas atados con cintas del mismo color. Tenía un cabello de color anaranjado, mucho cabello, sedoso y cepillado. ¡Andy! ¡Oh, Andy! Alargó su mano hacia él, apartando el cuchillo; sus labios hicieron pucheritos y abrió los ojos y se quedó mirándola. Sus ojos eran amarillo-dorados, todo amarillo-dorados, sin blanco ni iris; todo amarillo-dorados, con pupilas en forma de rayitas verticales negras.

No pudo separar la vista de él.

Los ojos del bebé se fijaron en ella, dorado-amarillentos, y, después, en el crucifijo boca abajo que se balanceaba.

Ella alzó la vista y vio que todos la estaban observando, y, cuchillo en mano, les gritó:

—¿Qué le han hecho a sus ojos?

Se estremecieron y miraron a Roman.

—Tiene los ojos de Su Padre —contestó Roman.

Ella le miró, miró a Guy (que se había tapado los ojos con una mano), volvió a mirar a Roman.

—¿De qué habla usted? —preguntó—. ¡Guy tiene los ojos color marrón! ¡Son normales! ¿Qué le han hecho, maníacos?

Se apartó de la cuna, dispuesta a matarlos.

—Mire sus manos —le dijo Minnie—. Y sus pies.

—Y su rabo —añadió Laura-Louise.

—Y los brotes de sus cuernos —agregó Minnie.

—¡Oh, Dios mío! —exclamó Rosemary.

Se volvió hacia la cuna, dejó caer el cuchillo, y dio la espalda al aquelarre que la observaba.

—¡Oh, Dios mío! —exclamó tapándose la cara—. ¡Oh, Dios mío! —Y alzó sus puños y gritó al techo—: ¡Oh, Dios! ¡Oh, Dios! ¡Oh, Dios! ¡Oh, Dios! ¡Oh, Dios!

—¡Éste es el Año Uno! —atronó Roman—. ¡El primer año de nuestro Amo! ¡Es el Año Uno! ¡Es el Año Uno, el comienzo de Adrian!

—¡Salve Adrian! —gritaron—. ¡Salve Adrian!

Ella retrocedió.

—¡No, no! —Retrocedió más y más, hasta que se halló entre dos mesitas de bridge; se sentó y se quedó mirándolos fijamente—. No.

El señor Fountain echó a correr y se fue por el pasillo. Guy y el señor Wees fueron tras él.

Minnie se acercó refunfuñando, y, al detenerse, se agachó y recogió el cuchillo. Y se lo llevó a la cocina.

Laura-Louise se acercó a la cuna y la balanceó posesivamente, haciéndole carantoñas al bebé. El tafetán negro crujió, las ruedas chirriaron.

Ella siguió sentada y mirando fijamente.

—No —dijo.

La pesadilla, la pesadilla. Había sido verdad. Los ojos amarillos que ella había visto.

—¡Oh, Dios mío! —dijo.

Roman se acercó a ella.

—Clare exagera —dijo— llevándose la mano al corazón por Leah. Él no lo siente tanto. En realidad nadie la quería; era un estorbo, tanto desde el punto de vista emocional como financiero. ¿Por qué no nos ayuda, Rosemary, y es una verdadera madre para Adrian? Nosotros arreglaremos que no sea castigada por haberla matado. Que nadie lo descubra. No tiene que unirse a nosotros si no quiere; sólo ser una madre para nuestro bebé. —Se inclinó y susurró—: Minnie y Laura-Louise son demasiado viejas. No estaría bien.

Ella se quedó mirándolo.

Él se incorporó de nuevo.

—Piénselo, Rosemary —le dijo.

—Yo no la he matado —afirmó.

—¿Oh?

—Sólo le di las pastillas —dijo—. Está dormida.

—¿Oh? —repitió él.

Sonó el timbre de la puerta.

—Excúseme —dijo, y fue a contestar—. Piénselo de todos modos —dijo por encima del hombro.

—¡Oh, Dios! —exclamó ella.

—Cállese con tanto «¡Oh, Dios!», o la mataremos —amenazó Laura-Louise, balanceando la cuna—. Con leche o sin leche.

—Cállese —le dijo Helen Wees, acercándose a Rosemary y poniendo un pañuelo humedecido en su mano—. Rosemary es su madre, no importa cómo se comporte —dijo—. Recuerde eso, y téngale respeto.

Laura-Louise dijo algo entre dientes.

Rosemary se frotó su frente y mejillas con el pañuelo frío. El japonés, sentado al otro lado de la habitación sobre un cojín, cruzó miradas con ella, hizo una mueca e inclinó la cabeza. Alzó y abrió una máquina fotográfica en la que estaba metiendo un carrete, y la enfocó en dirección a la cuna, haciendo muecas y asintiendo con la cabeza. Ella bajó la mirada y empezó a llorar. Se secó los ojos.

Roman entró, llevando del brazo a un hombre robusto, guapo y moreno, con un traje y zapatos blancos. Llevaba una gran caja envuelta en papel azul claro con dibujos de ositos y caramelos alargados. De la caja salían sonidos musicales. Todo el mundo fue a saludarle y estrecharle la mano. «Preocupados», decían, y «placer», y «aeropuerto», y «Stavropoulos» y «ocasión». Laura-Louise llevó la caja a la cuna. La sostuvo para que el bebé la viera, la meneó para que la oyera y la puso sobre el asiento de ventana con muchas otras cajas igualmente envueltas y unas pocas envueltas en negro con cintas negras.

—Justamente después de medianoche del veinticinco

de junio —dijo Roman—. Exactamente medio año después de lo que usted sabe. ¿No es perfecto?

—Pero ¿por qué está tan asombrado? —preguntó el recién llegado alargando ambas manos—. ¿No predijo Edmond Lautréamont hace trescientos años un veinticinco de junio?

—Claro que lo predijo —contestó Roman, sonriendo—; pero ¡es tal novedad que una de sus predicciones se haya cumplido exactamente! —Todos se echaron a reír—. Venga, amigo mío —dijo Roman, haciendo avanzar al recién llegado—. Venga a verle. Venga a ver al Niño.

Fueron a la cuna, donde Laura-Louise esperaba con sonrisa de tendera, y la rodearon, mirándola en silencio. Al cabo de un rato, el recién llegado se puso de rodillas.

Entraron Guy y la señora Wees.

Aguardaron en la entrada hasta que el recién llegado se levantó, y entonces Guy se acercó a Rosemary.

—Leah se pondrá bien —le dijo—. Abe está allí con ella. —Siguió mirándola, frotándose las manos en sus lados—. Me prometieron que no te harían daño. Y no te han hecho daño. Supón que hubieras tenido un bebé y lo hubieses perdido, ¿no habría sido igual? ¡Y vamos a recibir tanto a cambio, Ro!

Ella soltó el pañuelo sobre la mesa y le miró. Con toda la fuerza que pudo, le escupió.

Él se sonrojó y se volvió, secándose la parte delantera de su chaqueta. Roman lo tomó por un brazo y lo presentó al recién llegado, Argyron Stavropoulos.

—¡Qué orgulloso debe de estar usted! —exclamó Stavropoulos, tomando la mano de Guy con las dos suyas—. Pero... ¿es ésa la madre? ¡En nombre de...!

Roman lo apartó y le dijo algo al oído.

—Tome —dijo Minnie, y ofreció a Rosemary una taza de humeante té—. Bébaselo y se sentirá mejor.

Rosemary se quedó mirándola y luego alzó la vista hacia Minnie.

—¿Qué es esto? ¿Raíz de tanis?

—No tiene nada —repuso Minnie—. Sólo azúcar y limón. Es té Lipton normal. Bébaselo.

Y lo dejó junto al pañuelo.

Lo que tenía que hacer era matarlo. Evidentemente. Esperar a que todos estuvieran sentados en el otro extremo, entonces echar a correr, apartar de un empujón a Laura-Louise, y coger al bebé y tirarlo por la ventana. Y saltar tras él. UNA MADRE MATA A SU BEBÉ Y SE SUICIDA EN LA BRAMFORD.

Salvar al mundo de Dios sabía qué. De Satanás sabía qué.

¡Un rabo! ¡Los brotes de sus cuernos!

Quería gritar, morir.

Lo haría, lo arrojaría y luego saltaría.

La reunión estaba recuperando su atmósfera normal. Un cóctel muy agradable. El japonés estaba sacando fotos; de Guy, de Stavropoulos, de Laura-Louise sosteniendo al bebé.

Ella se volvió, no queriendo ver.

¡Esos ojos! ¡Como los de un animal, como un tigre, no como los de un ser humano!

Claro que no era un ser humano. Era... una especie de mestizo.

¡Y qué querido y dulce había parecido antes de que abriera aquellos ojos amarillos! La diminuta barbilla, parecida un poco a la de Brian; la dulce boquita. Aquel encantador pelo anaranjado... Le gustaría volverlo a ver, con tal de que no abriera aquellos ojos amarillos de animal.

Probó el té. Era té.

No. No podía arrojarlo por la ventana. Era su bebé, fuera quien fuese el padre. Lo que tenía que hacer era ir en busca de alguien que pudiera comprenderla. Como, por ejemplo, un sacerdote. Sí, ahí estaba la respuesta: un sacerdote. Era un problema que la Iglesia tendría que resolver. Del que tendrían que tratar el Papa y los cardenales, y no la estúpida Rosemary Reilly, de Omaha.

Matar estaba mal, fuera a quien fuese.

El bebé comenzó a lloriquear porque Laura-Louise estaba balanceando la cuna demasiado aprisa, y la muy idiota empezó a balancearla más deprisa todavía.

Soportó eso mientras pudo, y luego se levantó y se dirigió a la cuna.

—Apártese de aquí —le dijo Laura-Louise—. No se acerque a Él. ¡Roman!

—Lo está balanceando demasiado aprisa —le dijo.

—¡Siéntese! —le dijo Laura-Louise, y, dirigiéndose a Roman—: Sáquela de aquí. Llévesela a donde tiene que estar.

Rosemary insistió:

—Lo está balanceando demasiado aprisa; por eso lloriquea.

—¡No se meta en lo que no le importa! —replicó Laura-Louise.

—Deje a Rosemary que lo balancee —ordenó Roman.

Laura-Louise lo miró, estupefacta.

—Váyase —le dijo Roman, que se había situado detrás de la capucha de la cuna—. Siéntese con los otros. Deje que Rosemary lo balancee.

—Es capaz de...

—Siéntese con los otros, Laura-Louise.

Bufó y se marchó.

—Balancéelo —dijo Roman a Rosemary, sonriendo y empujando la cuna hacia ella, sujetándola por la capucha.

Ella se estuvo quieta y lo miró.

—Está tratando de que yo sea... su madre.

—¿Es que no es usted su madre? —preguntó Roman—. ¡Vamos! Balancéelo hasta que deje de lloriquear.

Ella dejó que la manecilla cubierta de negro se acercara a su mano, y cerró los dedos en torno a ella. Por unos instantes entre ambos balancearon la cuna situada entre los dos, y luego Roman se fue y ella la balanceó sola, suave y lentamente. Miró al bebé, vio sus ojos amarillos y miró hacia la ventana.

—Deberían engrasar sus ruedas —comentó—. Eso puede que también le moleste.

—Lo haré —respondió Roman—. ¿Ve? Ya ha cesado de llorar. Sabe quién es usted.

—No diga tonterías —contestó Rosemary, y miró al bebé de nuevo. Él la estaba contemplando. Sus ojos no eran realmente tan feos, ahora que ella ya estaba preparada para verlos. Fue la sorpresa lo que la alteró. En cierto modo eran bonitos—. ¿Cómo son sus manos? —preguntó, balanceándolo.

—Son muy bonitas —explicó Roman—. Tiene garras, pero son diminutas y perladas. Los guantes son sólo para que no se arañe a Sí mismo, no porque Sus manos no sean bonitas.

—Parece preocupado —comentó ella.

El doctor Sapirstein se acercó entonces.

—Una noche de sorpresas —declaró.

—Váyase —dijo ella—, o le escupiré en la cara.

—Váyase, Abe —dijo Roman, y el doctor Sapirstein asintió y se fue.

—No es culpa tuya —dijo Rosemary al bebé—. No estoy enfadada contigo. Estoy enfadada con ellos, porque me engañaron y mintieron. No pongas esa cara de preocupación; no voy a hacerte daño.

—Él ya sabe eso —dijo Roman.

—Entonces, ¿por qué parece tan preocupado? —preguntó Rosemary—. ¡El pobrecito chiquitín! ¡Mírelo!

—Un momento —dijo Roman—. Tengo que atender a mis huéspedes. Volveré enseguida.

Se marchó, dejándola sola.

—Palabra de honor que no voy a hacerte daño —dijo ella al bebé. Se inclinó y desató el cuello de su vestidito—. Laura-Louise te lo apretó demasiado, ¿verdad? Te lo pondré un poco más flojo y estarás más cómodo. Tienes una barbilla muy linda, ¿lo sabes? Tienes unos ojos amarillos muy extraños; pero tu barbilla es muy bonita.

Le ató el vestidito de modo que el bebé estuviera más cómodo.

¡Pobre criaturita!

No podía ser tan malo, no podía ser. Aunque fuera a

medias de Satanás, ¿no tenía otra mitad de ella? Era medio decente, vulgar, sensible y ser humano. Si ella actuaba contra ellos, y ejercía una buena influencia para contrarrestar la suya mala...

—Tienes una habitación para ti, ¿lo sabías? —le dijo ella, aflojando también la sabanita que lo envolvía, que también estaba demasiado apretada—. Está empapelada de blanco y amarillo, y hay una camita blanca con barandas amarillas, y no hay ni una gota de viejo negro brujeril en todo el sitio. Ya te lo enseñaremos cuando tengas de nuevo ganas de comer. Y por si eres curioso, que sepas que yo soy la señora que ha estado proporcionando toda la leche que te has bebido. Apostaría a que pensaste que venía en botellas; pues no, viene en madres, y yo soy la tuya. Así es, señor Cara Preocupada. Parece que no te hace mucha gracia la idea.

El silencio le hizo alzar la vista. Se habían reunido en torno suyo y la estaban observando, detenidos a respetuosa distancia.

Ella se sintió enrojecer y les dio la espalda para seguir mulliendo la sábana alrededor del bebé.

—Déjalos que miren —dijo—. No nos importa, ¿verdad? Lo único que queremos es estar cómodos y bien. Así. Ten, ¿mejor?

—¡Salve Rosemary! —exclamó Helen Wees.

Los otros la imitaron.

—¡Salve Rosemary! ¡Salve Rosemary! —exclamaron Minnie y Stavropoulos y el doctor Sapirstein—. ¡Salve Rosemary! —exclamó también Guy—. ¡Salve Rosemary!

Laura-Louise movió los labios, pero no dijo nada.

—¡Salve Rosemary, madre de Adrian! —dijo Roman.

Ella alzó la mirada desde la cuna.

—Se llama Andrew —dijo—. Andrew John Woodhouse.

—Adrian Steven —insistió Roman.

Guy intervino:

—Mire, Roman...

Y Stavropoulos, que estaba al otro lado de Roman, le tocó el brazo y le preguntó:

—¿Es tan importante eso del nombre?

—Lo es. Sí que lo es —se obstinó Roman—. Se llama Adrian Steven.

Rosemary declaró:

—Comprendo por qué quiere llamarlo así; pero lo siento. Usted no puede darle el nombre. Se llama Andrew John. Es mi hijo, no el de usted, y ésa es una cuestión que no quiero ni siquiera discutir. Sobre esto y las ropas. No va a estar siempre de negro.

Roman abrió la boca, pero Minnie terció exclamando:

—¡Salve Andrew! —mientras miraba fijamente a su marido.

Todos los demás dijeron:

—¡Salve Andrew! ¡Salve Rosemary, madre de Andrew!

Rosemary hizo cosquillas al bebé en la barriguita.

—¿Verdad que no te gusta Adrian? —le preguntó—. Yo diría que no. ¡Adrian Steven! ¿Quieres por favor dejar de poner esa cara de preocupación? —Hurgó en la punta de su naricita—. ¿Todavía no has aprendido a sonreír, Andy? ¿De veras? ¡Vamos, Andy, ojitos lindos! ¿Puedes sonreír? ¿Puedes sonreír para mami? —dio un golpecito al adorno de plata y lo hizo balancear—. ¡Vamos, Andy! —le dijo—. ¡Una sonrisa! ¡Vamos! ¡Andy-bombón!

El japonés se adelantó con su máquina fotográfica, se agachó y sacó dos, tres, cuatro fotografías en rápida sucesión.

OTROS TÍTULOS
DE LA COLECCIÓN

NEFILIM

Leah Cohn

Cuando Sophie, una joven estudiante de música, conoce en Salzburgo al virtuoso y enigmático violonchelista Nathanael Grigori, lo que siente es amor a primera vista. Sin embargo, al terminar el verano él la abandona de forma repentina.

A Sophie lo único que le queda es la hija que han tenido en común, Aurora, quien al cumplir los siete años sufre una extraña transformación. Lo que Sophie no sabe es que su hija ha reavivado una antigua lucha entre el bien y el mal...

No en vano Nathanael y Aurora no son seres humanos normales, sino nefilim, inmortales, y deben cumplir una misión secreta.

En este absorbente debut literario, Leah Cohn lo tiene todo de su lado: unas grandes dotes narrativas, el amor, el misterio y a los nefilim, las nuevas criaturas celestiales.

LA HORA DEL ÁNGEL

Anne Rice

Toby O'Dare, un asesino a sueldo famoso en los bajos fondos a quien han encargado matar más de una vez, es un hombre despiadado, un muerto viviente que se oculta bajo una serie de alias y recibe órdenes del Hombre Justo. En el mundo de pesadilla en que se mueve, con sus misiones solitarias y letales, aparece un forastero misterioso, un serafín, que le ofrece la oportunidad de salvar vidas en lugar de destruirlas. O'Dare, que mucho tiempo atrás soñó con ser monje y en cambio se vio implicado en una vida de peligro y violencia, acepta la propuesta. Viaja hacia atrás en el tiempo hasta la Inglaterra del siglo XIII, una época oscura en la que se han lanzado acusaciones de asesinato ritual contra los judíos y los niños mueren o desaparecen de repente... En ese escenario primitivo, O'Dare comienza su peligrosa búsqueda de la salvación: una odisea llena de peligros y fugas, de lealtades y traiciones, de egoísmo y amor.

Una novela de suspense sin respiro, ambientada en el pasado, un thriller metafísico sobre ángeles y asesinos. La magistral Anne Rice, a quien ya conocemos como creadora del mundo sobrenatural de los vampiros, regresa con una nueva obra que pone de manifiesto una vez más sus magníficas cualidades de narradora.